Além da Percepção

AMAURI CASAGRANDE

Além da Percepção

São Paulo

2002

© Copyright 2002 by Novo Século
Mediante contrato firmado com o Autor

Editoração Eletrônica:
MCT Produções Gráficas

Direção Editorial:
Luiz Vasconcelos

Supervisão:
Silvia Segóvia

Capa:
Christian Pinkovai

Revisão:
Paulo Sá
Maria Rosa Carniceli Kushnir

Dados Internacionais de Catalogação na Publicação (CIP)
(Câmara Brasileira do Livro, SP, Brasil)

Casagrande, Amauri
    Além da percepção/ Amauri Casagrande. — Osasco, SP : Novo Século Editora, 2002.

    1. Ficção brasileira I. Título.

02-2702   CDD-869.93

Índices para catálogo sistemático:
1. Ficção : Literatura brasileira   869.93

2002
Proibida a reprodução total ou parcial.
Os infratores serão processados na forma da lei.

Direitos exclusivos para a língua portuguesa cedidos à
Novo Século Editora Ltda.
Av. Aurora Soares Barbosa, 405 - 2º Andar - Osasco - SP - CEP 06023-010
Fone: 0xx11-3699-7107
e-mail: editor@novoseculo.com.br

Visite nosso site
www.novoseculo.com.br

Impresso no Brasil / *Printed in Brazil*

Nota do autor

Por mais que o narrador force a acreditar que essa história seja verdadeira; por mais familiares que possam parecer alguns nomes e lugares mencionados, o que se segue é "apenas uma obra de ficção, e que qualquer semelhança com personagens reais foi mero acaso", como diria o próprio tenente França.

Em tempo: o próprio tenente França também é pura ficção!

Prólogo

PELA POUCA LUZ emitida por uma luminária ao lado da cama, um observador atento veria a decoração irregular do quarto de uma adolescente idealista. Nas paredes, posteres colados sem moldura, papel na parede. Imagens da Janis Joplin por toda parte. Stones, Beatles, Jim Morrison, Ten Years After...

No criado mudo, um livro de Lobsang Rampa.

Eram altas horas da noite e um grande silêncio acolhia o pequeno ambiente.

A jovem adormecida teria pouco mais que uma década e meia. Não parecia muito organizada. Havia bastante coisa espalhada pelo quarto. Um mundo à parte, com muitos livros, revistas e vinis. Vinis de todo o pessoal que estava nas paredes.

Um caderno aberto, próximo aos vinis. "Aula de Biologia, 20/03/70".

Sua respiração estava fraca e espaçada, como se imersa num sono extremamente profundo. Cabelos longos e claros espalhados ao redor. A face salpicada de pequenas sardas. Traços doces e suaves, porém, nariz empinado.

Uma fraca luminescência tomou sua face.

Lentamente começou a se formar sobre ela uma nova imagem, translúcida, como uma projeção. Essa imagem foi ganhando gradativamente vida e cor.

Em alguns minutos era como se houvesse duas pessoas. Uma dormindo, sobre a cama, e a outra, idêntica, suspensa, como um espírito que abandona seu corpo físico.

A imagem flutuante foi ganhando altura e, quando próxima ao lambri de madeira do teto, girou e olhou para baixo. Dali, observou com ternura sua parte material, espojada e bela, mas vazia.

Em seguida atravessou a laje e mergulhou rapidamente pela escuridão da noite.

Não tardou a alcançar o destino desejado. Lá estava a praia. A lua cheia. A areia clara e fina. Palmeiras agitando-se com os ventos noturnos. Havia também um riacho.

A jovem flutuou, então, mansamente sobre suas águas e, em novo ímpeto de satisfação e decisão, se deslocou rapidamente em meio às palmeiras e outras árvores, acompanhando o curso do riacho.

Quando, próxima ao destino, ouviu um estrondo. Imediatamente, uma força imensa a puxou de volta ao corpo e ao quarto, com velocidade ainda maior.

A jovem acordou. Do lado da cama, o livro caído no chão. O som da queda teria sido certamente o estrondo que a trouxe de volta à vigília. Quanto ao que causou a queda do livro, já estava ao seu lado, o gato, meio embaraçado, a cauda arrebitada, a afagá-la e tentando se redimir do mal feito.

I

AINDA NAQUELES TEMPOS percebi que era uma pessoa extremamente volúvel. Se eu chegasse a fazer sexo com pelo menos 5% de todas as mulheres pelas quais me apaixonei, provavelmente não teria tempo absolutamente para mais nada na vida. Essa facilidade de me apaixonar, ou sentir amor à primeira vista, parece ser uma forma de expressar minha idolatria pelas mulheres, em sua grande variedade de belezas e talentos.

Essa forma sublime de admiração pelo sexo feminino, algumas vezes mais que platônica, causou alguns entendimentos dúbios em pessoas próximas, bem como situações embaraçosas. E a história que tenho para contar começa em razão dessa grande paixão, no verão de 1993, nas vésperas de minhas férias.

Estou publicando estas memórias, finalmente, na busca de encontrar algum leitor que possa de alguma forma ajudar a esclarecer o que realmente aconteceu, e por que aconteceu. Se você não puder ajudar, por favor, encare o resto deste livro apenas como um excitante conto de ficção científica e queira fazer do narrador e dos outros personagens figuras utópicas.

Nessa época, a Internet já era uma espécie de febre a se alastrar não só pelos meios empresariais e intelectuais, mas também pelos meio-desocupados. Até alguns namoros cibernéticos vinham circulando por esse grande shopping via TCP/IP. Propostas honrosas, propostas indecorosas e propostas coloridas chegavam ao lar de jovens estudantes, não por outros meios de comunicação, mas sim pela telinha normalmente de 14 polegadas transversais de um monitor de micro.

Solteiro, e altamente irresponsável, coloquei, como que num classificado, uma mensagem. Sinceramente, tratava-se de uma brincadeira para a qual não esperava o menor respaldo. Foi com imensa surpresa, e até um certo constrangimento, que recebi, uns dois dias depois, a resposta, em uma tela montada, e com uma foto em cima:

"Sim, nós topamos!"

Pensei de tudo. Primeiro, é claro, que fosse gozação. A foto trazia duas garotas, apenas os rostos colados, com belos sorrisos nos lábios. Uma delas era a Wendy, que eu conhecera um mês antes, através de uns amigos. Conhecera, entre aspas. Chegamos a conversar. Eu até fiquei deslumbrado por ela. Poderia me apaixonar... Mas só a vi uma vez pessoalmente, até então, e não acreditei que a tivesse impressionado, para que se lembrasse (mais tarde viria a saber que tinha obtido um dossiê completo sobre mim, através de amigos). A outra deusa eu desconhecia.

O endereço era dela, deu para confirmar. Mas ainda assim, tudo cheirava a sacanagem.

Com grande senso de humor, recebi a segunda mensagem. A foto se manteve; as palavras mudaram:

"Se quiser mandar foto, ficaremos gratas. A Margie não te conhece..."

Eu estava meio distante do micro, os pés sobre a mesa, e um livro nos braços. Logo larguei o livro, sentei-me corretamente, e me dispus a encarar a brincadeira. Então digitei e enviei:

"De que parte vocês querem?"

Por uma coincidência grandiosa, alguém, naquele momento, estava com seu e-mail aberto.
Logo surgiu a resposta:
"Da parte que você acha que seja a mais bonita!"
Foi depois dessa frase que parei de acreditar que houvesse sexo masculino do outro lado. Tomado de certa ousadia, escrevi:
"Aqui vai meu endereço: rua (...), número (...). quanto tempo acham que levariam para chegar aqui?"
Não mandei foto. Em alguns segundos surgiu a nova resposta, sem nenhuma tela gráfica:
"Você realmente está falando sério?"
Como bom mineiro, respondi:
"Tanto quanto vocês!"
A próxima resposta surgiu rapidamente, letra a letra:
"A Margie quer ver sua foto, antes de tomar qualquer decisão. A propósito: estamos a uns vinte minutos de você."
A conversa não estava ruim. Embora pudesse ser um barbado do outro lado, eu queria conduzir de modo a evitar alguma hostilidade, pois nunca se sabe...
Avaliei friamente a situação e, finalmente, resolvi apostar na melhor das hipóteses. Estaria disposto a agüentar a gozação depois se realmente tudo não passasse de brincadeira. A maneira mais sutil que encontrei então foi:
"Tenho videoconferência. Se você também tiver, estaremos prontos para nos ver."
Virei-me para o espelho na parede e logo pensei: "não é lá essas coisas, mas é a única que tenho!". Em seguida abri a janela do *software* de videoconferência e me coloquei em posição estratégica para a câmera digital. Meu rosto apareceu no canto da telinha, com movimentos um tanto robóticos, mas em boa resolução. Comecei a transmitir voz e imagem. Do lado direito da

telinha, uma caixa vazia, então, se inundou de cores. No primeiro plano, Wendy, com movimentos quadro a quadro, e uma nitidez média. Próxima, e em segundo plano, a suposta Margie.

No auge do ceticismo, ainda pensei por segundos: "pode ser uma gravação".

Mas rapidamente uma voz surgiu no ambiente:

— Nós estamos vendo você. E você, pode nos ver?

Respondi rapidamente:

— Sim, e estou deslumbrado!

A garota em segundo plano sorriu e moveu o rosto, deixando um rastro na tela. Foi então que escutei um doce som tipo Anne Haslan do Renaissance:

— Eu já te conhecia de longe. Queria confirmar. Essa sua idéia é legal demais. Esperamos ser as únicas pretendentes.

Mais uma vez os pensamentos de medo e pavor se apossaram de mim. Vou cair direitinho nessa sacanagem. Vou ter que agüentar a gozação para o resto da vida. Vou ter que mudar de cidade, estado, país... Mas, e se for verdade?... Não vou "mijar para trás", agora.

— Vocês me disseram que estão a vinte minutos de distância? Wendy, o que você acha de apresentar a Margie pessoalmente?

Pude perceber no monitor as duas se entreolhando. Em seguida a tela se apagou. Uma mensagem em forma de *broadcast* surgiu na tela: "Conexão quebrada, *Retry, Cancel, Exit*".

Levantei-me, afastando-me do micro. Saí do escritório e fui para sala. Preparei uma dose de uísque com gelo, e liguei o som, com o controle remoto. Fiquei escutando uma seleção calma do R.E.M. *unplugged*. A decoração era moderna. Estava ganhando bastante dinheiro naquela época, fazendo bons negócios, e tive algumas oportunidades positivas, como a de redecorar o apartamento no qual morava sozinho, além de outras aquisições interessantes.

Bem acomodado ao estofado de couro negro, ainda trajava o roupão de banho, pois até então não esperava qualquer visita. Meus planos eram apenas *micrar* um pouco, comer alguma coisa e provavelmente dormir. E naquele instante, ainda duvidava que alguém fosse aparecer. Toda a situação estava muito parecida com essas cartas de leitores, dessas revistas tipo *playboy*.

Depois da terceira ou quarta canção, aproximei-me da grande janela de vidro e esquadrias de alumínio anodizado preto, e olhei incidentalmente para fora. À noite, vista do oitavo andar, a rua parecia meio deserta, e muito pouco dos seus possíveis ruídos chegava ao interior da sala. Nessas ocasiões o mundo parecia um lugar solitário. Quantas vezes eu já tinha chegado àquela janela e observado ocasionalmente através de janelas vizinhas tantas formas de solidão. Muitas até com companhia do lado. Sempre soube que quebrar a solidão não depende de quantas pessoas você tem ao seu redor, mas, sim, da qualidade dessas pessoas. A solidão é diretamente proporcional ao nosso potencial interno de compartilhar os sentimentos com as pessoas, e é claro, de sua receptividade.

Quando avistei o Civic vermelho estacionar, logo concluí que a minha solidão, em particular, naquele instante seria quebrada.

Minutos depois abri a porta, e ainda as recebi de roupão. Trocamos beijinhos e outras rápidas formalidades. Ainda entre a surpresa e o receio de tudo ser brincadeira, convidei-as a se acomodarem. Margie entrou na frente e se aproximou da janela. Depois disse:

— A vista é bonita.

Wendy sentou-se na outra poltrona, de frente para mim. Olhou rapidamente para a janela, e depois para mim. Estava de saia, e não pude deixar de observar suas longas e belas pernas morenas. Tentei ser sutil. Em vão, é claro.

Ao ver as duas ali, em meu lar, dispostas a compartilhar comigo pelo menos quatro semanas de uma aventura que estava prometendo, pensei: "é muita areia para o meu caminhãozinho!"

Foi Wendy quem começou:

— Qual é o seu projeto para essa viagem?

A pergunta, bastante pertinente, não deveria ter me surpreendido. Elas estavam ali para negociar o evento, estava claro. Eu nem deveria mais questionar que o anfitrião Victor, já havia sido bem aceito. Existiam alguns detalhes a tratar, mas o melhor era ficar à vontade, e tentar transformar aquele rápido e novo relacionamento em algo liberado e esclarecido. Então escolhi as seguintes palavras:

— Estou aberto às sugestões, embora a idéia inicial, realmente, seja começar pelo litoral baiano e seguir para o norte.

Margie esperou que eu falasse mais alguma coisa, enquanto se aproximou e se sentou do meu lado. Finalmente disse:

— Nós já temos algumas sugestões. Na verdade, um roteiro. Eu e a Wendy já vínhamos há algum tempo planejando alguma coisa parecida, sabe.

Olhou para Wendy e se sorriram mutuamente. Acidentalmente, peguei o copo de uísque, e percebi que ainda tinha uma pedrinha de gelo no fundo, mas não continha mais bebida. Ofereci, e ambas aceitaram. Preparei os drinques automaticamente, sem interromper a conversa. Margie prosseguiu:

— Na verdade, iríamos fazer essa viagem sozinhas. Tipo aquelas garotas que apareceram na *Quatro Rodas* e que rodaram pelo Brasil afora. Mas quando Wendy viu seu recado na Internet... Bom, nós de repente decidimos reavaliar. E por isso estamos aqui.

Antes que eu dissesse algo, Wendy interviu, dando uma possível continuidade ao raciocínio da amiga:

— Não tínhamos mais ninguém que topasse, cada um com sua razão em particular. Na verdade, a maioria acha meio loucura, ou não tem dinheiro, ou tem pais que marcam em cima. Por outro lado, indo só nós duas, fatalmente faríamos amizades, mesmo estando um pouco antes da temporada. Assim, a decisão inicial era essa.

Wendy fez uma rápida pausa enquanto eu entregava os copos, dessa vez dois Dimple's e um Martini, o Martini para ela. Quando me acomodei novamente, continuou:

— Fora de temporada, daria para curtir melhor o *lado ecologia* do passeio, sem tumultos. Nossa idéia é conhecer e passar por lugares solitários, com pouca, ou nenhuma presença humana. Uma festinha, uma salsa ou um lual à noite, tudo bem. Mas nada de pontos turísticos com farofeiros dando cabeçada uns nos outros, e disputando ferrenhamente cada metro quadrado de chão.

Margie aproveitou a pausa e, tocando suavemente o meu ombro com a mão direita, assumiu a conversa:

— Bom, nada impedia que fôssemos só nós duas, a princípio. Mas quando por coincidência você surgiu, com palavras tão bonitinhas pela Internet... — ela fez uma pausa para sorrir, e só depois prosseguiu: — E a Wendy já te conhecia um pouco. Na verdade, ambos temos algumas amizades em comum, ainda que distantes. Sabemos que você é um cara reservado. Não vai sair por aí espalhando ou inventando coisas... E uma presença masculina poderá ser muito agradável para nós duas. Principalmente alguém que não seja reservado a uma de nós, tipo namorado ou coisa assim. Apenas um amigo. O que rolar em seguida, poderá ser surpresa e lucro.

Um calorzinho me passou pela nuca após as últimas palavras, não sei se proveniente das palavras ou da bebida. Eu até quis me justificar, mas como a conversa fluía com franqueza e sem formalidades, acabei falando:

— Eu provavelmente não faria essa viagem sozinho. Como não estou com ninguém atualmente, pretendia levar comigo o Mário, um grande amigo, e curtiríamos provavelmente alguma boêmia pelo caminho. Mas ele não vai poder.

Wendy falou:

— É, eu conheço o Mário. É um cara legal. Mas foi providencial ele pular fora. Olha, nós vamos abrir o jogo com você, de uma vez. Eu e a Margie... Bom, eu a Margie...

O que aconteceu dali em diante foi o primeiro passo que começou a mudar completamente a minha vida normal, e a transformá-la na aventura um tanto psicodélica que o leitor irá conhecer nas próximas páginas.

Margie se levantou, linda, os cabelos castanhos claros, quase loiros sobre a pequena blusa. Aproximou-se de Wendy e beijou-a nos lábios, por uns cinco ou seis segundos, que pareceram uma eternidade. Deve ter ocorrido alguma reação química no meu corpo, algo até mais forte que a adrenalina. Foram cinco ou seis segundos em que aconteceu uma centena de coisas em minha mente. Difícil lembrar de tudo, difícil de descrever. Que desperdício, que sonegação para a raça masculina... Por outro lado, que cena bonita de se observar, totalmente feminina, suave, uma espécie de dança. De expressão corporal. Sensual, excitante. Pareciam deusas de Boris Vallejo, num ato muito além da compreensão humana.

Quando afastaram seus lábios, elas olharam para mim, uma do lado da outra, como que esperando uma aprovação ou uma desaprovação. Surpreendentemente, as palavras fluíram, ainda sob um imenso calor na nuca:

— Eu devo ser meio *voyeur*, já que algo aqui embaixo está se empinando. Mas... como senti inveja de vocês nesse momento!... Puxa, quem sou eu para julgar?... Eu só queria estar no lugar de qualquer uma das duas. Sei lá... Vocês são lindas demais. Mas se vocês se completam, por que estão aqui?

Com um suave sorriso nos lábios, Margie amparou a cabeça no ombro da amiga e então respondeu:

— Há uma grande liberdade entre eu e Margie. Na verdade, nós já saímos com rapazes, ocasionalmente, cada uma na sua. Há poucos dias, Margie ainda estava namorando. O que acontece entre nós duas é muito gratificante, mas tem sido um segredo. Sabe, estamos confiando em você.

Sorri levemente e disse:

— Obrigado.

Em seguida, tomei um longo gole. Sobraram novamente só as pedrinhas. Quando percebi, Margie gentilmente tomou o copo de minhas mãos e colocou de lado. Ela estava de pé, um pouco curvada para mim, com o rosto já próximo ao meu. Pude deslumbrar então a beleza e profundidade daqueles olhos claros, cristalinos e verdes, enquanto se aproximavam. Beijou minha boca, rapidamente. Em seguida, sentou-se do meu lado.

Wendy disse:

— Se você fosse com o Mário, certamente, entre vocês não aconteceria nada além de um bom papo, estou certa?

Fez nova pausa e persistiu:

— Como é, Victor, nosso passeio ainda está de pé?

II

OLHANDO O QUADRO da bailarina no Hall do grande museu, as imagens retornaram à minha mente, como num estalo. O vestido colado ao corpo, com o rendado fofo em volta dos quadris, as sapatilhas, o cabelo castanho claro preso, formando um rabo-de-cavalo atrás da cabeça.

Era noite e nos encontrávamos então em frente do Palácio das Artes, onde ficava o mais importante teatro da capital mineira. Eu e a Wendy estávamos de mãos dadas, como dois namorados, a caminhar por entre cambistas, olhadores de carros e todo o tumulto de pessoas em busca de ingressos ou de acesso ao teatro. Um grande painel ricamente iluminado, logo no salão de entrada, trazia a seguinte informação:

"ESPETÁCULO DE BALÉ CLÁSSICO — AS
BRUMAS DE AVALON — GRUPO ASAS
— ÚLTIMA APRESENTAÇÃO —
HOJE ÀS 21 HORAS"

Era bem provável que nenhum outro espetáculo de balé neoclássico tenha feito tanto sucesso antes, tratando-se de uma companhia totalmente brasileira, que já estava ganhando projeção internacional.

Eu, particularmente, estava indo pela primeira vez a uma apresentação do gênero, creio que por pura falta de cultura. E estava muito bem acompanhado. Wendy, com um vestido de noite, vermelho, razoavelmente decotado e aderente ao corpo, estava quebrando alguns pescoços masculinos. Sua pele morena em suas curvas perfeitas chegava a afrontar com a beleza média das outras mulheres em volta.

Começávamos a nos conhecer. Mas tanto ela quanto Margie já me prometiam muito mais que um visual gratificante. Após aquela primeira noite surpreendente, que acabou por terminar apenas em um simples, mas longo planejamento de viagem, ficamos uns três dias sem nos falar. Quando Wendy ligou mais cedo para falar do teatro, fiquei extremamente feliz.

Nossa "aventura", como Margie sugeriu, estava agendada para uma semana à frente, o que me deixou bem ansioso, pois por mim, já estaríamos na estrada.

Estávamos um pouco atrasados, porém despreocupados, pois Wendy já tinha me alertado que os horários desses *shows* não são muito britânicos. As cortinas foram abertas por volta das nove e meia. Sentamos na primeira fila, numa posição privilegiada, apesar de não ter o *status* dos camarotes.

Wendy, além de toda a beleza, exalava por vezes um perfume suave e discreto, que completava sua sensualidade. Por fim me virei para ela e disse:

— Isso devia ser proibido.

Ela se surpreendeu, olhou em volta e perguntou, sem entender:

— O quê?

Eu não pude conter um sorriso, e mais um olhar de frente, bastante incisivo.

— Toda essa tentação que você provoca. Está difícil bancar só o coleguinha aqui do seu lado.

Ela sorriu, e com um dedo sobre os lábios, fez um sinal de silêncio:

— Shhh, está começando.

Nos viramos para o palco. A música estrondosa invadiu o grande salão, enquanto um grupo de quatro dançarinas surgiu em cena, sob um jogo de luzes acompanhando seus movimentos. Foi uma ação envolvente. A luzes realçavam com extrema nitidez as cores e as formas femininas, em um movimento preciso, e ao mesmo tempo gracioso. Quando vejo ou sinto uma coisa boa pela primeira vez, depois de mais de três décadas de vivência, sempre me lembro do tempo perdido. Naquele momento, ao presenciar algo tão interessante, só pensei que aquilo já podia fazer parte da minha vida há mais tempo.

Após alguns minutos de ininterrupta observação e admiração, percebi que Wendy encostara sua cabeça em meu ombro. Antes que eu me virasse, contudo, as mudanças no cenário acabaram prendendo minha atenção novamente. As dançarinas se foram. O fundo escureceu. A música acalmou. Só o som de um violino permaneceu em nossos ouvidos. Sob um único feixe de luz, no centro do palco, surgiu uma única presença feminina, com o corpo encurvado, uma perna esticada para frente, e a cabeça baixa. Aos poucos, num inexplicável sincronismo com a música, ela se ergueu, e mostrou sua face.

Margie estava maravilhosa. Eu a conhecera sem qualquer maquiagem. Agora estava conhecendo-a de novo, produzida. E fiquei em dúvida sobre qual visual lhe cabia melhor. Na verdade, eu me apaixonei pelos dois.

De modo gracioso, ela se sustentou na ponta dos pés e girou lentamente em torno de si. Cada toque da música correspondia a um leve movimento dos seus pés. Um braço à frente, outro acima da cabeça. Os dedos levemente esticados. O olhar perdido, como se absorvida por uma grande emoção interior.

Segundos depois a música encorpou, recebendo novos instrumentos e ganhando um ritmo mais rápido e imponente. Margie então pareceu se libertar, dançando com vigor. Ela corria, aos saltos, os pés esticados, com uma maleabilidade impressionante, enquanto as luzes a acompanhavam. A alta luminosidade acrescentava nitidez e vivacidade aos tons de sua roupa, cabelos e pele, criando no palco um ambiente quase irreal, de tão colorido e perfeito.

Quando novamente se aquietou, as outras garotas reapareceram, mas de forma secundária, sem ofuscar sua presença. Lembro-me que Wendy fez, num sussurro, o seguinte comentário:

— Parece um anjo, não?

Quase que involuntariamente, beijei-a na testa e depois lhe sorri. Por essas e outras coisas, aos poucos comecei a conhecer e a entender o relacionamento entre elas. De simples curiosidade, começou a surgir em mim uma admiração que extrapolaria o interesse sexual.

Após os primeiros dez minutos de espetáculo, ocorreu algo entre a platéia. O segurança do teatro, com uma lanterna em punho, guiou um senhor por entre as poltronas, causando um grande desconforto para todos e, de certa forma, interrompendo o elo que o grupo de artistas fizera com seus observadores.

Os dois homens chegaram a passar por nós, como se procurassem por alguém. O senhor chegou a olhar para mim, como se fosse me dizer algo. Depois, falou alguma coisa para o segurança e continuou a caminhar. Eles ainda perturbaram mais algumas pessoas, o que começou a gerar um pequeno tumulto de vozes nas fileiras seguintes. Por fim, foram embora, e o espetáculo prosseguiu.

No palco, surgira um bailarino. Ele tomou Margie nos braços, e ambos valsaram, com movimentos fortes, percorrendo grandes espaços, de forma mais atlética e firme que anteriormente. Era uma dança um pouco mais agressiva que a inicial, talvez até pela própria presença masculina.

Creio que seu personagem era Sir Lancelot, e de Margie, a doce Guinivere. Embora não tivesse parâmetros para avaliar tecnicamente o grupo, não consegui detectar falhas relevantes no sincronismo de seus movimentos. Ainda maravilhado com a beleza desses movimentos, vim a saber posteriormente que tanto a peça, quanto a coreografia, e toda a produção, eram completamente nacionais. De internacional e erudito, só as músicas. Na verdade, aquilo tudo era produção do grupo mineiro, do qual a própria Margie era peça fundamental.

Quando a apresentação finalmente terminou, com as almas de Artur e Guinivere voando para o céu, e a platéia visivelmente emocionada, Wendy me falou no ouvido:

— Vamos dar uma chegadinha no camarim, no momento em que o pessoal começar a sair.

Acenei que sim com a cabeça, enquanto as cortinas se fechavam.

A música cessou e, finalmente, todo o corpo de baile se apresentou à platéia saudando seus perplexos observadores.

* * *

Por trás dos bastidores, a harmonia não era tão grande quanto no palco. Quando entramos no camarim, praticamente todo o grupo estava presente. Era como um vestiário unissex, onde homens e mulheres se despiam e se vestiam como seres assexuados. Todos falavam ao mesmo tempo, e havia no ar uma euforia perceptível. Umas três pessoas conversavam com Margie, quando nos aproximamos.

Ao nos perceber, imediatamente abraçou Wendy, e depois a mim:

— Que bom que você veio!

Ela segurou nossas mãos e nos conduziu até seus colegas:

— Gente, quero que vocês conheçam Victor e Wendy, os amigos com quem vou para o nordeste.

Trocamos rápidas formalidades, e já não me lembro mais dos nomes.

Aproveitei a oportunidade para elogiá-los. Enquanto conversamos algumas trivialidades, Margie removeu toda a maquiagem e a fantasia de baile, ficando apenas de roupas íntimas. Tudo fluía de forma bastante natural entre eles, e de forma alguma a seminudez os constrangia entre si. Já deviam ter estado naquela situação tantas vezes juntos que provavelmente isso não mais os afrontava. Por fim, ela se enrolou numa toalha e disse:

— Fiquem à vontade. Vou tomar uma ducha e já volto.

O bailarino que interpretara Sir Lancelot comentou conosco:

— Creio que vou sentir saudade dessa turnê. Fizemos um trabalho vanguardista. Juntamos música e dança clássica a uma história por nós adaptada, e foi um sucesso que chegou a surpreender. Nossa intenção agora, se papai (o patrocinador — vim a saber depois) ajudar, é uma turnê na Europa, no mesmo patamar de um Kirov da vida.

— E por falar em Kirov... — disse uma garota magrinha retirando as meias.

O Lancelot completou o que ela tinha a dizer, dando sua opinião:

— Acho que ela não vai. Se fosse eu, tipo uns três ou quatro anos atrás, até poderia ir. Mas agora, que a gente está em alta, e por esforço próprio... Sei lá.

Wendy me olhou e disse, em paralelo à conversa:

— Surgiu uma oportunidade para a Margie lá fora. Mas ela ainda não resolveu.

Permaneci em silêncio, escutando os diversos comentários. Até parecia um pessoal legal, mas não houve continuidade em nosso relacionamento, por outros fatores. Quando Margie voltou, despediu-se de todo mundo com abraços e beijos, e isso demorou mais uns cinco minutos aproximadamente. Era visível o vínculo de amizade entre eles. Com suas férias, e o fim da temporada, eles provavelmente ficariam longes por um bom tempo.

Quando chegamos à saída do teatro, todo o tumulto de horas atrás havia se dissipado. Uma chuva fina caía sobre o asfalto e carros estacionados na rua. Cambistas e olhadores já tinham ido embora, e mesmo o salão interno estava vazio, exceto, pelo segurança na porta, que nesse instante conversava com o senhor que passou por nós durante o espetáculo.

Margie perguntou:

— Vocês estão indo para onde?

Wendy disse:

— Eu não tenho planos.

Margie me olhou. Eu disse:

— Podemos comemorar o sucesso do seu trabalho. Estamos à sua disposição. É bom lembrar que nenhum de nós acordará cedo amanhã.

Margie pensou por uns instantes. Depois disse:

— Com essa chuva... Barzinho e tumulto... Nem pensar. Estou mesmo é com fome.

Wendy então perguntou:

— Você veio com seu carro?

Margie disse que não, que sua intenção era pegar carona conosco. Wendy então prosseguiu:

— Ótimo. Que tal irmos ao Saint'Jourle, escolher a melhor suíte, pedir um medalhão a Chateaubriand e aguardá-lo naquela imensa banheira de hidromassagem? A chuva aqui fora e tudo o mais. E nós bem quentinhos lá dentro...

Não contive a ironia:

— Hum, não sei... Por favor, me fale mais a respeito para ver se compro a idéia...

* * *

Os pneus da Hilux deixavam um longo rastro no asfalto molhado, enquanto seus faróis rompiam a escuridão da estrada à noite.

No CD player de bordo, rolava uma suave canção do Cat Stevens. Durante mais de 60% do trajeto, ninguém disse nada. Talvez por respeito à música, talvez por um leve constrangimento. Ou por medo de quebrar a magia. Por fim, Margie falou:

— É um tesão essa sua Station Wagon. Deve ter custado uma nota!

Eu respondi, sem tirar os olhos na estrada, já que estava ao volante:

— É, custou. Foi um ano bom para os negócios. E é com ela que vamos rodar por esse Brasil maravilhoso.

Wendy observou:

— Faltam só quatro dias.

Houve uma nova pausa, enquanto escutamos Katmandu quase inteira. Por fim, resolvi perguntar:

— Margie, que papo é esse de proposta lá fora?

Ela aparentemente se surpreendeu, depois disse:

— Ah, isso é bobagem. Tem um cara querendo me levar para São Petersburgo, para fazer um aprimoramento numa escola famosa de balé clássico, onde se formaram Nureiev e Barishnikov, além de alguns outros que vocês não conhecem. Tem um outro querendo que eu vá para a França, também. Não é que eu seja gostosa, mas proposta é o que não tem faltado depois dessa turnê das Brumas de Avalon. É o tal negócio: quando a gente estava "chutando lata", foi uma dureza para o Roberto, nosso *marchand* e empresário, arranjar um patrocínio. Foi o pessoal do Banco do Brasil que segurou essa barra. E além da grana, nos colocaram na mão de uma empresa que fez uma campanha de *marketing* melhor que o nosso balé. E, então foram só alegrias. Casa cheia, e uma turnê por vinte cidades brasileiras durante menos de um ano. E, finalmente, algum dinheiro na conta. Aí, é claro, apareceu gente de toda a parte querendo propor alguma coisa. Para ser franca, só pretendo pensar nisso depois das nossas férias. E detalhe: se o Roberto conseguir essa temporada na Europa, nem pensar. Continuo no Asas.

Wendy acrescentou:

— Margie já morou na Bélgica e nos Estados Unidos.

Margie continuou:

— Aprendi bastante, mas não foi uma grande experiência. Não sei se estou preparada para passar outra eternidade num desses lugares esquisitos, onde a gente tem que ficar escondendo que é brasileiro, por causa do preconceito que normalmente eles têm contra latino-americanos.

Nessa altura, notei até uma certa irritação em sua voz, e por isso rapidamente observei:

— Chegamos!

Ficou todo mundo em silêncio até entrarmos em nosso suposto ninho de amor. Senti que não foi uma boa tocar naquele assunto com Margie. Mais tarde vim a saber que já tivera algumas experiências infelizes e involuntárias fora do Brasil. Aos poucos fui descobrindo que Margie tinha uma bagagem de vida bem maior que sua aparência física e, embora viesse de um lar razoavelmente burguês, sofrera alguns atropelos em família, dos quais essas temporadas no exterior tiveram bastante a ver.

Estacionei na garagem e saí primeiro. O portão da mesma era automático e se fechou assim que o nosso transporte obstruiu os sensores. Ao perceberem, as garotas também saíram. A chuva estava mais forte, e seus pingos batiam ruidosamente sobre o portão de alumínio.

Havia uma escada. Subi na frente e confirmei pela porta que o quarto estava liberado. Era um ambiente espaçoso, um pouco acima da média em termos de decoração. Uma iluminação acolhedora e sensual nos convidava a entrar e espojar sobre a grande cama redonda, onde deveria caber uma meia dúzia de pessoas lado a lado. Margie e Wendy entraram atrás, sem demonstrar muita surpresa (o local já lhes era familiar).

Wendy foi direto ao frigobar e pegou uma coca em lata. Eu dei uma olhada geral em volta, e depois fui até a sala de hidromassagem. Abri as válvulas e gastei uns trinta a quarenta segundos para controlar a temperatura da água. Nesse tempo, Margie entrou e disse:

— Deixe a água bem quente, para que demore a esfriar.

Deixei a micropiscina enchendo, enquanto voltamos ao quarto. Sentei-me na poltrona de frente para cama. Margie também se sentou, e em seguida deitou-se com as pernas para fora da cama, do lado de Wendy.

Wendy acabara de colocar o telefone no gancho. Comentou que já tinha feito o pedido, porque normalmente demorava muito.

Por uns instantes ficamos ali em silêncio, os três, como se esperássemos alguma coisa externa acontecer.

Por mais cara-de-pau que sempre tenha sido em minha vida, naqueles momentos fiquei um pouco constrangido. Eu preferia que uma delas dissesse ou fizesse algo para quebrar o momentâneo gelo criado. Depois me lembrei que Margie deveria estar cansada, pois o balé é uma dança exaustiva.

Após um tempo, que pareceu uma eternidade silenciosa (ouvia-se apenas o ruído da chuva do lado de fora, bem baixinho, ao fundo), Wendy, que estava sentada apoiando a cabeça com os braços sobre os joelhos, procurou ficar mais à vontade. Acomodou-se na cabeceira da cama, e com uma das mãos começou a acariciar quase que involuntariamente os cabelos da amiga.

Vendo ambas distraídas, com o pensamento longe, sob a luz dourada, a cena me pareceu um trabalho de David Hamilton, o admirável. Hamilton tinha o dom de fotografar a alma feminina, além do corpo, em todo o seu esplendor e sensualidade.

O pequeno ato distraído, mas carinhoso de Wendy, começou a nos sincronizar ao ambiente acolhedor. A ansiedade foi se transformando num devaneio, enquanto eu as observava, ali parado. Foi uma grande oportunidade para admirar os traços de cada uma, e achá-las cada vez mais bonitas, e as querer cada vez mais. Naquele instante chegou a passar por minha mente que eu jamais corromperia sua parceria de sexo. Jamais conseguiria realizar o sonho de amar as duas simultaneamente, mesmo estando numa circunstância em que isso parecesse conseqüência. Acho que estava *endeusando-as* tanto, que isso poderia nos afastar. Sorte que eu estava enganado. Após não sei quanto tempo, levantei-me e preparei uma dose de uísque no frigobar. Isso parece ter trazido Wendy de volta dos seus longínquos pensamentos. Ela também se levantou e disse:

— A banheira já deve estar cheia.

Percebi então que ainda estava de terno. Tirei o *blazer*, a gravata, e fui desabotoando a camisa. Fui jogando tudo na poltrona. Wendy que já estava saindo parou na porta e disse:

— É, já está cheia.

Então tirou seu vestido de uma única vez (era tipo tubinho). E da mesma forma que eu fiquei olhando-a, ela me fitou. Na verdade, não fomos nem um pouquinho sutis.

De onde estava, seu visual era magnífico. Morena, alta, maravilhosa. Seus seios quase pulavam para fora do sutiã pequenino e rendado. Suas roupas íntimas eram brancas, formando um glorioso contraste.

Margie, que estava se levantando, sorriu e disse:

— Assim? Sem nenhuma formalidade?

E eu respondi:

— Ah, chega de tortura! Vamos logo!

Ela sorriu de novo e insistiu:

— Parem com isso já. Acho que essa ocasião tem que ser um pouco mais especial...

Ela ligou o som de um pequeno sintonizador próximo a cabeceira. Rapidamente conseguiu sintonizar um balanço digno de um *strip-tease*. Tirou os sapatos de salto, sem utilizar as mãos, e os deixou onde estavam. Caminhou até a mezinha redonda, e com ajuda da cadeira, subiu e ficou de pé sobre ela.

Margie não estava dançando. Estava rebolando no mesmo lugar, sem tirar os pés da mesa, devagar e provocante. Foi devagarinho girando em torno de si mesma, arrebitando o invejável traseiro tão bem contornado por sua calça colada ao corpo. Ela estava vestida bem à vontade; não estava com uma roupa de noite como Wendy, mas mesmo assim deslumbrou naquela mesa tanto quanto no palco. Tirou primeiro a blusa, rapidamente, e jogou-a no chão. Lembrei-me então que já havia visto aquele sutiã no camarim, mas não tinha percebido que era tão ousado. Branquinho, também. O contraste com a pele era menor, já que Margie era clara. A calça era de malha. Ela começou a baixá-la com extrema facilidade, sem atrapalhar seus movimentos de serpente. Primeiro a barriguinha, depois o bumbum. A calcinha chegou a agarrar por uns segundos e descer junto uns milímetros.

Wendy sentou-se numa poltrona próxima.

Naquele local estratégico, com uma luz bem acima de sua cabeça, era possível ver os pelinhos loiros brilhando em algumas partes de seu corpo. Foi demais. A essa altura, alguém se torturava um pouco abaixo de minha cintura, numa luta contra a calça. Resolvi então retirá-la, sem, é claro, desviar o olhar do show principal. Indiscretamente, Wendy, espojada sobre a poltrona, voltou a me devorar com os olhos. Margie não parou o que estava fazendo, mas também não deixou de olhar. Por fim ela estava só com suas pequeninas roupas de baixo. Então, esticou um dos braços na direção de Wendy, e a convidou silenciosamente. Wendy levantou-se. Caminhou até ela, e estendeu o braço, tocando sua mão, e ajudando-a a descer da mesa.

Foi um abraço louco. Os seios se apertaram, quase explodindo para fora das roupinhas de renda. Os cabelos se misturaram e seus corpos se completaram de forma enlouquecida.

Não que eu nunca tivesse visto um *show* de boate com mulheres nuas antes. Mas era muito diferente. Não era uma encenação mecânica. Era pura paixão. "*And makes me wonder*", como disse um dos maiores grupos de rock de todos os tempos. Que me perdoem aqueles que estão lendo essa história e estão se sentindo agredidos pela tamanha fascinação com que descrevo esses acontecimentos. Mas foi assim que eu senti, e ainda é assim que me sinto quando recapitulo cada um desses momentos para escrever essas linhas. Minha cabeça estava a mil, e pior: o corpo também.

Há certas coisas que por melhor que se descreva, mesmo sendo um Clarke ou um Robbins, não dá para se transmitir com palavras. Diversos momentos que vou lhes contar, daqui para a frente, vão ser assim. Vou fazer o melhor de mim, mas muito ainda vai depender de sua imaginação, meu caro leitor. De sua imaginação e de sua habilidade de traduzir minhas palavras em cenários dentro de sua mente e viajar nessa aventura, a princípio sensual, depois, psicodélica, e depois... Ora, chegaremos lá.

Mesmo se meus olhos fossem filmadoras que eternizassem os momentos em mídias magnéticas, ainda assim faltariam os demais harmônicos que compõem as passagens de nossas vidas e que a tecnologia ainda não sabe registrar.

Eu estava novamente sentado, quando simultaneamente elas se afastaram e deixaram os sutiãs caírem. Se eu disser que ambas tinham seios lindos, o leitor pode até começar a suspeitar. Talvez eu estivesse como um cara que sai para comprar seu primeiro carro, usado é claro, e está tão afoito para possuí-lo, que sua própria mente engana-o, não deixando-o perceber um vazamentozinho de óleo ou um podrezinho de lataria.

Não foi ali, entretanto, que elas tiraram o pouco que faltava. Com o fim da música e uma propaganda idiota que a seguiu, o clima foi completamente rompido. As duas começaram a rir e se desgrudaram.

Wendy, finalmente, disse, olhando para mim:

— Agora nos mostre você algo que nos faça arrepiar os cabelinhos da nuca.

Eu mostrei. E acrescentei:

— Tenho certeza que o maior efeito, que fará realmente "os cabelinhos de sua nuca" arrepiarem, não é vê-lo, mas senti-lo.

Após essas palavras, fomos os três para a grande banheira. Lá terminamos de nos despir. A água estava bem quente, e não foi difícil nos acomodarmos. Fiz questão de ficar entre as duas, como um rei entre as concubinas de seu harém. Coisas idiotas de machista contidas em meu inconsciente? Não sei. Na verdade, foi muito positivo fazer isso. Lembro-me que trocamos algumas palavras triviais, até que nos entreolhamos e caímos num silêncio sugestivo. Foi então que recebi um beijo de Margie, já tão ansiosamente esperado. Um beijo longo e repleto de erotismo. Quando terminamos, mal me recompus, fui deliciosamente abordado por Wendy. Havíamos deixado a sauna ligada com as portas abertas, e logo o ar estava aquecido e inundado por seu vapor com um agradável cheiro de eucalipto.

Escutamos uma campainha anunciando o jantar, enquanto nossas carícias nos conduziam cada vez mais, e finalmente, a um caminho sem retorno. E aconteceu.

* * *

O grande salão da Stradivarius já tivera tantos outros nomes. O local, independente disso, há um bom tempo vinha sendo o ponto de encontro da tribo roqueira mais reservada e intelectual da capital mineira, no coração da Savassi.

Eram umas quatro da tarde, e embora o salão estivesse vazio, era varrido por *lasers*, luzes coloridas piscantes e efeitos estroboscópicos. Um AC/DC retumbante me ensurdecia, enquanto me aproximava do DJ. Lá estava meu amigo Mário, um remanescente teimoso da geração punk de tempos atrás.

Aproximei-me, e gritei em seu ouvido:

— Podemos conversar?

Ele fez que não com um movimento de cabeça, e se virou. Uns segundos depois, voltou e, com um dos dedos, moveu os comandos do mixer para baixo.

Eu continuei:

— Esse negócio de ouvir pauleira alto, incomodando os vizinhos, é coisa superada. Caia na real, meu!

Ele tirou o fone dos ouvidos e argumentou:

— Então diga isso para os dois mil meninos e meninas que passam por aqui diariamente nas noites de quarta até sábado.

Eu mudei de assunto:

— Estou puxando o carro amanhã.

Ele justificou:

— Ah, cara... Eu realmente queria estar nessa. Mas sem chances agora. A casa está numa pior. Eu não posso virar as costas agora. Tenho muita grana investida aqui. Talvez você tenha razão, Victor, nós estamos *by-passados*. O rock já não é mais "o canto de cisne da juventude".

Eu me sentei na única cadeira do lado de trás do balcão. Ele escolheu um outro vinil e o colocou para rodar, como música de fundo. Era um saudoso *Selling England by the Pound*, com Phil Collins, Peter Gabriel e tudo o mais. Ele continuou:

— Estou com uns outros negócios em mente. Acho que vou finalmente ter que deixar esse *hobby* de lado.

E fez uma pequena pausa.

— Mas, e você, cara? Andou meio desaparecido... Eu estou sabendo que você arrumou companhia para a viagem.

Eu confirmei com um movimento de cabeça.

Mário se afastou. Estava com uma camiseta preta, sem mangas, tipo machão, de malha, cobrindo um pouco do seu excesso de pêlos e gordura. Ele era desses caras grandalhões, sempre com a barba por fazer, e com aparência daqueles motoqueiros remanescentes do movimento *hippie*, estilo *Easy Rider*. Enquanto organizava alguns vinis sobre o balcão, prosseguiu:

— Elas são gatíssimas, não são?

Ele deu uma risadinha sem graça e completou:

— Cara, você deve estar equivocado. Ou literalmente enganado.

— Por quê?

— São duas tremendas sapatões!

Olhei-o com um pouco de ironia e brinquei:

— São? Poxa vida! Mas isso é alguma doença? Pega?

Mário gesticulou com os ombros o seu desprezo às minhas insinuações. E disse:

— Olha, você sabe que se não me passarem a mão no traseiro, de resto, sou a liberação em pessoa. Pelo contrário, conheço as duas e as adoro. Mas se você estiver achando que vai render alguma coisa com alguma delas, esquece.

Eu acabei rindo. E respondi:

— Cara, se eu fosse com você, eu nem ia querer que rendesse nada absolutamente além de um bom papo. A gente ia se arrumar lá para cima. Sempre aparece algum brotinho, como já aconteceu antes... Nada me impede de viajar com elas, na base da amizade. Do que mais preciso agora é dar uma espairecida. Sumir daqui, pelo menos umas semanas.

Eu me levantei e terminei.

— Te vejo por aí, quando voltar. Cuida bem da família...

III

Era madrugada, ainda estava escuro, e já estávamos na estrada. Deveria ser umas quatro horas da manhã quando saímos do Anel Rodoviário e penetramos na BR 262. Havia pouquíssimo tráfego, e só ocasionalmente deparávamos com algum veículo. Margie estava ao volante e eu a seu lado de co-piloto. Wendy estava no banco de trás, enrolada em um edredom colorido. Freqüentemente sentíamos o cheirinho de mato molhado pelo sereno noturno, à medida que nos distanciávamos da cidade. Isso contribuía com a sensação agradável de estar pegando a estrada a passeio, rumo, no mínimo, um mês longe dos problemas habituais do cotidiano. E além da alegria pura e simples da viagem, ainda havia toda a magia de nosso recente envolvimento sensual.

A Hilux era muito confortável. Bastante espaçosa para transportar três pessoas, também era macia e silenciosa. Com o caminho vazio, e o CD ligado, não escutávamos qualquer barulho de fora. De vez em quando, alguém abria a boca de sono, mas a ansiedade não nos deixaria de forma alguma adormecer. A primeira parte da nossa jornada, até encontrar o litoral, seria um pouco longa. Estimávamos umas doze horas de viagem. Nesse trecho, tentaríamos parar o mínimo possível, pois nossa intenção era estar em Porto Seguro até o final da tarde, na pior das hipóteses.

Porto Seguro era o primeiro alvo de nossa viagem. Não tinha uma previsão de permanência. Enquanto fosse bom, ficaríamos. Quando cansássemos, retomaríamos viagem seguindo pelo litoral, sempre para o norte: Itacaré, Barra Grande, Morro de Santo Paulo, Praia do Forte e o que desse tempo.

* * *

Quando o dia amanheceu, já tínhamos percorrido mais de 150 quilômetros.

Nossa primeira parada foi próxima a Valadares, numa lanchonete de estrada. Fomos ao banheiro e nos encontramos depois em uma mesa, onde reforçamos o rápido café da manhã feito em meu apartamento. Estávamos distraidamente conversando, quando avistei alguém entrar e se dirigir ao balcão. O homem não me era estranho, mas naquele momento, não consegui me lembrar de onde o conhecia. Só em uma ocasião posterior que me lembrei se tratar do indivíduo do teatro, o que parecia procurar alguém junto ao lanterninha. Uma coincidência? Aparentemente, sim. E como na hora estava entretido com a conversa e ansioso com a viagem, o incidente passou despercebido.

* * *

Paramos para abastecer em Teixeira de Freitas. Só para abastecer, visitar toaletes e um lanche rápido. A vontade de chegar era cada vez maior, e aquele ponto, creio eu, significava mais de 80% dos quase mil quilômetros que separavam BH de Porto Seguro.

Viajar junto é algo notável quando se quer estreitar laços com outras pessoas. Principalmente numa viagem relativamente longa para se fazer de carro como aquela. Assim, junto ao cansaço, vinha o lado positivo. Longas e descontraídas conversas, bem como uma crescente intimidade.

IV

A BALSA FAZIA o trabalho da ponte que faltava sobre o rio Buranhém. Durante 24 horas elas iam e vinham, transportando veículos e pessoas entre a cidade de Porto Seguro e o Arraial d'Ajuda. Durante o dia, a freqüência dessas transferências não era maior que vinte minutos, e já fazia parte da vida de baianos e turistas a pequena espera de ambos os lados.

O sol começava se pôr, formando um belíssimo reflexo avermelhado sobre a grande massa de água do rio. Havia um pequeno veleiro naufragado, não se sabe há quanto tempo agarrado a um banco de areia, bem próximo à orla marítima, no encontro entre as águas. Eventualmente, alguma outra pequena embarcação cruzava a orla, em busca de um local para atracar, ou simplesmente atravessando o rio de um lado para outro.

Estacionei próximo ao embarque, logo atrás de um Escort, ficando em segundo na fila. Não demorou a surgirem o terceiro e quarto veículos atrás de nós. Havia uma casinha, que eles chamavam de bilheteria, na qual adquiri um tíquete que nos permitia utilizar a balsa, para transportar-nos junto com a Hilux para o lado do Arraial. Do lado havia uma barraca de madeira, com uma faixa de pano: "água de coco gelada". As garotas ficaram com vontade e foram comprar. Margie trouxe dois cocos verdes, com canudinhos de plástico, e me entregou um deles. Wendy ficou bebericando o seu, de pé, próxima ao ancoradouro, e olhando para o mar. Sozinha, em confronto com o sol poente, eu só pude ver a silhueta do seu corpo e, mais uma vez, admirar a qualidade das suas formas.

No carro da frente havia um casal, que nesse momento estava sentado sobre o capô do carro, conversando, rindo e, eventualmente, se esfregando. A garota era bonita, diga-se de passagem.

O carro de trás era um minijipe, tipo targa, desses importados, provavelmente alugado, com quatro gringos, falando alto e achando tudo *very wonderful*, num carregado sotaque texano ou coisa parecida. Eram grandões e corpulentos, e pareciam mal condicionados no pequeno veículo, mas se mantinham perceptivelmente vibrantes.

Peguei a máquina fotográfica e aproveitei aqueles minutos para imortalizar algumas imagens. Primeiro, focalizei o pôr-do-sol e bati várias fotos do rio. Depois, tirei algumas de Wendy, sem que ela percebesse. Tirei algumas da balsa se aproximando, duas do casal, uma dos gringos, outra da casinha, outra da rua, várias da Margie fazendo poses engraçadas... E lá se foi o filme. Hoje, amo essas fotos.

O barco que puxava a balsa possuía um motor de combustão química bem barulhento, e, como se não bastasse, ainda vinha disparando sucessivamente um apito ruidoso, anunciando aos quatro ventos a sua chegada. Ele nem fez manobras. Atracou de uma única vez, com precisão. O cara da casinha de bilhetes foi para a frente do primeiro carro e sinalizou para que esperássemos.

Primeiro desceram da balsa as pessoas que estavam a pé. Umas trinta, aproximadamente. Quando acabaram os pedestres, o bilheteiro foi orientando a descida dos veículos, um de cada vez, até esvaziar completamente a balsa. Só então que liberou a entrada para nós.

Após estacionarmos dentro da balsa, a mesma partiu sem demora. Do outro lado do rio estava o Paradise Resourt Hotel, o único cinco estrelas da região, fazendo divisa com o rio e o mar. Embora nossa intenção inicial fosse ficar por lá, acabamos acatando a sugestão de uma pousada mais próxima do arraial. De qualquer modo, fora de temporada, havia o que escolher.

Próximo onde a balsa ia atracar havia um outdoor (*United Colours of Beneton*) que virou folclore. Mostrava a foto de uma mulher albina entre diversas negras, provavelmente de alguma tribo indígena africana.

Em menos de dez minutos, atracamos. Após a saída dos pedestres, a Hilux foi o segundo veículo a subir a rampa. Na saída do miniporto, havia uma espécie de vilarejo e uma estrada de terra. Para o lado esquerdo, passando por construções simples, casas e pequenos botecos, estava o Paradise, uma construção moderna, rica em concretos e vidros, o que afrontava com a simplicidade do lugar. Havia uma placa de madeira, na frente de um bar rústico, apontando para o lado esquerdo, em que estava escrito: "Arraial d'Ajuda".

O chão estava úmido, provavelmente devido a uma recente chuva. Assim, não havia rastro de poeira em nosso caminho. Por outro lado, tinha que ir devagar, já que as condições gerais da estrada não eram muito boas. Era bem provável que em épocas de chuva intensa, ficasse bem problemático transitá-la.

Nessa época, a região ainda era uma sensação, e o turismo depreciativo ainda não tinha feito muitos estragos na natureza e tradições locais. Muita coisa haveria de mudar nos anos seguintes, e para o leitor que não conheceu esse verdadeiro paraíso há alguns anos, encontrará hoje um lugar um pouco diferente do que descreverei aqui, do qual, além do mistério, guardo com saudade os belos visuais naturais, com pouca, ou nenhuma presença humana além da nossa. Atualmente, está bem mais urbanizado e explorado pelo turismo maciço. Hoje, já não é mais um ponto forte a tranqüilidade e a solidão das vastas praias desertas, onde os banhistas podiam se dar ao luxo da nudez total.

Portanto, vamos falar de uma época que deixou saudade.

Eventualmente, passávamos em frente da porteira de algum sítio ou pousada, mas a maior parte do percurso ainda era isolada, com mata dos dois lados.

Era praticamente noite quando chegamos ao arraial. Existia uma igreja, certamente a maior e mais alta construção do vilarejo. Era um monumento histórico, uma das mais antigas igrejas do Brasil, fundada pelos primeiros jesuítas ainda nos tempos da colonização, e carecia de umas restaurações, pois estava bem judiada pelo tempo (uns quinhentos anos). Diante da igreja figurava uma espécie de praça, com pequenas casas, e o famoso Jatobar (que vim a conhecer depois), além de um pequeno supermercado.

Havia bastante harmonia na arquitetura. Era aquele barroco bem simples, com janelinhas de madeira, e telhas de barro, tudo geralmente bem velho, mas com um jeitinho acolhedor e nostálgico. Vimos um ponto de táxi, o único do arraial, com um corcel vermelho e duas Kombi's lotação, naquele instante.

O ar estava quente e havia bastante gente na rua, conversando em pequenos grupos. Havia meninos brincando no gramado defronte a igreja. Todos em geral com roupas leves. Paramos do lado da segunda Kombi. Havia um senhor bem moreno e magrinho, de cabelos grisalhos, ao qual pedimos orientação sobre como chegar à pousada onde havíamos feito reserva.

Ele nos explicou detalhadamente como chegar a ela. Seguimos por dentro do arraial, aproveitando para memorizar alguns pontos importantes, como bares, restaurantes e farmácia (só vi uma). Pegamos uma estradinha, chamada Mucugê, que era conhecida por levar às praias.

Íamos bem devagar. O suficiente para observar em volta, e confirmar a presença freqüente de gente bonita. Muita descontração, muito calor, e uma perceptível apelação sensual no ar, em parte, talvez, pelas roupas pequenas, e pelo clima de praia, onde muita gente só vai caçar (não vítimas, mas parceiros!).

A pousada era formada por um casarão grande, de arquitetura bem rústica, misturando madeira e concreto sem ressalvas. Atrás do casarão havia uma série de pequenas casas, onde seriam os alojamentos dos hóspedes. Quando chegamos, fomos recebidos por um senhor que nos mostrou onde estacionar e, em seguida, nos conduziu ao casarão, para cuidar do *check-in*.

Talvez por comodidade, talvez para evitar qualquer embaraço, reservamos duas suítes, onde teoricamente ficaríamos divididos. As meninas em uma, eu em outra. Desde o primeiro dia, estávamos fadados a gastar dinheiro à toa, pois nossa necessidade de duas suítes acabaria sendo apenas ilustrativa, além do que, nossa previsão de permanência ali não era muito grande.

* * *

Uma ducha nos reconstituiu para o resto da noite. Eram umas nove horas, aproximadamente, quando saímos para jantar e dar um passeio a pé pelo arraial.

Com cheirinho de sabonete e roupas bem descontraídas, já não éramos mais os alienígenas de horas atrás. Talvez, faltasse agora pegar um *solzinho*, para colorir um pouco a cútis, e quebrar um pouco a imagem de turista recém-chegado. Nesse ponto, Wendy levava vantagem, pois já era mais pigmentada de berço.

A estrada da pousada era uma entre outras sem calçamento, bastante irregular. Só eventualmente algum carro passava, bem devagar, para não cair nos buracos, e também não atropelar as pessoas displicentes que passeavam à noite, como nós.

No caminho, identificamos um minishopping, bem rural, onde havia alguns bares, umas duas lojas de roupa e alguns restaurantes (entre eles um japonês). Estava bastante animado, principalmente o primeiro dos bares, com bastante gente bebendo, enquanto rolava um suave som progressivo do Camel, em algum equipamento que não cheguei a localizar. Até pensei em ficar por ali, mas, já tínhamos um destino. A Margie queria experimentar um bistrô francês, do qual recebera boas indicações de amigos mineiros que já tinham vindo passear na região.

Tudo no arraial era simples e rústico. E mesmo o francês não fugiu à regra. A maior parte das instalações era praticamente ao ar livre, coberta por um telhado rústico, em que a sofisticação de um restaurante internacional passava longe. Mas a qualidade da comida não. Quando entramos, veio aquele cheirinho de comida gostosa, desses que chegam a dar uma mexida no estômago.

Fomos recebidos por um *maître*, que também não se vestia rigorosamente, mas era bastante educado:

— Boa noite, temos para hoje duas sugestões de dar água na boca!

Ele nos conduziu até uma mesa e prosseguiu:

— Uma delas é uma deliciosa salada quente, com frutos do mar. Especialidade da casa. Detalhe: lagosta! Outra é um delicioso medalhão ao molho de vinho, com arroz à piemontesa.

Margie mais que depressa:

— Para mim, o primeiro. E se possível, sem demora.

Eu e Wendy concordamos em acompanhá-la. Logo, um garçom, também não vestido muito formalmente, nos trouxe a carta de bebidas. Ficamos, contudo, apenas com não alcoólicos.

Foi nesse momento, que eu avistei do lado de fora, o mesmo homem que eu vira em Belo Horizonte, no teatro e na lanchonete de estrada, próximo a Governador Valadares. Sim, era o mesmo, e eu não tinha dúvida. Era muita coincidência ver novamente aquele indivíduo, um tanto estranho e aparentemente solitário, cruzando novamente nossos caminhos. Era um homem alto, magro, aparentando em torno de 45 anos, com os cabelos escuros e um ar intelectual, talvez por causa dos óculos. Dessa vez estava vestido à vontade, de bermuda e camisão colorido, até com aparência de gringo.

Wendy havia ido ao toalete nesse instante. Aproximei-me de Margie e falei baixo:

— Margie, dê uma olhada naquele cara ali fora, de pé e sozinho, próximo ao carro importado.

Ela olhou, com certa discrição. Perguntei:

— Você o conhece?

Ela franziu as sobrancelhas e respondeu:

— Não. Por quê?

Continuei:

— Eu vi esse sujeito no teatro, aquele dia em que fomos te ver. Depois o vi na lanchonete, em Valadares. E agora aqui.

Nesse momento, Wendy voltou. Ela percebeu sobre o que comentávamos e, ao sentar-se, falou:

— Parece com aquele cara que estava perturbando no teatro.

Eu disse a elas:

— Esse cara é meio esquisito. É muita coincidência encontrá-lo aqui no Arraial.

Margie brincou:

— Ele deve ser da CIA ou KGB, e deve pensar que somos espiões. Assim, resolveu nos seguir de Belo Horizonte até aqui no Arraial. Precisamos tomar cuidado...

Eu me levantei e caminhei para o lado de fora, indo até o passeio.

Não sei se novamente por coincidência, ou por perceber que me aproximava, ele entrou no carro. Parei no portão, olhando em sua direção. Ele estava de costas, já sentado na posição de motorista. Os faroletes do carro se acenderam. Era um Nissan Máxima preto. O carro, então, saiu lentamente, contornou a esquina e desapareceu.

Voltei para o restaurante, e Wendy perguntou:

— O que você ia fazer?

Eu respondi, bastante intrigado com o ocorrido:

— Ia puxar assunto. Mas mal cheguei lá fora, o cara fugiu.

O garçom trouxe uma Bohemia e três copos longos. Ele nos serviu, e ao mesmo tempo comentou:

— Só mais uns cinco minutos e os pratos estarão prontos. Estamos caprichando para vocês.

* * *

O sol no horizonte, sobre o infindável oceano, formava um cenário quase etéreo. A imensa orla de praias seguia até se perder de vista, sem qualquer obstáculo ou presença humana. Era um belo amanhecer.

O cheiro da água salgada invadiu nossos pulmões, trazido por suaves correntes de ar. Nossos pés descalços tocaram a fina areia, ainda úmida pelas brumas noturnas. Ao longe, víamos as falésias, verdadeiros muros avermelhados em contraste com o azul do mar.

Quebrando o silêncio, gaivotas e outros pássaros faziam grande escarcéu sobre as águas turbulentas e a maré alta.

A beleza do cenário se completou, então, com duas presenças humanas, ambas com uma capacidade imensa de enfeitar, mesmo em meio a um conjunto tão bem dosado pelo Criador. Margie e Wendy, vestindo tecidos coloridos e leves, caminhavam um pouco à frente, me possibilitando a grande alegria de observá-las e fotografá-las, para eternizar imagens que eu guardo hoje com muito carinho.

Estávamos no trecho de praias entre o Arraial e Trancoso. Eram vinte quilômetros de litoral praticamente ermo. Só mesmo nas proximidades do Arraial é que ainda se encontravam uma ou outra barraca, com mesinhas rústicas em volta, onde normalmente se vendiam pequenos tira-gostos como frutos do mar e bebidas. A essa hora da manhã, e fora de temporada, era natural que estivessem fechados e vazios.

Paramos próximo às falésias. Praias a se perderem no horizonte, totalmente desertas, só para nós. É um dos luxos de um país amplo e de colonização irregular, como o Brasil. De dar inveja aos gringos...

Em meio a todo aquele sossego, colocamos três esteiras de vime sobre a areia fina e clara, e enaltecemos o Criador por seus extremos caprichos, admirando, sem medir o tempo, a sua obra.

Após um longo silêncio contemplativo, *and makes me wonder*, eu resolvi fazer um comentário:

— Estamos em uma praia de nudismo. Em temporada de férias, carnaval etc, é normal o pessoal se banhar ao natural por aqui.

Margie disse:

— Um monte de gente completamente pelada? Deve ser meio constrangedor, não acha?

Ela estava sentada sobre a esteira. O vestido transparente se transformara num grande lenço e, depois, ao ser embolado, num travesseiro. Ela sorriu e desprendeu a parte de cima do seu traje de banho, deixando expostos seus seios claros e tenros. Eu respondi:

— Sinceramente, não sei. Acho que se tivesse que ficar, eu ficaria. No exército, tomava banho e ficava num vestiário com um monte de barbados sem roupa. Você mesma, Margie, não fica quase nua nos camarins, para se preparar para trabalhar?

Enquanto Wendy também se despia silenciosamente, Margie respondeu:

— Em ambos os casos, era trabalho. Trabalho é diferente. Eu não tenho nada contra a nudez, até pelo contrário. Um corpo, principalmente se for bonito, deve ser mostrado. O problema é que já temos raízes sociais e filosóficas tão arraigadas, que toda a nudez acaba sendo um afronto. Eu acho meio forçado chegar aqui e tirar a roupa no meio de um monte de gente e esperar que todo mundo encare tudo naturalmente. Sempre vai ser aquele embaraço. Os mais educados vão evitar um olhar direto. Mas vão olhar, é claro. Só que de modo mais sutil. Os menos educados vão, provavelmente, tentar exames ginecológicos à distância. E, por exemplo: se eu olhar para o pênis de um cara, ainda que acidentalmente, ele já vai achar que estou interessada...

Wendy já estava totalmente nua, se acomodando na esteira. Margie prosseguiu:

— E por mais que a gente queira só admirar platonicamente um corpo nu saudável e exposto ao sol, sempre é muito apelativo. Aqui, só nós três, está ótimo. Se no meio dessa provação, eu enlouquecer de tesão, tenho certeza que serei prontamente atendida por vocês dois. Mas imaginem que esquisito, você, Victor, por exemplo,

tentando disfarçar algo bem duro no meio de outros homens, mulheres e crianças...
Wendy resolveu então dar sua opinião:
— Entre os índios, é absolutamente normal...
Margie prosseguiu:
— Porque as tradições são diferentes.
Eu aproveitei para comentar:
— Certa vez li um clássico da zoologia e da antropologia: *O macaco nu*, do Desmond Morris. Acho que foi escrito no final da década de 1960, e reeditado não sei quantas vezes. Morris faz o tempo todo analogias entre o comportamento humano e o animal, explicando, dessa forma, as razões para o comportamento humano. Por exemplo: nossa cultura social, tradições e padrões morais impõem que usemos roupas. Mas a nossa natureza biológica impõe que nos mostremos para atrair os parceiros sexuais.
Aí, as mulheres escondem os seios com blusinhas de malhas apertadinhas que só fazem realçar seus contornos. Decotes que insinuam a existência de belos seios... Calças apertadas, com tanguinhas entrando e até modelando os bumbuns... Entre os mamíferos, os machos mostram a supremacia para atrair a fêmea. Leva quem for maior, mais forte, mais viril. Existe alguma diferença conosco?
Elas ficaram em silêncio por uns instantes. Depois Wendy me olhou nos olhos e disse:
— Eu não te acho mais forte, nem maior. Estou apaixonada por você, mas não sei bem por quê. Será que sou uma exceção no reino animal?
Eu sorri e completei:
— Pode ter certeza que não. O que você sente por mim é extremamente animal. Depois, o coração e o intelecto acabam acrescentando o fator amizade. Então, o conjunto se transforma no amor à Vinícius de Morais.
Margie deu um beijo em meu rosto e disse:

— Adorei, grande filósofo! Mas eu tenho uma profunda intuição que o amor vai além da biologia. Na verdade, eu acredito que o próprio ser humano é muito maior do que seu corpo físico aparenta.

Wendy, exibindo sua maravilhosa nudez, massageava nesse instante as costas de Margie com um creme protetor solar. Margie acrescentou:

— Existe muita especulação, existe alguma ciência, alguma verdade. A impressão que tenho é que nos próximos anos muito será descoberto sobre o ser humano, além do que os nossos cinco sentidos básicos são capazes de detectar. Se os processos biológicos já são coisas surpreendentes, eu fico a imaginar como serão mais surpreendentes ainda os processos que hoje chamamos de esotéricos. Intuições..., premonições..., telepatia..., alma, relações entre o homem e o Universo. Tudo isso deve ser de uma grandeza indescritível...

Quando ela silenciou, absorvida pelas próprias palavras, eu mencionei Isaac Newton:

— Alguém disse certa vez que, normalmente, ficamos estudando grãozinhos de areia em uma praia, de cabeça baixa, ignorando a imensidão azul que se apresenta à nossa frente.

Nesse momento, Wendy aplicava o filtro solar sobre meus ombros. Estávamos então quietos, por coincidência, olhando as ondas se quebrarem na areia. Quando terminou, ela me entregou o frasco com o produto e se ajoelhou de costas para mim, para que eu fizesse o mesmo por ela.

Quando terminei, também me despi e sugeri:

— Que tal um banho de mar?

Wendy protelou:

— Deve estar hipergelada.

Margie se levantou, tirou a parte do biquíni que ainda mantinha, deixando-a cair sobre a esteira, e disse:

— Eu topo!
Wendy nos olhou com certa desaprovação e falou:
— Vocês vão. Se não virarem picolé, talvez eu os acompanhe. Boa sorte.
Margie segurou minha mão e me fez correr junto com ela em direção ao mar. Nossos pés alcançaram a água, que não estava muito fria. Estava suportável. Continuamos a correr, até alcançarmos um pouco mais de profundidade. Quando a primeira onda mais forte chegou até nós, nos separamos e pulamos simultaneamente. O impacto da temperatura foi quebrado de uma só vez, ficando confortável nos próximos instantes. Avançamos mais, em busca de profundidade. Entre uma onda e outra, Margie gritou para Wendy:
— Venha logo! A água está quentinha!
Ela me olhou e nos sorrimos. Que mentira!
Wendy continuou sentada, nos observando. Fez um sinal de negação com o indicador da mão direita e riu.
Acho que para provocá-la, Margie me abraçou, com os braços e as pernas, e me beijou deliciosamente. Só se afastou quando uma onda imensa se aproximou, e tivemos que pular.
Uns minutos depois, Wendy se juntou a nós. Ficamos quase toda a manhã naquele pedacinho de paraíso, sem ter qualquer contato com outras pessoas. Chegamos a avistar, bem longe, para os lados do Arraial, uns poucos banhistas, mas ninguém se aproximou ou nem sequer passou da Lagoa Azul. Fotografei de vários ângulos toda a paisagem, com ou sem as meninas. Também fiz alguns ensaios dignos de um Bob Clarke, um Hamilton ou um Flegey. Tínhamos todo o tempo e privacidade para isso. E um estúdio perfeito, com a melhor iluminação fotográfica existente: a luz solar. Gastei umas cem poses. Dessas, mais da metade ficaram excelentes, e pelo menos umas dez, artísticas. Utilizava uma Canon EOS, com objetiva de 80 mm. Uma máqui-

na leve e boa de transportar. Quase uma terceira amiga inseparável, durante todo o passeio.

Eram umas onze horas quando a fome e o calor se tornaram desconfortáveis. Nos vestimos, colocando até mesmo camisas, para evitar queimaduras nos ombros, e saímos.

No caminho de volta, bem antes da Lagoa Azul, paramos numa interessante barraca de praia. Feita como uma palafita, acima do chão. Era um demonstrativo de que ainda havia muita madeira na Bahia. A construção, redonda, toda aberta e com um grande telhado, era montada com toras de sucupira e ipê, provavelmente de árvores centenárias, todas aparelhadas e imunizadas. No meio, ficava o bar. Em volta, mesinhas com cadeiras alongadas horizontalmente, tipo móveis de beira de piscina. Das dez mesas ou mais, só duas estavam ocupadas quando subimos os degraus da plataforma.

As duas mesas eram próximas, e o pessoal conversava entre si. Eram três homens e três mulheres, mais para coroas, embora as mulheres fossem bem enxutas. As três estavam até sem a parte superior do biquíni. Depois eu vim a saber que mesmo fora das praias de nudismo, o *topless* era um costume absolutamente normal do lado de cá do canal do rio Buranhém.

Elas estavam bronzeadas por igual, sem marcas de sutiã, o que comprovava que sua estada na região já remontava algum tempo. Era uma conversa descontraída. Havia muita gargalhada e cerveja gelada, e não se constrangeram com nossa presença.

Nos sentamos em torno de uma das mesas, quase no outro extremo. Imediatamente um homem magrinho e de barbas grisalhas, de bermuda branca e camisa de seda colorida se aproximou:

— Oi pessoal, gente nova por aqui?! É bom recebê-los! Fiquem à vontade!

Eu perguntei:

— Como está sua cerveja?

Ele sorriu:

— Estupidamente!

E fez um sinal para uma jovem moreninha atrás do balcão.

Ele prosseguiu:

— Todos me chamam de Zé. Estou à disposição. A propósito, temos um aipim frito que está divino. O camarão também. E se a fome for grande, a gente prepara um peixe especial. Só que demora... Quem entra aqui, não precisa ter pressa.

A garota trouxe uma garrafa e três copos, e deixou sobre a mesinha. Enquanto enchia os copos, eu disse:

— Parabéns pelo lugar. E pela música de fundo também!

Ele sorriu novamente:

— É Cat Stevens, você gosta?

Eu confirmei:

— Certamente.

Ele prosseguiu:

— Essa fita foi presente do próprio. Eu o conheci pessoalmente, em 1974. Quando ele veio passar uns dias em Porto Seguro. Na época, eu tinha um restaurante lá. Depois eu te mostro. Temos até uma foto juntos!

Um dos barbados da mesa ao lado o chamou. Ele pediu licença e foi para a mesa deles. Wendy fez um comentário para Margie:

— É, o pessoal daqui é bem liberado mesmo, hein!

Eu dei uma olhada discreta para os peitinhos das mulheres da outra mesa, e depois disse para minhas amigas:

— O quadro não deixa de ser bonito... De certa forma, parece que essa região incentiva. Há algo no ar que instiga a sensualidade...

Elas olharam para seus próprios seios, cobertos pela malha das camisas. Eu prossegui:

— Mas o quadro de cá, mesmo com roupa, ainda está diversas vezes mais atraente...

Elas sorriram. Nesse instante, a garçonete entregou um cardápio nas mãos de Wendy, que estava mais próxima. Pedimos a mandioca e camarões fritos, de tira-gosto, conforme sugestão, e também o peixe assado para almoço.

Uns dez minutos depois, o próprio Zé voltou com as porções, e nos perguntou:

— Quando é que vocês chegaram?

Margie respondeu:

— Ontem.

Ele escutou e continuou:

— Bom, então é provável que não saibam, mas chegaram em boa hora. Hoje à noite, teremos um lual aqui. A gente não costuma fazer, assim fora de temporada, aquelas festanças para turistas. Mas fazemos as nossas festas, até mais íntimas e mais gostosas, com o pessoal daqui e os poucos turistas fora de época como vocês. A idéia nem é fazer dinheiro, mas, sim, juntar o pessoal. Assim, a gente estipula um valor por cabeça, para garantir bebidas e comidas. Eu gostaria que vocês aparecessem. Vai ficar bom.

Margie perguntou:

— Lual tipo Caribe e tudo mais...?

O homem sorriu e confirmou:

— Sim, com música, dança, roupas extravagantes, frutas, coquetéis... E costuma rolar algo mais para quem gosta. Mas para quem prefere ficar careta como eu, também não há afronto.

Ele começou a se distanciar, falando:

— Conto com vocês, hein!

Na medida em que o tempo passava, foram chegando outras pessoas e ocupando as mesas restantes do bar do Zé. Algumas vinham de carro, por uma estrada de chão, do lado de trás. Outras vinham caminhando pela própria praia. Houve também o caso de três moças que vieram de bugre, pela areia da praia. O Zé parecia conhecer a todas, e as tratava sempre com muita cortesia e bom papo.

Nosso almoço se compôs por uma seqüência de tira-gostos acompanhados por muito líquido, para suportarmos bem o calor. A partir disso, ficamos a maior parte daquela tarde lá. Havia uma rede de balanço próxima à nossa mesa e, vez por outra, um de nós descansava nela. Acho que ficamos até umas três da tarde, jogando conversa fora, e acabamos voltando para a pousada de carona, que o próprio Zé nos conseguiu. (Havia um casal muito gentil com uma Kombi furgão.)

V

Valsando como valsa uma criança
Ela entra na roda, a noite está no fim
E ela valsando só na madrugada
Se julgando amada ao som dos bandolins

Oswaldo Montenegro

Retornamos por volta das nove e meia da noite ao bar do Zé, só que dessa vez com a Hilux e não pela praia, mas pela estradinha de chão, escura e estreita que ligava o bar e uns sítios próximos ao Arraial.

Havia música ao vivo. Um conjunto formado por pessoas da região fazia uma espécie de Daniela Mercury *cover*, e o som até que estava bom para amadores. Não havia muita gente quando chegamos. Aparentemente, os que estavam lá já se conheciam, e não havia nada de roupas extravagantes, como o Zé havia sugerido. Era uma noite quente de verão, e embora ventasse um pouco ali, de frente para o mar, todos estavam sentindo um pouco de calor, pois todos usavam roupas simples e leves. Havia também uma certa mistura de estilos. Alguns avermelhados com jeito de gringos. Uns outros bem escuros, estilo jamaicanos, com uns penteados bem peculiares sobre cabelo pixaim. E uns mineiros alienígenas recém-chegados.

Logo que subimos na plataforma do bar, fomos saudados por um dos casais que havíamos conhecido durante o dia.

Havia, nesse instante, um casal dançando uma lambada de nível profissional, quase teatral, para os quais estavam voltados quase todos os olhares. A mulher era loura, provavelmente falsa, de cabelo curto, esguia, de corpo bonito e maleável, bem bronzeada. Seu vestido curto subia e descia nos rápidos movimentos da dança, expondo a calcinha branca rendada e seu bumbum um pouco acima da média. Seu parceiro era negro brilhante, com uma camisa de malha vermelha e sem manga. Seus braços de estivador envolviam a mulher, conduzindo-a em movimentos rápidos e precisos. Ambos não eram muito bonitos esteticamente, porém a arte de seus movimentos lhes acrescentava a beleza que não tinham.

Margie comentou:

— A dança realmente é uma dádiva dos deuses!

Quando a música acabou, todos bateram palmas. Nesse instante, o Zé chegou e pegou o microfone da jovem Daniela Cover:

— Vamos logo, meus amigos. Não fiquem aí parados só olhando. A pista é para todos.

Em seguida, se aproximou de nós:

— Que legal, vocês vieram!

Beijou o rosto das meninas e me deu um aperto de mão. Aconselhou-nos a ficar à vontade e foi receber outras pessoas que estavam chegando.

Não sei como, acabou surgindo conversa com um casal desconhecido que estava próximo, que eram, por coincidência, também de Belo Horizonte. Embora Margie ainda não fosse uma pessoa literalmente famosa, acabou sendo reconhecida. Quando confirmaram que se tratava de uma preciosidade do mundo artístico mineiro, logo pediram a ela que mostrasse um pouco de seu talento, que não estava restrito às danças clássicas. Assim, logo Margie foi incentivada a dançar. É claro que não precisava de muito incentivo, pois ela realmente estava com vontade. O problema aparentemente é que não havia naquela mesa um parceiro a sua altura, para acompanhá-la. Foi então que o casal conterrâneo acabou sugerindo que ela dançasse com o negão meio Jamaica do espetáculo anterior.

Entre uma música e outra, o senhor do casal conterrâneo chamou o hábil dançarino. Margie ficou um pouco sem graça, mas Nelson (esse era seu nome) segurou sua mão com gentileza e disse:

— Oh, bela senhorita, conceda-me a honra dessa dança?!

E cochichou:

— Se você tiver dificuldade, irei bem devagar. Eu te ensino!

Essas palavras devem ter tido um efeito contrário sobre Margie, tipo "Quem é esse cara para achar que pode me ensinar?" Ela se levantou, com um sorriso cínico, deixando o copo de coquetel sobre a mesa. Os dois foram para o centro da pista vazia. Nelson fez um sinal com a mão para a banda, e nova música começou.

Começou junto, um novo show, que nos primeiros passos surpreendeu o próprio Nelson. E novamente a pista de dança se transformou no foco das atenções. O cara era bom dançarino, ninguém podia negar. Mas Margie... Margie era uma bailarina. Seu corpo estava em harmonia com o Universo. Para ela, a "dança era uma dádiva dos deuses". Seus movimentos eram rápidos, sensuais, leves, precisos. Seu corpo era bonito, sensual. Usava uma calça de malha coladinha ao corpo e uma blusa decotada e sem mangas, tudo de cor branca.

Margie era de uma estética de chamar atenção, parada. Dançando, era um fenômeno sensual. Alguns de seus movimentos surpreendiam o dançarino, que tinha que improvisar para não perder a seqüência. A dança era quente, com muito jogo de cintura, quadris e pernas, além de diversas encenações com rodopios, abraços, puxões, saltos e escorregões deliberados. Nessa fase, o conjunto deveria se chamar lambada ou salsa, na versão do nordeste brasileiro. Para ser mais exato, baiana.

A platéia, mesmo acostumada a ver grandes apresentações, já que não eram raros os talentos na região, parecia impressionada com Margie. Eu compartilhei o sentimento, pois ao vê-la como bailarina clássica, ou dançando um funk de brincadeira dentro de um quarto de motel, não cheguei a imaginar que conhecesse outros ritmos tão bem.

Quando terminaram, houve uma grande salva de palmas em todo o bar. Nelson a trouxe de volta para a mesa, com o suor brilhando em seu rosto negro. Ela se sentou, tirando de minhas mãos um caneco de cerveja, e tomando-o quase todo numa golada. Wendy simultaneamente entregou outro caneco para Nelson, que fez o mesmo, e depois disse para Margie:

— Sabe moça, a senhorita tem o diabo no corpo!

Margie também transpirava. Apenas sorriu para o dançarino, que se retirou e foi buscar a companhia de seus amigos.

Logo em seguida, localizei acidentalmente dentro do bar, conversando com o Zé, o homem estranho do teatro, da estrada e do restaurante francês. Apontei-o para o casal que ainda conversava conosco e perguntei se o conheciam. Eles negaram. Mudei de assunto, então, e fiquei aguardando uma oportunidade para indagar a respeito com o dono do bar.

Eu estava bastante cismado com ele. Essas intuições que surgem e não sabemos explicar por quê.

Só tive chance de abordar o Zé meia hora depois. Ele respondeu:

— Seu nome é Arille (pronuncia-se Eiril) Martin. É austríaco. Mora em Porto Seguro há muitos anos, eu acho. Tem alguns negócios por aí. É um cara meio esquisitão, mas acho que não é má pessoa. Por quê?

Eu fui sincero:

— Tenho esbarrado com ele por diversos lugares, por isso fiquei curioso. Inclusive lá em BH.

Zé então sugeriu:

— Se você quiser, depois lhe apresento a ele.

Eu disse:

— Ah, deixe isso pra lá. Acho que foi mera coincidência...

Isso foi o que eu disse. Não era o que eu estava pensando. Mas procurei esquecer o assunto e aproveitar a festa. Deve ter sido nessa hora que o casal conterrâneo comentou algo sobre uns lugares interessantes para visitar de barco. Eles possuíam um sitiozinho próximo de Trancoso e já conheciam bem a região:

— Um dos passeios que vocês não podem deixar de fazer — disse o homem — é conhecer o Recife de Fora. Tem que ser de manhã, quando a maré está baixa e dá para caminhar sobre ele. Vocês devem levar equipamento de mergulho para verem os peixes. É muito bonito.

A senhora então comentou:

— Ah, Jaime, isso é passeio para coroas como nós. Eles vão gostar é de Caraíva. Parece que semana que vem terá uma festa lá. Procurem se informar.

O homem sorriu e continuou:

— Tem muita coisa interessante por aí. Entre Porto Seguro e Cabrália existem vários bares de praia, sempre bastante agitados.

Wendy então comentou:

— Na verdade, estamos fugindo de tumulto. Tudo bem uma festa como esta aqui, mas nós queremos mesmo é curtir a natureza. Essa idéia do recife parece ser legal. Meu amigo — e apontou para mim — adora fotografar paisagens, não é Victor?

Eu fiz que sim com a cabeça. O suposto austríaco estava próximo, e cresceu os ouvidos às palavras de Margie. Ele se aproximou e, sem qualquer outra cerimônia, disse, com leve sotaque francês:

— O recife é bonito, mas as praias antes de Trancoso são mais...

Ele fez uma pausa, quando todos o olhamos, meio surpresos:

— Desculpem-me. Deixem apresentar-me. Sou Arille Martin, mas o pessoal me chama por aí de Francês, por causa do sotaque.

Todos se apresentaram, e ele continuou:

— Moro aqui há muito tempo. Às vezes sinto saudades da minha terra, mas ainda não tive chance de voltar. Também, essa região tem encantos que conquistam qualquer pessoa. E volta e meia descobrimos lugares novos... Outro dia, passeando de barco, descobri um lugar maravilhoso entre Trancoso e Caraíva. É um pouco perigoso para chegar, mas vale a pela. Chama-se Praia da Laguna, e dá de dez a zero na Lagoa Azul aqui do Arraial D'Ajuda.

Eu aproveitei para perguntar:

— Você gostou do balé no Palácio das Artes?

As meninas se surpreenderam com minha pergunta. O outro casal não entendeu. Mas o suposto austríaco entendeu e respondeu, me olhando profunda e estranhamente nos olhos:

— Lamento, mas não tive chance de ver a apresentação. Estava procurando minha secretária no teatro. Tinha vôo marcado, e muita pressa. Você estava lá?

Eu balancei a cabeça afirmativamente. Ele continuou:

— Você deve ser um bom fisionomista, para se lembrar de mim...

Respondi novamente com a cabeça, afirmativo. Acho que ele ficou meio sem graça e disse:

— Bem... Foi um prazer conhecê-los. Por favor, com licença.

Ele nos deu as costas e foi para o outro lado do bar. A garçonete trouxe mais bebida e colocou sobre a mesa. O casal conterrâneo começou a conversar com outro pessoal numa mesa ao lado, enquanto eu e as meninas ficamos em silêncio. Wendy, que estava do meu lado, encostou sua cabeça em meu ombro, numa atitude quase distraída. Como conseqüência, entretanto, foi criado um clima de carinho e reciprocidade entre nós. Margie, que nos observava do seu canto, disse baixinho algo que não ouvimos, mas conseguimos ler através dos seus lábios:

— Eu amo vocês.

* * *

A festa rompeu a madrugada. O pessoal foi ficando mais bêbado. Teve gente que cheirou cocaína. Teve até *strip-tease.*

Antes que o nível realmente baixasse, estávamos sentados os três na areia da praia, abraçados e enrolados a um cobertor, admirando a lua, as estrelas e seus reflexos sobre o mar. O som da festa ficara distante, meio apagado belo barulho das ondas. Havia entre nós, naquele instante, uma harmonia calma, algo que rapidamente estava se tornando forte em nosso relacionamento. Eu sabia que já havia algo bastante sólido entre elas. Mas acho que eu estava me tornando um intruso bem aceito, alguém que podia fazer parte da magia que cercava as duas.

VI

A LUZ SOLAR QUE VINHA do alto, penetrava na água limpa e clareava a formação de recifes. Cardumes de peixes com aproximadamente um palmo de comprimento passavam freqüentemente por nós. Eles possuíam listras pretas verticais intercaladas por amarelo vivo e brilhante.

Estávamos usando trajes de neoprene, com cilindros de ar, máscaras de mergulho e tudo mais. Talvez eu fosse o menos treinado dos três, mas pelo menos o básico eu conhecia. Havia aprendido com um profissional, muitos anos atrás, no Arraial do Cabo. Desde então, fui um grande fascinado pelo *sub,* e sempre aproveitava meus passeios ao litoral para pôr em prática aquelas lições duramente aprendidas (mas isso é outra história...).

Quanto à Margie, mergulho e natação pareciam ser mais um dos seus dons. Seu controle e flutuabilidade eram dignos de uma profissional. Margie tinha uma facilidade muito grande em tudo o que se relacionasse com capacidades físicas. Quando elogiada, atribua esse sucesso à sua mãe. Dizia ela que começou suas aulas de dança, natação e música ainda na infância, graças à necessidade de sua mãe mantê-la ocupada ou afastada de casa para seus freqüentes encontros com o "Ricardão".

Mas não guardou nenhuma revolta a respeito, pois aprendeu a cultuar seu corpo muito cedo e isso lhe trouxe bastante alegria.

Wendy não possuía muita técnica, mas era naturalmente graciosa. Tinha alguma dificuldade para permanecer no fundo, talvez por não ter se adaptado bem ao colete que estava usando. Em movimento, porém, era rápida e precisa.

Era nosso quarto dia na região e havíamos seguido algumas indicações para encontrar aquela enseada. O acesso foi feito por uma estrada bem ruim, atravessando algumas porteiras de propriedades. O lugar ficava entre Trancoso e Caraíva, a uns cinco quilômetros ou mais de uma pequena aldeia de pescadores. Tivemos que enfrentar um bom pedaço de praia com a Hilux para chegar.

Havia um riacho, de água gelada e cristalina, que saía do meio da mata e cortava a praia. Próximo a ele, esticamos uma lona, amarrada a caminhonete e a estacas de madeira, colhidas por ali mesmo. Era nossa intenção, ao trazer até comida e bebida, ficar o dia todo ali.

Quanto aos nossos mergulhos, eram só contemplativos. Infelizmente não havia me preparado para tirar fotografias submersas, brincadeira que carece de equipamento próprio, ou pelo menos uma embalagem à prova d'água para a máquina fotográfica. Por outro lado, o fato de não ter a preocupação de fotografar, me permitiu uma descontração e um desfrute muito maior daquele mundo diferente.

Eventualmente, algum espécime diferente passava próximo a nós, aparentemente ignorando nossas presenças. Em alguns minutos, foi possível comprovar que havia ali uma fauna aquática de grande riqueza. Longe da poluição e muito pouco habitada eram características de todo aquela orla marinha, do rio Buranhém até

Barra do Caí. Na ocasião, oramos em silêncio para que permanece assim, eternamente.

* * *

Estávamos descansando à sombra da lona, quando escutamos o ruído de motor de barco, à distância. Consegui avistar ao longe uma embarcação. Parecia uma espécie de iate, com toda a estrutura de veleiro, que certamente não estava utilizando naquele momento. A embarcação cortou lentamente o oceano, até sair da nossa linha de visão, indo para o lado de Caraíva.

Eu saboreava uns camarõezinhos que havíamos comprado na pequena aldeia de pescadores, temperados apenas com limão, enquanto escutava minhas amigas conversarem algo a respeito de peixe assado ou alguma coisa parecida.

Não me cansava de admirá-las. Estavam muito bonitinhas com aquelas roupas de mergulho, em neoprene de três milímetros e tecido plastificado, ambas de cores vivas e brilhantes, Margie de verde limão e Wendy de vermelho maravilha. Os cabelos presos, com rabinhos de burro, molhados. O rosto sem qualquer maquiagem. A noite anterior havia sido bastante agitada. Houve uma deliberada orgia em um dos chalés da pousada, entre um cara e duas garotas, que tinham ficado quase o dia todo se entreolhando e se desejando. O próprio clima quente, a praia, o mar, as outras pessoas... Tudo isso criava inevitavelmente um ambiente afrodisíaco. E o sentimento continuava...

Eu estava com uma intenção muito grande de arrastá-las para dentro do mato, seguindo o riacho ou coisa assim, para dar seqüência às vontades. Embora a praia fosse deserta, fazer sexo na areia nunca foi um grande negócio. Dentro da Hilux, pior ainda, por causa do calor. Além disso, eu temia que passasse outro barco, ou um pescador a pé a qualquer instante.

Eu me levantei e disse:

— Vou dar uma volta riacho acima, para reconhecer o terreno. Querem vir comigo?

Wendy perguntou:

— E o peixe?

Eu respondi:

— De repente, a gente volta na aldeia depois. Tem certeza que vocês querem cozinhar?

Ela e Margie se entreolharam. Margie disse:

— Com essa preguiça que você está, vai ser difícil. A fogueira pelo menos você podia fazer, para a gente poder assar o peixe.

Eu forcei um semblante de desaprovação e disse:

— Não sei por que, mas acho que não vai dar certo.

Margie teimou:

— Vai dar sim. Eu já fui escoteira. Pode confiar.

Resolvi então:

— Está bem. Então, alguém quer vir comigo buscar os gravetos para a gente queimar?

Elas se entreolharam de novo. Margie falou:

— Vão vocês dois, eu fico aqui para vigiar as coisas e preparar o peixe.

Começamos a caminhar em direção ao riacho, quando Margie voltou a falar:

— Apesar do que, o peixe já está preparado, não é?

Parei de andar e me virei para ela:

— É. É só espetar e colocar na brasa. Está limpo e temperado.

Trancamos a Hilux e fomos os três. Seguimos por dentro do riacho. A água chegava no máximo até nossos joelhos. O fundo era de areia, e a água bastante cristalina. Não havia, contudo, qualquer sinal de vida, tipo peixes ou crustáceos.

Primeiro passamos por uma mata de grandes palmeiras e vegetação rasteira rala, até que gradativamente as palmeiras se intercalaram a outros tipos de árvores. Não muito distante escutávamos o som de águas mais turbulentas, possivelmente uma pequena cachoeira.

A água do riacho era mais leve e mais fria que a água do mar. Sentíamos também sob nossos pés descalços, grãos de areia maiores que na praia. Havia muita sombra, mas mesmo assim ainda estávamos com um pouco de calor por causa das roupas de mergulho. Em certa altura da caminhada, vi um grande galho seco caído sobre pequenos arbustos e grama. Saí da água e pedi que elas esperassem. Puxei o facão que carregava atado a cintura, e reparti o galho com vários golpes, deixando pedaços regulares e fáceis de carregar. Em seguida, amarrei-os com fitas em três feixes e deixei os feixes ali mesmo, longe da água. Voltei para o riacho e comentei:

— Vamos conhecer a cachoeira. Na volta, a gente pega.

Andamos mais uns cinqüenta metros e encontramos a suposta queda d'água, sobre uma laguna de perímetro quase circular, com uns quinze metros de diâmetro. O fundo era mais escuro, o que significava maior profundidade. Wendy não conteve a exclamação:

— Nossa! Que lindo!

Eu me adiantei, e na intenção de testar a segurança da bela piscina natural, fui caminhando e descendo gradativamente, até cobrir de água à altura do peito. Então me virei para elas e disse:

— Próximo às pedras deve ser bem fundo. Tomem cuidado.

Wendy esticou os braços para a frente e saltou dentro d'água. Margie veio em seguida.

O local nos exerceu tanto fascínio que, após brincar um pouco, Margie até sugeriu:
— Podíamos até acampar aqui. Tem água limpa para se tomar banho. Uma boa sombra para se descansar. O mar. A aldeia, com algum suprimento... E boa companhia... O que mais eu podia querer?
Eu disse:
— Nada nos impede. Temos quase tudo na caminhonete, pelo menos para passar a noite. O que você acha, Wendy?
Ela olhou em volta e questionou:
— Podemos experimentar. Mas onde armaríamos a barraca?
Eu respondi:
— Dá-se um jeito. Se não tiver nenhum espaço, a gente fica até na areia da praia. Já acampei assim antes.

Brincamos mais um pouco na água e, em seguida, resolvemos voltar para cuidar do almoço. Acabou não havendo muito clima para minhas pretensões. Por outro lado, a idéia de armar a barraca facilitaria as coisas para mais tarde. Tínhamos muito tempo e nenhuma preocupação. Aqueles dias estavam sendo uma sucessão de momentos agradáveis, de um jeito ou de outro. Em nenhum instante eu cheguei a forçar a barra no sentido íntimo com elas. Embora fizesse ocasionalmente alguma insinuação, procurava deixar sempre que partisse delas. Desde que aconteceu pela primeira vez foi assim. Eu tinha um certo receio que, se fosse diferente, poderia quebrar o encanto. Preferia por enquanto continuar no papel de objeto de prazer sempre disponível, não de um garanhão insistente.

Consegui incendiar uns gravetos com facilidade, e o peixe até que ficou saboroso. Eventualmente, o vento trazia algum grãozinho de areia junto, mas nada que atrapalhasse significativamente o sabor... Decidimos, porém, por unanimidade, que a próxima refeição seria preparada em local mais reservado, afinal areia não é tempero!

E foi naquela tarde que encontramos a caverna. Após uma soneca habitual, saímos novamente os três, não só para descobrir um bom lugar para montar a barraca, mas também para conhecer em volta. Caminhando novamente pelo riacho, saímos próximo à laguna e subimos pelas pedras em volta da queda.

A água do riacho vinha do interior de uma grande cavidade rochosa, com uns quatro ou cinco metros de altura por, no mínimo, uns três de largura. A cavidade era arredondada, remontando provavelmente centenas de anos de erosão, e possivelmente um riacho mais volumoso em tempos antigos.

Eu, particularmente, não tinha grande atração por cavernas, mas aquela visão tão surpreendente acabou me fascinando. Do lado de fora havia um descampado excelente para se montar a barraca, protegido do vento pelo morro e próximo à água limpa, e certamente potável, que vinha da montanha.

Margie olhou para Wendy e disse:

— Está para o Newmam, aquele seu antigo namorado.

Wendy sorriu:

— O *esporrólogo*!

Eu olhei para Margie e falei:

— Desbocada essa sua coleguinha, hein?

Margie comentou:

— Wendy *saca* horrores de espeleologia. Ela namorou um cara que era desses naturalistas aficionados. O negócio dele era subir em morros até a completa exaustão física, ou entrar em buracos cheios de morcegos.

Eu brinquei:

— E por causa disso ele virou *ex*?

Wendy sorriu:

— Ele era uma ótima pessoa para se ter como amigo. Só. Guardo umas recordações boas dessa época. Tínhamos uma boa turma. Fizemos bons passeios. O melhor foi Ibitipoca. Aliás, foi quando eu e Margie começamos a transar, bem às escondidas, durante um banho inesquecível.

Nós paramos de frente à caverna, como que perguntando tacitamente se entrávamos ou não. A luz externa penetrava por uma distância significativa em seu interior, e talvez pudéssemos caminhar alguns metros, utilizando-a. Mas foi a própria Wendy que sugeriu:

— Acho que sem uma lanterna vai complicar.

Como único voluntário forçado, eu disse:

— Fiquem exatamente aqui. Não saiam. Eu vou buscar.

Dei meia volta e desci o pequeno morro. Fiquei a imaginar o que teria se passado na mente das duas a respeito do comentário de Wendy sobre Ibitipoca.

Eu, que sempre fui um andrófobo e nem de longe me imaginaria homossexual (a simples idéia me causa apreensão), fiquei tentando me colocar no lugar delas, para entender seus sentimentos. É fácil dizer que entre mulheres tudo é mais voltado ao carinho e que as formas femininas sempre tenderiam a enfeitar essa relação. Mas por mais bonito que eu pessoalmente pudesse achar, ficava o próprio conflito com as tradições sociais, que elas teriam vivido, a princípio. Eu não tinha a indiscrição de perguntar, mas queria ouvir como foi.

No meu retorno à Hilux, percebi que um barco pequeno, tipo uma lancha, estava ancorado a uma pequena distância dali. Não consegui ver direito a pessoa que o utilizava, e nem quis perder tempo com isso. Mas, por precaução, deixei a caminhonete trancada, e com o alarme acionado. O simples fato de uma presença humana desconhecida rondando por ali me trazia um certo desconforto. Enquanto voltava, fiquei desejando imensamente que ele fosse embora bem depressa, para não quebrar o sentimento de tranqüilidade proporcionado por uma praia deserta.

Quando cheguei, encontrei Margie e Wendy sentadas em uma grande pedra, com os pés dentro d'água, e o sol sobre as faces, conversando algo que não pude escutar. Quando me aproximei, não fizeram questão de continuar. Saíram da pedra e caminharam, dentro do próprio riacho, em direção à fenda. Eu as acompanhei, e logo tomei a dianteira, ligando a lanterna.

Nos primeiros passos, confirmamos que a caverna tinha o formato de um cilindro, e seu chão era o próprio leito do riacho. Mais para dentro, quando a luz da lanterna começou a se tornar significativa, percebemos as primeiras formações calcárias e cristalinas. Estalagmites e estalactites precipitavam do piso e do teto.

A caminhada foi fácil nos primeiros trinta metros. A galeria era ampla, e nossos pés tocavam a areia no fundo da água fria, sem qualquer dificuldade de locomoção. Mas a certa altura, comecei a perceber que a massa d'água raleava rapidamente e a areia do fundo começou a ser substituída por pedras mais escorregadias. Com ajuda da lanterna, encontrei uma fenda de onde saía a água, o que parecia ser uma espécie de canal subterrrâneo. Dali para a frente, o piso era seco e as formações cristalinas mais comuns. As diversas incrustações de cor lilás refletiam a luz da lanterna como pequeninos espelhos coloridos.

O silêncio se tornou tão grande que ouvíamos nossos próprios passos. Margie e Wendy já estavam coladas em mim, segurando meus braços, uma de cada lado. Experimentei desligar a lanterna por uns segundos, para saber se vinha luz natural de alguma parte. Escuridão quase total, exceto, bem ao longe, a claridade da entrada por onde passamos.

O feixe da lanterna iluminava diversas formações calcárias e perdia intensidade muito antes de encontrar algum obstáculo que parecesse um fundo. O diâmetro e altura da galeria pareciam até maiores mais para a frente, o que tornava as dimensões da caverna consideráveis. Era estranho que não tivéssemos ouvido sequer um comentário sobre sua existência anteriormente, já que se tratava de uma formação natural bem atrativa sob o ponto de vista turístico.

Margie advertiu, quase num sussurro:

— Acho melhor voltarmos. Estamos descalços, tem muitos cristais aqui...

Seu sussurro chegou aos nossos ouvidos de forma bem mais clara e intensa que um simples sussurro, como se houvesse ecoado pelas paredes, ou simplesmente amplificado por algum artifício acústico desconhecido. O fato é que isso foi tão relevante, que ela própria se interrompeu. Começamos, então, o caminho de volta, silenciosamente, e só voltamos a falar quando a claridade exterior chegou até nós.

Wendy foi a primeira:

— Que loucura! Eu jamais poderia imaginar uma gruta dessas dimensões, por aqui! Cheguei a sentir medo. E já entrei em várias cavernas antes. Tem algo de diferente... Vocês perceberam que coisa interessante que aconteceu com os sons quando Margie falou?

Eu olhei para as duas, já do lado de fora, e disse:

— Tenho a impressão que somos os pioneiros. É bom averiguarmos depois com os pescadores, mas de repente, por esse lugar ser realmente meio retirado, pode ser que sejamos os descobridores. Eu gostaria de entrar lá de novo, mas o ideal é nos equiparmos um pouco mais.

Wendy sugeriu:

— Então vamos montar a barraca primeiro, de preferência aqui em cima mesmo, enquanto é dia. Depois, nós faremos uma segunda expedição. Ok?

Margie disse que para ela estava bem. Eu não disse nada. Concordei silenciosamente.

Armei a barraca com ajuda das duas. O que deu mais trabalho foi cavar um dreno em volta da mesma, para o caso de chuva, além de ir e voltar umas três vezes na praia para pegar nossas coisas.

Consegui uma sombra estratégica, em meio às árvores, e fora da areia, para deixar a Hilux. Não convinha maltratá-la, pois custou muito dinheiro, e estava nos dando grande satisfação.

Foi enquanto a manobrava, que percebi pelo retrovisor que a lancha que estava ancorada anteriormente nas proximidades da praia, havia ido embora, ou pelo menos não estava mais no meu ângulo de visão.

Fechei a Hilux e dei uma última verificada em volta. Tudo deserto.

VII

O RETORNO À CAVERNA, ainda naquela tarde, nos reservava as primeiras surpresas sobre as quais eu tenho uma história para contar, e são o princípio dos acontecimentos para os quais ainda busco explicações.

Seguimos caverna adentro, dessa vez devidamente calçados. (Eu usava um Kildare que se parecia com uma bota de alpinista. Nessa época, também estavam em moda botinhas camurçadas para garotas, e as duas se equiparam com o que tinham.)

Fomos pelo mesmo caminho, encharcando os sapatos e barras das calças, levando duas lanternas, um lampião e uma corda. Wendy conhecia algumas necessidades e cuidados de um espeleólogo, e embora não quisesse confirmar com palavras, era perceptível que ainda tivesse algum entusiasmo pelo *hobby* do "ex".

Com a iluminação melhorada, é que realmente percebemos a beleza das formações em seu interior. Além de algumas estalactites e véus, que iam do teto ao piso, as formações cristalinas se tornavam muito abundantes à medida que avançamos para o seu interior.

Penetramos então em uma galeria bastante ampla, essa com poucas formações calcárias. Pelo contrário, suas paredes estavam cobertas por miríades de cristais extremamente brilhantes, com um efeito visual semelhante a uma árvore de natal.

Não sei por quanto tempo ficamos ali admirando tamanha beleza. Era algo absolutamente inédito, mesmo para Wendy, que conhecia outras cavernas. Era incrível como algo tão raro e magnífico estivesse aparentemente intocado.

E nesse longo tempo de ausência de ruídos externos, escutávamos claramente nossas respirações. Como se estivessem amplificadas.

Comecei a perceber que um processo novo se desenrolava em minha mente. Meus pensamentos estavam claros, concisos. Minha capacidade de lembrar parecia aprimorada. Eu me sentia diferente. Eu não diria drogado ou alcoolizado, mas pelo contrário. Minha capacidade de pensar... De raciocinar parecia mais ampla, mais aguçada. Era uma estranha sensação, jamais sentida.

Busquei então alguma cumplicidade no olhar das minhas amigas.

Suas expressões eram de intensa curiosidade e de estupefação. Percebi Wendy se aproximar da parede e tocar com os dedos um dos pontos de intenso brilho lilás, enquanto um processo estranho se passava dentro de mim.

O ar entrava leve em meus pulmões. Minha pulsação talvez estivesse mais rápida, mas nada que se assemelhasse à ansiedade. Pairava sobre mim um grande bem-estar, difícil mesmo de explicar. Sentia-me mais alerta que o normal. Enxergava mais longe e mais detalhadamente. Sentia os odores mais apuradamente. Meus sentidos pareciam significativamente mais apurados.

Após analisar por algum tempo os cristais, Wendy apagou sua lanterna e nos pediu:

— Apaguem as suas também!

Eu e Margie nos entreolhamos, e, em seguida, apagamos o lampião e a segunda lanterna.

Tudo escureceu por uns segundos. Por uns segundos.

À medida que minhas retinas se adaptavam, comecei a perceber que uma fraca luminescência era emitida pelos cristais incrustados. E gradativamente o efeito ganhou intensidade para meus olhos. Era como um céu noturno bem claro, de luar e estrelas. Estrelas de cor lilás.

Wendy disse:

— São fluorescentes!

Comecei a perceber, então, com mais precisão, que a galeria era um longo corredor a se perder de vista, com ondulações cíclicas que certamente seriam outras galerias.

Um misto entre fascinação, curiosidade e medo me dominaram.

Estávamos de frente a algo diferente. Algo fora dos padrões naturais conhecidos.

Eu olhei para a silhueta de Margie e Wendy bloqueando a luz dos cristais. Estavam ambas estáticas, admiradas como eu. Qualquer palavra, nesse instante, se tornou pequena demais para expressar nossos sentimentos. Mas a frase de Margie foi inesquecível:

— Agora posso dizer que tudo é possível. Só depende do humor do Criador...

Eu me aproximei e toquei suavemente seu braço. Ela se virou e olhou para minha mão sobre seu braço. Então tocou meu rosto. Aquele flerte silencioso confirmou mais uma suspeita. Ela percebeu minha expressão, mesmo naquela penumbra, e disse:

— O tato... Está diferente... O que está acontecendo com a gente?

Wendy se aproximou de nós e ficou imóvel à nossa frente. Ambos a tocamos suavemente nos braços. Ela confirmou com um movimento da cabeça. E disse:

— Estou com medo.

Como numa conspiração silenciosa, tomamos o caminho de volta.

Do lado de fora, o sol já se escondia por trás da elevação de terreno, deixando no céu um tom avermelhado. Ninguém disse nada por bastante tempo.

Ao começar a escurecer, liguei o fogãozinho portátil para fritar umas lingüiças e fazer um café, quando as duas se sentaram ao meu lado.

Sob a luz do lampião, e ao longínquo som das ondas na praia, ouvi a voz de Wendy:

— É demais para minha cabeça...

Fez uma longa pausa, olhando primeiro para mim, depois para Margie, e só então prosseguiu:

— Bom, vocês estavam comigo, certo? Vimos as mesmas coisas, não foi? — Nova pausa... — Será que foi o peixe?

Margie resolveu expor seus pensamentos:

— Eu não sei o que é. Mas sei que foi estranhamente maravilhoso. Não só pelo que estava em volta. Mas pelo que se passou dentro de mim. Pareceu-me uma coisa espiritual demais... Algo diferente de tudo o que eu já conheci.

Lembro-me de ter acrescentado algo do tipo:

— Além da sensação estranha, o próprio visual me deixou bastante impressionado. Achei intrigante a periodicidade dos cristais e das entradas ao longo da galeria. São tão cíclicas que não se parecem um acaso da natureza. Pelo contrário. Se parecem artificiais...

Margie imediatamente contestou:

— Artificiais? Não creio. Impossível. Quem teria feito? Pense bem... A natureza nos mostra a todo o momento uma disciplina e uma precisão inabaláveis em todos os seus processos.

Ela fez uma pausa e continuou:

— Por que ninguém nos falou sobre isso? Será que o pessoal da região não sabe da existência dessa... dessa... loucura?!

Eu admiti:

— Receio que não. Ou quem já viu achou tão fantástico que nem quis comentar e resolveu esquecer o assunto.

Então Wendy perguntou:

— E o que vamos fazer?

Eu respondi:

— Realmente não sei. Essa é uma questão complicada. Talvez devêssemos indagar a algum pescador se existe uma caverna na região para visitarmos. Perguntar para saber se alguém conhece, sei lá. Se ninguém realmente conhecer, aí, talvez seja prudente pesquisar mais, ou procurar alguma ajuda mais profissional, antes de divulgar aos quatro ventos. Afinal, não temos a menor idéia do que se trate.

Comecei a passar o café. Junto, o cheiro da fritura se tornou uma grande provocação à nossa fome. Margie preparou uma salada com legumes enlatados. Havia pão e alguns acessórios. Esse foi nosso jantar.

Apesar da grande excitação provocada pela descoberta, o resto da noite foi tranqüilo. Esfriou um pouco, e acabamos ficando dentro da barraca. Era uma barraca relativamente espaçosa, projetada para abrigar pelo menos dois casais, além de um espaço interno comum, tipo uma sala. Ficamos ali bastante tempo, sob a luz do lampião, brincando com um baralho e jogando conversa fora.

Era agradável conversar com elas. Eram pessoas inteligentes, maduras, esclarecidas. Não precisava ficar escolhendo palavras. Os nossos "QI's" estavam bem equilibrados, permitindo sempre uma troca de idéias bastante descontraída. Não só naquela noite, mas em tantas vezes mais, criamos nossa pequena Távola Redonda... ou melhor... triangular, onde quase sempre tentávamos solucionar os problemas do mundo, ou falar sobre coisas misteriosas ou interessantes, trocando informações que enriqueciam não só nosso conhecimento, mas também nossa amizade. Era bastante comum, também, a conversa acabar descambando para insinuações sensuais. Isso sempre criava um clima propício a terminar a noite em saudáveis e inesquecíveis orgias.

Não foi diferente naquela noite.

* * *

Estávamos em volta de uma mesa bastante rústica, em uma espécie de alpendre, todo de madeira e forrado por sapé. Além de mim, Wendy e Margie, estava um homem chamado Davi e, ao lado, sua mulher Mariângela. Ele era pescador, e ela, uma notável cozinheira.

Eles costumavam servir refeições a turistas que eventualmente passassem pela aldeia, como uma forma alternativa de arrancar alguns trocados, em acréscimo a profissão pouca rendosa do homem.

Eu lhes fiz uma oferta mais generosa do que costumavam receber. Em troca, ela nos preparou uma farta moqueca de peixe ao azeite de dendê, servida apenas com arroz e cerveja bem gelada.

Como éramos os únicos turistas em seu pequeno estabelecimento, fiz questão que se sentassem e almoçassem conosco. Ele me perguntou:

— Essa é a primeira vez que vocês estão passeando aqui?

Respondi que sim, mas que já estávamos há alguns dias ali pelas proximidades. Que já havíamos passado pelo Arraial D'ajuda, Trancoso e Caraíva. Ele falou:

— Vocês devem estar sentindo falta de movimento. Tudo isso aqui é muito morto nessa época. O pessoal começa a aparecer mesmo só para o final do mês que vem. Aí o tumulto permanece até depois do carnaval.

Eu comentei:

— Mas nós viemos foi realmente atrás de sossego. Viajamos para conhecer uns lugares bonitos, tirar umas fotos e descansar. Fugir da rotina.

Ele sorriu:

— Ah, então vocês fizeram boa escolha.

Eu continuei:

— Nós aceitamos sugestões. Queremos visitar lugares interessantes.

Ele falou:

— Tem muita coisa bonita nessa região. Fica até difícil de dizer. São praias que não acabam mais...

Eu forcei um pouco, após saborear a comida:

— Você sabe de alguma caverna?

Ele olhou para a mulher, depois para mim, com uma expressão de desentendimento:

— Caverna?

Eu confirmei:

— É, caverna, gruta, aquelas que ficam cheias de morcegos. Estou querendo tirar umas fotos.

Ele finalmente falou:

— Ah, por aqui isso é difícil. Com todo esse marzão aí pela frente, o que o pessoal procura mesmo é água. Agora, costumam aparecer uns morcegos por aí, no meio da mato. Mas caverna... Acho que nessa região não tem nenhuma. Que eu saiba, lá na terra de vocês é que existem algumas famosas. Maquiné, Rei do Mato...

As garotas me olharam, mas nada disseram. O homem continuou falando. Comentou sobre diversos lugares. Fez propaganda para alguns donos de barco.

Quando terminamos, demos uma volta a pé entre as outras casas e barracas da aldeia. Chegamos a conversar com outras pessoas, enquanto compramos alguns suprimentos, como bebidas, gelo e alguma coisa para preparar no acampamento. Perguntamos sobre lugares turísticos, evitando forçar muito o assunto "caverna". Não escutamos, porém, qualquer novidade além do que Davi tinha comentado.

Por fim, entramos na Hilux, e perguntei às meninas:

— Vocês querem ir até Trancoso, ou qualquer outro lugar?

Margie respondeu que não com um movimento de cabeça, e Wendy, que estava ao volante, deu partida, engatou a marcha, e tomou o caminho da praia, na direção do acampamento.

* * *

Essa foi, então, nossa terceira visita ao interior da caverna. Levei, desta vez, a máquina fotográfica e um tripé, com a idéia de guardar algumas imagens, principalmente da galeria de cristais fluorescentes.

Quando chegamos, armei o tripé no local mais estratégico que pude encontrar. Tirei algumas fotos usando *flash*. Depois, regulei a câmera para tempos de exposição maiores, sem *flash*. Cheguei mesmo a bater algumas com tempo de exposição manual, deixando o obturador aberto por alguns segundos. As meninas eventualmente fizeram parte de determinados ensaios.

Lá dentro, conversávamos sempre aos sussurros, já que conseguíamos escutar com perfeição os sons menos intensos. Enquanto eu me preocupava com as fotografias, Margie e Wendy olhavam em volta, pesquisando pequenos detalhes.

Uns minutos depois, escutei Wendy perguntar para Margie:

— Você está pensando o mesmo que eu?

Margie sussurrou:

— Acho que sim. Vamos testar?

Wendy desabotoou a própria camisa, deixando à vista seus seios nus. Em seguida, desceu o zíper de sua calça jeans, e baixou-a até o meio das cochas. A calcinha branca reluziu como se estivesse sob uma luz negra de boate.

Margie jogou a mochila ao chão, bem aos pés de Wendy, e se ajoelhou sobre ela. Com delicadeza, desceu a calcinha da amiga o suficiente para descobrir seu púbis. Aproximou seu rosto, até encostar sua face ao corpo dela. E a acariciou com seus lábios e língua.

Ao primeiro toque, escutei algo entre um gemido e um suspiro. Larguei então o que estava fazendo e fiquei ali, de pé, observando, estático.

Mesmo tomada por um prazer que nós três viríamos a conhecer e saber que era mais intenso talvez que o primeiro orgasmo de nossas vidas, ela intuitivamente me percebeu. Olhou para mim e esticou seu braço, com a face da mão em minha direção. Cedi imediatamente ao convite silencioso. Aproximei-me e encostei todo o meu corpo ao seu, abraçando-a pelas costas, e apalpando com garra suas nádegas despidas. Ela juntou os cabelos, colocando-os de um único lado do ombro, e me ofereceu seu pescoço e sua nuca. Beijei-os, então, calmamente. Podia sentir seus pelos eriçarem. Podia sentir seu corpo pulsante e vivo, se entregando desvairadamente não só ao sexo, mas a todo aquele conjunto desconhecido e misterioso que se passava dentro dela e dentro de nós.

* * *

Parece que os insetos fazem sempre parte de qualquer acampamento. Muita gente tem trocado a natureza e os passeios ecológicos por um bom quarto de hotel, por causa deles. Havia uma miríade em volta do lampião, e, por precaução, deixamos a barraca bem fechada pra evitar as eventuais invasões de borrachudos, pernilongos, carapanãs e derivados.

Em volta da fogueira, talvez devido a fumaça, estávamos um pouco protegidos das picadas. Mas a música de grilos e outros bichos ao fundo era fatal. E só o sentimento de saber que estávamos cercados de bichos e de escuridão, tornava o calor ao redor do fogo um ambiente confortável e hospitaleiro. Não havia ninguém a quilômetros de distância. Éramos somente os três, mais íntimos e dependentes do que nunca, a curtir o pequeno isolamento para o resto do mundo.

Retomando o assunto mais falado entre nós a partir daquela época, Wendy comentou:

— Talvez seja algum gás que se desprenda daquelas paredes. Deve nos entorpecer, sei lá como. Tem que haver alguma explicação.

Eu eventualmente girava o espeto com uma das mãos. Mais peixe assado. Os camarõezinhos eram tiragosto para ir beliscando devagar. Na outra mão, eu segurava uma latinha de Budweiser. Estávamos questionando sobre os possíveis riscos de nossas permanências no interior da caverna.

Escutei Margie falar:

— A sensação foi inédita. Foi de enlouquecer. Se o que se passou comigo foi provocado por algum agente químico, e as pessoas descobrirem, todo mundo vai viver drogado.

Eu perguntei:

— Alguma de vocês está sentindo algum efeito posterior, algum mal-estar?

Wendy respondeu:

— Não. Está tudo normal. Estou apenas maravilhada, impressionada e, talvez, um pouco assustada.

Olhamos para Margie. Ela falou:

— Comigo também está tudo bem. Aparentemente, a seqüela que ficou foi a vontade de voltar e fazer de novo. Explorar mais as potencialidades...

Seu doce sorriso foi quase um convite. As lembranças obscenas tomaram minha mente. Wendy, contudo, se mostrou preocupada:

— Por mais fascinante que possa parecer, eu guardo umas ressalvas. Estamos nos expondo a algo completamente estranho. O que nos garante que isso é saudável?

Ela fez uma pausa, tomando de minhas mãos a cerveja e virando a lata em sua boca, por uns segundos. Então falou:

— De uma coisa eu tenho quase certeza: se nós não somos os pioneiros, quem veio aqui antes guardou segredo. O pessoal da vila de pescadores mora a dez quilômetros daqui e não sabem da existência da caverna. Uma coisa tão surpreendente se fosse conhecida, já estaria publicada aos quatro ventos. Haveria gente tropeçando umas nas outras para entrar aqui. Cambistas vendendo ingressos... Porteiros... Barraquinhas de petiscos... Sei lá. Acho que fariam desse pequeno céu, um grande inferno!

Criei em minha mente um quadro visual, com suas palavras. E não contive uma gargalhada e um engasgo com um camarão. Ela me devolveu a latinha, e eu tomei um longo gole para desobstruir. Então, falei:

— Se a idéia for guardar segredo, para mim, tudo bem. Por outro lado, eu quero voltar lá quantas vezes tiver vontade. Quero ir mais adiante, saber o que tem além. Talvez isso ajude a esclarecer alguma coisa. E quanto ao que aconteceu lá dentro, foi bom demais. E estou a disposição para novas doses!

Margie sorriu e disse:

— Eu concordo. Quero aproveitar, enquanto só estivermos nós por aqui. Sabe, a hora que... — ela enrubesceu — ah, deixa para lá. Só posso dizer que adorei!

Wendy deu um beijo no rosto da amiga e disse:

— Devo admitir que vocês estão certos! Ok, também estou nessa! Mas vamos com cuidado. E, se possível, evitar permanências maiores que essa última lá dentro.

* * *

Nossa quarta visita ao interior da caverna foi logo ao amanhecer. Por mais que tentássemos negar, nós três estávamos bastante ansiosos. No lugar do banho de mar, do recife de coral ou da lagoa de água doce, a estranha caverna se tornou o alvo de nossas tentações. Tomamos um rápido café matinal, e já com os acessórios necessários à mão, seguimos novamente fenda adentro, e só paramos de andar ao chegar na galeria fluorescente.

Dessa vez eu queria entender melhor as diversas entradas ao longo do corredor na extremidade remota da galeria.

Desligamos as lanternas e esperamos uns instantes, para que nos habituássemos à pouca luz natural emitida pelos cristais. Gradativamente, o misterioso espetáculo foi se formando à nossa volta.

Ao confirmar que as ondulações nas paredes do corredor que saía da galeria principal eram realmente novos corredores, amarrei a corda ao lampião, que era um objeto pesado, e comecei a estendê-la sobre o chão, enquanto caminhávamos. Não víamos o fim do corredor principal à nossa frente. Embora fosse precisamente em linha reta, era tão fundo que as luzes distantes ofuscavam seu suposto fundo.

Eu estava um pouco à frente, e por sorte não estava com muita pressa. Quando comecei a sair da galeria e entrar no corredor, senti um vento fortíssimo e repentino agitar minha camisa e puxar meu corpo para a frente. Ou pelo menos, foi o que me pareceu. Parei de andar imediatamente. Estiquei os braços para os lados, retendo Margie e Wendy, e dei um passo para trás.

Elas me olharam assustadas. Eu não disse nada, pois não entendi muito bem o que havia acontecido. Estiquei lentamente o braço para a frente e comecei a sentir a sensação na ponta dos dedos. À medida que avançava com o braço, o puxão frio foi gradativamente tomando conta da minha mão e, em seguida, do braço. Foi então que percebi algo como uma força também a erguê-lo.

Assustado, encolhi-o rapidamente.

Margie finalmente perguntou:

— O que houve?

Eu disse:

— Não sei. Mas chegue um pouco para a frente... Isso! Levante agora sua mão, para a frente.

Ela fez exatamente o mesmo que eu. E sentiu o mesmo. Tanto que retrocedeu assustada.

Wendy também deu um passo à frente e repetiu nossa experiência. E exclamou:

— Que loucura! Parece que há um escudo invisível entre onde estamos e a entrada do corredor! Aqui o ar está parado, e de lá está ventando...!

Margie então falou:

— Parece que não é só isso. Ou melhor, não é bem isso. Senti meu braço levitar!!! Você não sentiu?

Wendy tentou novamente, dessa vez de modo mais ousado, esticando todo o braço para a frente. E nos disse:

— É incrível!

Nesse instante, ouvimos o ruído de passos no interior da caverna. Ficamos realmente assustados. As duas se aproximaram de mim, e ficamos os três juntos, extremamente tensos. Acendi a lanterna e mirei-a na direção de onde vinham os sons, que era exatamente o caminho por onde entramos.

Um vulto masculino se movia na nossa direção. Era um homem alto e magro. À medida que se aproximou, pude identificar seu rosto.

Sua presença foi uma surpresa tão desagradável que chegou a me causar irritação. Eu estava pronto a proferir uma verdadeira série de colocações hostis e chulas, mas ele falou rapidamente:

— Afastem-se desse corredor!

Ficamos mais assustados ainda. Ele se aproximou rapidamente, e disse:

— Vocês não fazem idéia do perigo que estavam correndo.

Eu imediatamente afastei as garotas para trás, e me coloquei entre ele e elas. E disse, já em tom irritado:

— Então, nos diga!

Ele pareceu ter suspirado. Baixou a cabeça e a agitou de um lado para o outro. Depois disse:

— Ok. Vocês realmente merecem algumas explicações. Mas por favor, acalmem-se.

Ele tirou a mochila que carregava em suas costas e a colocou no chão. Em seguida, sentou-se sobre ela com as pernas meio dobradas e abertas. Passou as mãos pela cabeça, esticando os cabelos grisalhos para trás. Apoiou, então, os cotovelos sobre os joelhos, tudo isso como se fizesse uma grande preparação para falar:

— Estou um pouco exausto com a correria... Mas vamos lá.

Fez um pausa e nos olhou. Eu ainda mantinha a lanterna apontada para sua face. Ele fez um sinal com a mão para que eu a abaixasse. Eu a desliguei. Ele prosseguiu:

— Ainda que vocês tenham feito isso por acidente, eu devo primeiro agradecê-los sinceramente. Por existirem, por estarem aqui e por, finalmente, me darem a chance que eu estou buscando há muito tempo de voltar para casa.

Ele nos olhou e sorriu. Ainda estávamos os três acuados, em posição defensiva.

— De qualquer modo, eu lhes devo essa. Victor, eu venho observando vocês há algum tempo. Como eu descobri vocês? Isso foi fácil. Juntos, vocês irradiam uma energia que pode ser percebida do outro lado do planeta! Quando a vi, sabia que vocês fariam o serviço para mim. Eu tinha tentado, todos esses anos. Adquiri, adaptei, criei equipamentos... Nada deu certo. Mas eu sabia. Da outra vez foi por causas naturais, e dessa vez poderia ser de novo. Infelizmente, com a pouca tecnologia que temos aqui em seu mundo, eu realmente não tive os recursos necessários. Eu já estava perdendo a esperança. Não que eu não tenha gostado daqui. Mas veja bem: eu vim apenas de passagem. Não pretendia ficar o resto da vida aqui. Deixei os meus do outro lado, e agora tenho a chance de voltar. E...

Eu perdi a paciência e o interrompi:

— Cara, do que você está falando?

Ele nos olhou de novo. Embora houvesse pouca luz, percebi um brilho frio e estranho em seu olhar. Ele prosseguiu:

— Vocês têm nas mãos uma responsabilidade imensa. Terão que refletir muito sobre ela. São poucos os que estão preparados. Não sei se vocês são o caso... Mas isso agora já não importa.

Ele se levantou, ficou de frente para o misterioso túnel, e disse:

— Eu vou deixar algo para vocês. Muito em breve o encontrarão. Quanto à senha, não é um mistério para vocês...

Ele deu uma pequena gargalhada, ficou sério novamente, e completou:

— Eu sei de coisas que vocês ainda não sabem, mas vão saber... Mas eu não sei de tudo. Talvez, juntos, nós até pudéssemos buscar as respostas para as maiores perguntas do Universo. Nós, simples criaturas, quer da sua Terra, quer do meu longínquo mundo, que nos *auto-intitulamos* seres inteligentes, temos muitas questões para as quais poderíamos encontrar as respostas, juntos. Mas eu estou cansado. Quero voltar para os meus, simplesmente. E para lhes ser franco, tenho medo de algumas dessas respostas.

Ele estava de costas para nós, de face para o misterioso corredor. Deu alguns passos à frente, e vimos sua roupa ser agitada pelo ar rarefeito do outro lado. Ele continuou a andar. Era como se andasse na superfície da lua. Seu corpo saiu do chão e flutuou, chegando a dar uma cambalhota no ar, até se re-equilibrar, e ficar novamente na vertical, flutuando.

Ele então nos olhou mais uma vez. Em seguida, se lançou em uma das entradas laterais (certamente um novo túnel), e não o vimos mais.

Por ato estúpido da minha parte, corri para tentar segurá-lo. Passei então rapidamente pela estranha barreira invisível. A própria inércia do meu corpo me fez perder o controle. Além da barreira, não senti mais a gravidade segurar meu corpo. Fiquei suspenso no ar. Durou alguns segundos, mas foi uma pequena eternidade de desespero. Não vi as meninas. Vi, dos quatro lados, túneis, dos quais derivavam novos túneis. Era como se eu estivesse entre dois espelhos paralelos, vendo infinitas imagens, como labirintos sem fim, para cada um dos quatro lados que olhasse: frente, atrás, lado direito, lado esquerdo. Era uma visão etérea, impossível.

Foi quando senti quatro braços, que saíram do nada, se agarrarem ao meu corpo, e me puxarem.

Caí desajeitadamente no chão, de volta à galeria da caverna. Elas continuaram me segurando, ou melhor, caíram sobre mim, aos abraços.

Até então eu não sabia exatamente do que Margie e Wendy tinham me salvado. Mas respirei aliviado por estar junto com elas.

* * *

As ondas balançavam o pequeno barco vazio, ancorado na praia. Aproximei-me, olhei dentro. Havia um galão de plástico vazio debaixo do banco, algumas ferramentas, uma estopa suja de graxa. Entrei no barco, tomando o cuidado de não tocar em nada. Havia duas etiquetas metálicas, pregadas com rebites sobre a tampa do motor. Uma delas continha modelo, fabricante e número de série. A outra trazia o nome de uma empresa, bem como seu telefone e endereço. Aparentemente, era um barco de aluguel.

Não encontrando mais nada que fosse relevante, pulei para fora e caminhei até a Hilux. Margie e Wendy me esperavam do lado de fora, na sombra de um coqueiro. O calor estava intenso. O sol quase no zênite. Já havíamos desfeito a barraca e guardado todos os nossos pertences.

Eu disse a elas:

— Tem um endereço e um telefone. O barco é alugado. Acho que deveríamos ligar e avisar que o encontramos. Não estou querendo envolver polícia.

Margie argumentou:

— Mas e se o cara estiver precisando de ajuda?

Ela então refletiu bem sobre suas próprias palavras e, após um longo silêncio, voltou a falar:

— É loucura. Realmente entramos numa fria.

Houve um novo silêncio. Todo mundo olhando para o chão, apreensivo. Criei então a seguinte sugestão:

— Vejam bem: estávamos acampados por aqui. O pessoal da aldeia sabe disso mais ou menos. Embora ninguém tenha nos visto exatamente nesse lugar, certamente, deixamos indícios. Um cara desapareceu na nossa frente... Bom, eu prefiro omitir essa parte. O melhor a fazer é comunicar sobre o barco. A empresa mandará alguém aqui. Não encontrarão o cara. Vão procurar, certamente. Eles próprios devem comunicar à polícia ou aos bombeiros, guarda costeira, sei lá. Provavelmente encontrarão a gruta.

Wendy falou:

— Meia verdade, é perigoso. Ou a gente vai à polícia e conta tudo o que aconteceu, ou vai embora daqui, e esquece.

Eu intervi novamente:

— A coisa não é bem assim. Podem até nos acusar de crime. E se esse cara não aparecer, estaremos enrolados para o resto da vida.

Wendy continuou:

— Ok, sem polícia... O melhor, então, é sair daqui e voltar para a pousada. Ou ficar uns dias no Paradise e depois ir embora, como era nosso plano inicial.

Margie perguntou:

— Por que a gente simplesmente não vai embora direto? Digo, ir embora daqui, continuar nossas férias em outro lugar, como programamos?

Wendy respondeu:

— Também não é uma boa. Sair correndo pode levar as pessoas a suspeitarem que fizemos algo errado. Certamente encontrarão vestígios ou meios de saber que estivemos acampados aqui, onde desapareceu uma pessoa. Não sabemos o que aconteceu direito. Ele pode não aparecer nunca mais. É tudo muito fantástico. Vai ser difícil alguém acreditar na nossa história.

Margie insistiu:

— Eles vão entrar na caverna. Saberão como é. Aí acreditarão em nós. Puxa, é loucura! Não fizemos nada errado...

Ela parou de novo para pensar, depois disse:

— Está certo. O que vocês decidirem, eu aceito.

Ficou então decidido por hora que manteríamos segredo sobre tudo. Era o melhor modo de não complicarmos nossas vidas. Mas ficaríamos mais uns dias pela região, para saber o que aconteceria.

Quando saímos, fiz questão de passar com a *Station Wagon* bem próxima à água, para que as ondas apagassem seu rastro.

Chegamos na pousada por volta das duas da tarde. Não chegamos a dar baixa, portanto, nossos quartos estavam à nossa disposição. Um deles continuou vazio. Tomamos os três uma ducha fria, juntos. Depois saímos a pé, em busca de almoço.

* * *

A noite estava tão quente quanto o dia, e havia grande movimento pelas ruas do Arraial. Próximo à histórica igreja de São Francisco, e de frente para o Jatobar, havia uma concentração de pessoas. O som do berimbau dava um ar folclórico a encenação que ocorria na praça.

Dois homens de pele escura, ambos de peito nu e brilhantes de suor, criaram um espetáculo tradicional, e eram o centro das atenções do pequeno tumulto. As pessoas formaram uma roda à sua volta. Havia no meio uma pequena fogueira, enquanto encenavam uma luta de capoeira.

Ficamos assistindo a apresentação, evitando pensar na sucessão de acontecimentos estranhos pelos quais passamos. Dormimos à tarde, tipo *One drink before the war*, e agora estávamos dispostos a não nos preocupar. Após o concurso de capoeira, haveria uma noite de muita dança no tal do Jatobar. Ouvi contar inclusive que o dono do mesmo era responsável pela implementação de alguns ritmos ou modas de dança na região, e que o Jatobar também já fazia parte do folclore do Arraial D'Ajuda.

Enquanto ocorria a capoeira, chegamos a ver e cumprimentar gente recentemente conhecida, entre eles o casal que ficou conversando conosco no bar do Zé. Até nos sugeriram que fôssemos lá no dia seguinte, pois o Zé estaria preparando alguma surpresa para os "íntimos".

Entre o som dos berimbaus, houve também a apresentação de uma dupla feminina, composta por uma mulata e por uma loira, ambas mulheres de pernas grossas e fortes. Fiquei imaginando-me como namorado ou marido de uma delas. No primeiro confronto de opiniões entre nós, o resultado poderia ser uma terrível pernada na face. Olhei para Margie, percebendo seu interesse pela velocidade e precisão de movimento das lutadoras, e perguntei:

— Não me diga que você também luta?!

Ela sorriu e disse:

— Sem exageros, Victor. Acho bonito e tudo o mais, porém não é para mim. Com essas perninhas finas, acho que ia apanhar o tempo todo.

Ela apontou para suas belas e longas pernas, totalmente à vista (estava com uma saia bem pequena). Olhando-as, eu disse:

— Se você está querendo que eu diga que não são finas, que são bonitas e certinhas, esqueça. Mas fico feliz por você não ter entrosamento com essa arte perigosa.

Finalmente, a dupla masculina vencedora se reapresentou. Ao terminarem, quase todo o pessoal se deslocou para o Jatobar. A música que vinha de seu interior, algo bem baiano e agitado, era uma gravação, e vinha de um equipamento de *hi-fi*. O local era um pouco apertado para condicionar o grande número de pessoas com vontade de beber e dançar. Com isso, a temperatura subiu.

Nada, é claro, que não pudesse ser suportado para ver novamente nossa rainha Margie dançar. Procurei ficar num local privilegiado, de modo a tomar um Campari com bastante gelo, de frente para a pista de dança. O casal conhecido acabou se sentando conosco, em volta da mesma mesa. Jaime, esse era o nome do homem, acabou convencendo sua mulher a dançar com ele. Nelson, o negão do bar do Zé veio buscar a revanche com Margie. Em meio à agitação, eu também acabei indo para a pista com Wendy.

Dançamos até cansar, trocando eventualmente os pares entre nós.

Só quando o fôlego e o calor nos derrubaram é que resolvemos sentar e tomar algo gelado. O próprio Nelson se sentou à mesa conosco, e compartilhou nossa bebida. Fiquei um pouco preocupado a esse respeito, pois temia que ele estivesse interessado pela Margie, e pudesse vir a tentar umas cantadinhas para com ela. Isso, contudo, não chegou a acontecer, ou pelo menos, eu não vi acontecer.

Acho também que na medida em que o pessoal conversava ou convivia conosco, ia ficando mais ou menos aparente o nosso relacionamento. Mesmo agindo de forma sutil, também não forçávamos nenhuma mentira. Naquele pequeno paraíso baiano, não parecia afrontar muito as pessoas em geral nosso amor a três.

Sempre ouvi comentários de que no Arraial D'Ajuda havia quase uma sociedade alternativa. As pessoas eram bastante liberais, aceitando bem os arbítrios de cada um e vivendo em harmonia. Ainda mais fora de temporada, quando os turistas eram poucos e ficavam rapidamente conhecidos, e todo o resto do pessoal era da própria região.

Voltando ao Nelson — não me lembro como surgiu o assunto —, foi ele quem nos falou que a Embratur ou a Prefeitura de Porto Seguro mantinha ou patrocinava uma espécie de acervo ou biblioteca pública, onde se guardavam jornais, livros e revistas com todas as notícias da região, bem como todas as informações turísticas para quem quisesse conhecer melhor os lugares a serem visitados.

Aquilo me interessou bastante. Peguei com ele as coordenadas de como chegar lá, para uma eventual visita quando fôssemos para o outro lado do Buranhém.

Toda a dança e toda a agitação da noite nos descontraiu bastante. Ficamos lá até umas duas da manhã. Quando voltamos, passamos pela Broadway, uma pequena rua cheia de bares e restaurantes. Deu para perceber que era fim de noite, pois alguns já recolhiam suas mesas e cadeiras da calçada, para fecharem seu estabelecimentos. Num deles rolava uma fúnebre pauleira do Sepultura. As meninas chegaram a comentar que o ambiente estava para mim, afinal, elas sabiam que eu gostava de rock.

Passamos direto, é claro.

Ao atravessar a estradinha do Mucugê, a noite já mostrava sinais de silêncio. Caminhava abraçado com as duas. Estávamos um pouco aéreos por causa da bebida, mas nada a ponto de cair na rua. Em meio à tranqüilidade e a solidão da madrugada, chegamos à pousada e fomos novamente para um único quarto.

Alguém chegou a comentar sobre tomar uma ducha. Após horas de dança e agitação, certamente haveria algum desodorante vencido. Eu, em particular, me lembro pouco do que veio a seguir. Tenho uma recordação ofuscada de que desmaiamos os três sobre a cama de casal.

VIII

ACORDEI COM O BARULHO de portas abrindo e fechando, além de uma certa movimentação dentro do quarto. Acho que ainda estava na posição na qual havia deliberadamente caído. As roupas eram as mesmas. Creio que só consegui tirar os sapatos.

As garotas já estavam trocadas, exalando cheiro de sabonete e de banho recente. Procuravam alguma coisa pelo quarto. Quando Wendy notou que eu estava com os olhos abertos, ela me disse:

— A bolsa da Margie sumiu.

Com um pouco de dificuldade, e um certo mal-estar provocado pela ressaca, eu me sentei na cama. Margie disse:

— Meu talão de cheques, cartões de crédito, documentos, dinheiro... Tudo está dentro dela.

A razão e o entendimento demoraram um pouco a me abordarem. Esfreguei os olhos com as mãos e, finalmente, estiquei os cabelos, num esforço de acordar e sincronizar com o que estava acontecendo. Notei uma intensa aflição em Margie, talvez esperando que eu soubesse algo relevante a respeito. Eu tinha apenas uma pergunta:

— Onde foi a última vez que você a viu?

Ela cessou a procura e se sentou sobre a poltrona. Deu um grande suspiro, como quem buscava relaxar. Por fim respondeu:
— Não tenho certeza.
Eu insisti:
— Ontem, quando saímos, você não estava com ela...
Ela confirmou:
— É. Acho que não. Novamente você pagou a conta sozinho.
Eu brinquei:
— É uma tradição masculina. Quando um cavalheiro sai com uma bela dama, é uma satisfação machista pagar as despesas.
Ela sorriu. Eu continuei:
— Vocês já olharam no carro?
Wendy respondeu:
— Foi o primeiro lugar onde procuramos, pois Margie teve a impressão que não trouxe a bolsa aqui para dentro quando voltamos ontem. Já olhamos no outro quarto também. Antes de você acordar, resolvemos olhar tudo de novo, recomeçando por aqui.
Finalmente fiquei de pé e lhes falei:
— Vou me lavar e já volto. Acho que sua bolsa ficou em Caraíva. Provavelmente a esquecemos no meio da confusão, enquanto desmontávamos a barraca e tudo mais.
As duas se entreolharam. Eu continuei:
— Só vou tomar uma ducha e vou até lá. Acho melhor ir só. Vocês fiquem por aqui, para tomarem outras providências tipo ligar para o banco e para os cartões, pedindo cancelamento.
Margie falou:
— Acho que seria melhor esperar você voltar. De repente a bolsa está lá. Esse negócio de cancelar cheque e cartão vai me deixar na pior.

Eu argumentei:

— Mas e se te roubaram? Nesse caso, você vai ter mais dores de cabeça ainda. Uma forma de se proteger é fazendo esse cancelamento. E não se preocupe com as suas despesas. Você está entre amigos.

Ela ficou em silêncio.

* * *

A praia do acampamento se tornou um lugar mais solitário do que antes. Quando cheguei às margens do riacho, percebi que o barco de Arille não estava mais lá. Estacionei no mesmo local de antes e comecei a procurar em volta, os pertences de Margie. Na verdade, não deixamos qualquer vestígio de nossa permanência. Mesmo o lixo e o que não fosse orgânico ou biodegradável, foi tudo levado em dois sacos plásticos, por ocasião da nossa retirada. Sujar a natureza? Nem pensar.

Acabei entrando pelo riacho, rumo à caverna. Enquanto caminhei, olhei em volta minuciosamente. Lembro-me de que no dia anterior saímos um pouco tensos de lá. Em meio à pressa e muita bagagem, era possível que a bolsa de Margie tivesse ficado no meio do caminho, ou até mesmo caído dentro d'água. Essa segunda hipótese seria a pior, pois a correnteza poderia levá-la para o mar.

Passei pela laguna e subi pelas pedras, no caminho da clareira onde acampamos. Foi a partir desse instante que comecei a perceber uma mudança no cenário. A clareira estava vazia, como deixamos. Logo atrás da clareira havia a pedreira. E nessa pedreira deveria haver uma grande fenda, que seria a entrada da caverna. A fenda havia desaparecido! A água do riacho, ao contrário de sair de uma fenda, escorria por uma pequena corredeira, vinda de pedras mais altas.

Não havia mais caverna!

* * *

Voltei dirigindo feito um louco, maltratando uma Hilux inocente pelas estradinhas empoeiradas e pouco urbanizadas que ligavam a aldeia a Trancoso, e de Trancoso ao Arraial.

Quando cheguei, Margie e Wendy estavam na sala de leitura, localizada ao lado da sala de recepção da pousada. Eu me aproximei e me sentei de frente para elas, ainda completamente atônito. Notei que ambas folheavam livros desinteressadamente, numa mera simulação de leitura. Acompanharam-me, então, com olhos ansiosos, aguardando o que eu tinha para dizer. Falei bem baixo para evitar que a jovem recepcionista nos escutasse:

— Nada de bolsa, nada de barco, nada de caverna. Tudo sumiu!

Elas se entreolharam. Margie disse:

— Já cancelei cartões, cheque e tudo o mais. Estávamos lhe esperando para ir à delegacia registrar uma ocorrência formal. Não que a polícia vá se preocupar em procurar meus pertences, mas porque o pessoal do banco me orientou que terei de enviar uma cópia para eles, caso tenha sido roubo e alguém venha a utilizar meus cheques.

Eu ainda estava bastante perturbado, duvidando dos meus próprios sentidos. Acho que devido ao absurdo que eu havia dito, Margie e Wendy fingiram não ouvir, ou não entender. Eu reforcei:

— É loucura! É insólito demais! Acho que estou vivendo um sonho... Ou alguém muito esperto está me pregando uma peça. Vocês entenderam o que eu disse? A caverna sumiu!

Wendy sintonizou:

— Como sumiu?

Eu expliquei:

— Fui até a praia e subi pelo riacho. Exatamente o mesmo lugar, o mesmo caminho. O lago, a pedreira. Tudo estava lá. Menos a fenda de três metros de diâmetro pela qual entramos. No seu lugar, havia uma pequena corredeira. A água vinha do alto, não do interior de uma caverna. Eu devo estar ficando louco, mas foi o que eu vi. Vi e toquei, para certificar que não era uma ilusão.

Wendy colocou as mãos sobre o rosto, cobrindo os olhos. Respirou profundamente. Então disse:

— Eu quero voltar lá. Ou estamos vivendo uma experiência paranormal, ou estamos os três loucos.

Quando nos levantamos para sair, o dono da pousada, o senhor Peixoto, conversava com a garota da recepção. Escutamos de relance o comentário:

— Foram pescadores que encontraram a lancha. Estava à deriva no mar, num pesqueiro perto de Caraíva.

Passamos por eles. Acenei para o senhor Peixoto, e ele interrompeu a conversa para perguntar a Margie:

— Conseguiu encontrar?

Ela disse:

— Nada feito. Sumiu mesmo.

Ele continuou:

— Já verificamos todos os cantos da pousada. Infelizmente, posso lhe garantir que não está aqui.

Margie comentou, enquanto saíamos:

— Minha preocupação agora não mais é o dinheiro, nem cheque, nem cartões. Essa perda eu já aceitei. O dinheiro em *cash* era pouco, e os cartões e cheques já estão sustados. O pior é a perda dos documentos. Ter que tirar tudo de novo...

O homem admitiu que estava certa, através de um gesto e uma expressão "é verdade" meio sem graça. Nesses casos, sempre fica no ar a possibilidade constrangedora de realmente ter desaparecido na pousada, por negligência ou furto, talvez até de um funcionário.

Quando entramos na caminhonete, pedi a Wendy que conduzisse. Eu estava muito tenso para fazê-lo. Sugeri que passássemos primeiro na delegacia para formalizar a queixa. Margie precisaria da ocorrência, para entregar no banco, quando voltasse a Belo Horizonte.

Houve um prolongado silêncio após minhas palavras. Enfim, a sugestão foi acatada.

Peixoto também apareceu do lado de fora. Aproveitamos para perguntar a ele como fazer para chegar à delegacia. Ele nos explicou rapidamente.

Havia uma subdelegacia no Arraial, que poderia emitir o tal documento. Ficava em uma rua paralela à Broadway. Não demoramos mais que cinco minutos para encontrar o local e estacionar à sua porta.

Era uma pequena casa, com o característico formato arquitetônico da região. Uma casa bem velha por sinal, de paredes geminadas de ambos os lados com outras velhas construções. O interior era simples. Havia um balcão de madeira e, um pouco atrás, uma mesa de escritório. O homem fardado, única pessoa a serviço naquele instante, falava pelo telefone. Quando nos viu, prontamente pediu um minuto à pessoa do outro lado, e nos perguntou:

— Bom dia! Em que posso ajudá-los?

Margie respondeu:

— Eu gostaria de registrar uma ocorrência. Perdi minha bolsa.

O militar, um homem aparentando trinta e poucos anos, magro, moreno e baixinho, se despediu da pessoa com quem falava, prometendo ligar mais tarde. Em seguida, aproximou-se do balcão e perguntou a Margie:

— Foi roubo?

Margie respondeu, sem qualquer alteração na voz:

— Não tenho certeza. Apenas dei falta. Eu e meus amigos já procuramos em todos os lugares possíveis, inclusive com ajuda do pessoal da pousada onde estamos.

O homem se apresentou:

— Eu sou o cabo Mendonça. E você, como se chama?

Margie respondeu essa e mais umas três ou quatro perguntas, que ele foi anotando com um lápis em bloco de papel sobre o balcão. Perguntou de onde viemos, quanto tempo ficaríamos, pediu a descrição de todos os pertences no interior da bolsa, bem como os últimos lugares onde estivemos. Em seguida, voltou para sua mesa e começou a datilografar os dados copiados em papel timbrado, com um carbono entre as folhas.

Enquanto datilografava, fez alguns comentários:

— Tem sido muito difícil acontecer algum roubo ou furto por aqui, principalmente quando estamos fora de temporada. Tenho certeza que seus pertences vão acabar aparecendo, antes da senhorita ir embora.

Ele terminou de datilografar. Retirou as folhas da velha Remington e bateu com um carimbo sobre a original e sobre a cópia, assinando-as logo em seguida. Aproximou-se novamente e ao entregá-las a Margie, ele falou:

— Por favor, senhorita, confira se está tudo correto e assine ambas as vias.

Margie conferiu e assinou. Ele pegou de volta só a cópia e disse repentinamente:

— A senhorita mencionou que esteve acampada com seus amigos próximo a aldeia de pescadores, para os lados de Caraíva. Eu gostaria de lhes perguntar, às senhoritas e ao senhor, se chegaram a conhecer o proprietário do restaurante francês, o senhor Martin.

Eu respondi:

— Sim, fomos apresentados.
Ele prosseguiu:
— O senhor poderia me dizer, então, se o viu alguma vez quando estiveram acampados?
Eu cheguei a tomar um susto com a pergunta. As meninas me olharam, de forma tensa. Como eu demorei a responder, ele explicou:
— É que ele está desaparecido. Ele tem o hábito de dar uns passeios de lancha para os lados de Caraíva. A lancha que alugou foi encontrada à deriva em mar aberto, por pescadores da aldeia. Daí, como vocês estiveram por aqueles lados, de repente, poderiam tê-lo visto.
Margie utilizou seus talentos teatrais e respondeu, tentando demonstrar interesse e desdém ao mesmo tempo:
— Nós o conhecemos rapidamente, num lual que ocorreu no bar do Zé, isso há alguns dias. Eu, em particular, não o vi de novo.
Eu e Wendy aproveitamos para confirmar as palavras de Margie.
O militar então falou:
— Ele sempre foi uma ótima pessoa. Esperamos que nada de mal tenha lhe acontecido.
Fez uma rápida pausa e olhou para Margie:
— A despeito desse desconforto que lhe ocorreu, senhorita, espero que fique tranqüila e aproveite sua estada aqui no Arraial. E caso alguém encontre e nos entregue seus pertences, eu pessoalmente lhe avisarei.
Margie agradeceu. Nos despedimos e voltamos para a Hilux. Ficamos mais transtornados do que antes. A conversa com o militar, e a relação, ainda que ocasional, entre nós e o belga, deixou uma insinuação preocupante. Logo que Wendy deu partida, eu desabafei:
— Por essa eu não esperava.
Wendy falou:

— Mentira tem perna curta...

Eu continuei:

— Não mentimos, só omitimos informações. Nós já havíamos decidido que esconderíamos essa história maluca do cara desaparecer dentro da caverna. Se contássemos o que realmente aconteceu para o guarda, acho que seríamos presos imediatamente, e por suspeita de assassinato, rapto ou coisa parecida. Lembrem-se de um detalhe. O cara esteve em Belo Horizonte. Voltou para cá no mesmo dia em que chegamos. E pior: tivemos uma conversa um tanto hostil com ele, num lugar público. Essas pequenas coincidências poderão criar grandes suspeitas sobre a polícia. Ainda acho que o melhor é sossegar. Fingir que nada aconteceu e dar um tempo.

Margie comentou:

— Talvez não seja uma boa idéia voltarmos hoje a Caraíva. Talvez seja melhor dar uma esfriada e esperar a situação se desenrolar. Minhas coisas estão perdidas mesmo... Você já procurou... E eu estou de cabeça quente com isso tudo.

Wendy dirigia bem devagar, esperando uma definição para escolher o rumo a tomar. Então, ela mesma sugeriu:

— Que tal simplesmente pegar uma praia aqui perto? Tomar uma cerveja bem gelada no Zé? Esquecer bolsa, caverna, homem desaparecido e tudo mais?... Apenas relaxar e curtir nosso passeio...?

Eu e Margie nos entreolhamos. Wendy estava quase parando, esperando uma resposta. Como ficamos em silêncio por um tempo relativamente grande, ela insistiu:

— Não vamos continuar nesse ritmo. Isso pode nos levar ao estresse. Senão, compensa arrumar as malas e cair fora.

Margie finalmente respondeu:

— Ok, eu concordo. Acho que nós só saímos do clima por causa da bolsa. Ontem, até que foi legal. Vou tentar esquecer esse assunto. Mas vou precisar de dinheiro.

Wendy brincou:

— Só se for a juros!

Margie insistiu:

— Quando voltarmos a BH, eu devolvo.

Eu finalmente falei:

— Se isso vai te tranqüilizar, podemos dar uma chegadinha a Porto Seguro agora, passar num banco vinte e quatro horas e fazer uma retirada com cartão.

Ela disse:

— Também não é assim...

Wendy acabou sugerindo:

— Podemos deixar a praia para a tarde. Aproveitamos para comer uma lasanha naquele restaurante perto da balsa, e até quem sabe, fazemos uma visita ao tal centro de informações de turismo.

A idéia foi bem aceita. Combinamos de entregar a Margie algum dinheiro em *cash* só para tranqüilizá-la em caso de emergência. Mas, no geral, eu e Wendy assumiríamos todas as despesas que surgissem, pois normalmente estaríamos os três juntos.

* * *

Por mais que não quiséssemos falar a respeito, o desaparecimento de Arille Martin se tornou um assunto bastante comentado. Escutamos rumores durante a travessia da balsa, na rua e, ocasionalmente, no restaurante em Porto Seguro. Embora fosse um cara solitário e meio estranho, como o próprio Zé comentou, ele parecia ser bastante popular, sendo um morador antigo e tradicional. Fiquei imaginando se realmente ele teria vindo da Bélgica, como nos disseram. Suas palavras antes de desaparecer, sobre finalmente voltar ao seu lar, me levavam a estranhos devaneios sobre mundos distantes, outros planetas e civilizações criadas num bom romance de Clarke, Asimov ou Heinlein.

Desaparecido ou não, Arille parecia totalmente ciente dos seus atos. Eu não tinha dúvida de que estava vivo em algum lugar, dentro ou fora daquele enigmático labirinto. Arille, como ele próprio disse, estava um passo à nossa frente, ou talvez mesmo, uma passo à frente do resto da humanidade. Ele deveria conhecer algumas coisas além dos nossos horizontes normais. Ao penetrar naquele insólito labirinto, ele estava fazendo uso desse conhecimento. O que não saía da minha mente foi sua pequena promessa. Ele falou que nos devia informações. Não compreendi, até então, por que estaria ele em dívida conosco. Mas em dívida ou não, ele nos prometeu informações. Que informações seriam essas? Como essas informações chegariam até nós? Será que poderíamos esperar alguma coisa, ou estaria ele apenas brincando?

Durante toda a minha vida, muito pouco do que eu poderia chamar de experiência paranormal chegou a acontecer. Como qualquer um, eventualmente escutei ou li a respeito de experiências de terceiros, sempre no limite entre o crédito e o descrédito. Nunca duvidei das probabilidades de experiências tipo espiritismo, telepatia, premonições, aparições, discos voadores, viagens místicas ou uma série de outras situações interessantes especuladas por pessoas próximas ou pela mídia. Mas sempre duvidei de cada caso isolado, devido às tendências humanas de criar sensacionalismo. Objetos voadores não identificados, por exemplo, acabou se tornando um sensacionalismo tão barato, que terminou sendo abolido da imprensa séria.

Outro detalhe quanto a esse mundo sobrenatural, é que suas ocorrências sobre o mundo natural raramente ocorrem sobre multidões. Há sempre uma tendência a acontecerem com poucas ou uma única pessoa, o que sempre dificulta a confirmação de sua veracidade.

Esses processos sobrenaturais também são inimigos de laboratórios ou ambientes controlados, o que tem dificultado aos meios científicos reproduzi-los ou mesmo provar sua existência em ambiente controlado. Com todas essas dificuldades, assumi algumas opiniões que até então vinha adotando como regras em minha vida. Uma delas era viver o melhor possível o terrestre, o físico e o natural. Curtir as pessoas, a tecnologia, a música, os lugares bonitos, o sólido e o visível. Quanto às coisas do outro mundo, eu achava que só deveria me preocupar com elas quando eu realmente fosse para ele.

De repente, contudo, eu estava envolvido em algo certamente sobrenatural, tão estranho, que não sabia ao que atribuir.

Quando chegamos ao centro turístico, me surpreendi com uma biblioteca relativamente bem estruturada, que excedia em muito às minhas expectativas considerando o tamanho da cidade. Eu queria encontrar duas coisas: primeiro, alguma informação sobre cavernas na região de Caraíva; segundo, informações sobre experiências sobrenaturais e portas para outros mundos. É claro que eu deveria ser bastante sutil ao perguntar sobre esse segundo assunto à senhora que controlava a recepção do estabelecimento.

Aproximei-me dela, acompanhado pelas meninas e perguntei:

— Gostaríamos de ver alguma literatura a respeito de cavernas aqui na região. A senhora tem alguma coisa a esse respeito aqui na biblioteca?

Era uma mulher negra e corpulenta. Deveria beirar umas cinco décadas de existência. Usava óculos de aros metálicos, circulares, e falava devagar:

— Meu caro jovem, aqui em Porto Seguro nós temos praias, lambada, axé, gringos, ótimos restaurantes, festival de bebidas e lojas de souvenires. Mas cavernas, isso é difícil. Temos, sim, alguma literatura sobre cavernas em Minas Gerais, na França, na Chapada dos Guimarães. Tem bastante coisa sobre espeleologia na ala 4B de bola.

Eu insisti:

— Quer dizer que não existe nenhuma caverna perto de Porto Seguro, Arraial D'ajuda ou Caraíva?

Ela sorriu e continuou, com sua voz mansa e pousada:

— Tenho certeza que não, filho. Eu nasci aqui, e nunca ouvi falar sobre nada a respeito. Muito menos literatura.

Embora não houvesse muita surpresa, eu olhei para as meninas e fiquei uns instantes em silêncio, meio constrangido de perguntar sobre o outro tipo de literatura. Nesse curto espaço de tempo, notei algo se desenrolar nas reações da mulher. Foi ela quem quebrou o silêncio:

— Quem falou para vocês que existe caverna aqui na região?

Wendy respondeu de prontidão:

— Ninguém falou. É que nós já visitamos diversas cavernas em outros lugares. E gostamos de fotografá-las. Como toda essa região é tão rica em belos cenários, pensamos que houvesse alguma.

Eu até poderia jurar que havia um ar de desconfiança nos olhos da senhora. Estava meio paranóico naqueles dias. Percebi que ela fez alguns rodeios, mas finalmente nos disse:

— Há uns vinte anos ou mais, houve um caso interessante sobre uma caverna que nunca foi encontrada. Na época, vinham muitos *hippies* para cá. Uma moça desapareceu, e acho que nunca mais foi encontrada. O rapaz que estava com ela foi até preso. O rapaz disse que eles ficaram vários dias acampados em uma caverna, e que a moça sumiu lá dentro. A polícia achou que ele a matou, e sumiu com o corpo. Durante muito tempo não se falou em outra coisa. Ninguém achou caverna nem moça.

Wendy disfarçou a apreensão:

— Que coisa, hein...

A mulher continuou:

— Se vocês estiverem interessados, devem procurar nos microfilmes da ala 10B. Vocês vão encontrar lá uma leitora de microfichas. Eu só não sei a data exata, mas acho que foi em... Foi no ano em que o Brasil ganhou o campeonato mundial, com Pelé e tudo o mais... Foi em setenta. Mil novecentos e setenta. Nossa... é muito tempo.

Eu sorri meio sem graça. Wendy foi mais decidida:

— Ah, eu gostaria de ver.

Foi igual procurar agulha em um palheiro. Embora as microfichas estivessem muito bem organizadas, todas por data, e separadas por editor, a senhora estava equivocada com a data. Varremos quase todas as microfilmagens do jornal regional durante o ano de 1970 e nada encontramos.

Ficamos mais de uma hora, procurando minuciosamente, sem encontrar qualquer reportagem similar. Estávamos quase desistindo, quando Margie resolveu pegar uma gaveta com os jornais de setenta e um. E foi aí que encontramos a primeira reportagem a respeito, com data de 22 de janeiro.

A reportagem não era grande coisa. Mas havia uma nota na primeira página, com uma pequena foto de um rapaz:

ESTUDANTE DESAPARECIDA HÁ TRÊS DIAS. NAMORADO HIPPIE ESTÁ PRESO, pág. 6.

Margie moveu a microfilmagem até encontrar a página 6.

Essas eram as palavras:

Foi preso Arley dos Salles Mendonça, 22, suspeito de rapto e desaparecimento da estudante Sarah Victor Ricelli, 19, e acusado de porte de drogas. O casal chegou a Porto Seguro sessenta dias atrás, acompanhado de outros hippies, passando a residir em acampamentos improvisados em praias desertas além de Trancoso. A denúncia foi feita por outros hippies do grupo e registrada na subdelegacia de Trancoso. Os relatos apontam uso indiscriminado de tóxicos, sendo o suspeito indiciado por porte e distribuição de maconha. O oficial Marcos Nunes, do departamento de polícia, colheu depoimentos do suspeito e de testemunhas, mas está evitando conclusões antecipadas. O suspeito deverá ficar detido até ser encontrado o paradeiro da moça. A versão do suspeito é que ela tenha se perdido no interior de uma gruta em uma região deserta ao sul de Trancoso. A gruta, porém, não foi encontrada. Um batalhão da PM foi enviado ao local, na presença do suspeito. O sargento em serviço, Ermeto Santos, apresentou duas hipóteses: a primeira de que o suspeito estava tendo alucinações devido ao uso de tóxicos. A outra de que tudo seja uma farsa para ocultar o cadáver da vítima, que possivelmente terá morrido de overdose, o que se for comprovado, complicará a situação do suspeito.

Wendy comentou:

— Nossa... Coitado do cara. Que complicação... Para nós que conhecemos o outro lado, é fácil acreditar que ele não aprontou. Mas para os outros...

Margie sugeriu:

— Já que o cara ficou fichado na polícia, talvez seja fácil descobrir onde ele está hoje. Isto é, se estiver vivo!

Margie continuou a busca. No jornal do dia seguinte havia uma reportagem de capa um pouco maior, com a foto de policiais e cães fazendo uma busca em meio à vegetação. O título era o seguinte:

CAVERNA MÁGICA E
DESAPARECIMENTO pág. 2

Na página seguinte, havia nova reportagem, com fotos e texto. Quase meia página:

Continuam as investigações sobre o desaparecimento (...) O estranho depoimento está preocupando a polícia, pois poderá gerar muita especulação e curiosos, mas não trará qualquer contribuição para a solução desse caso. Um batalhão da PM de Salvador continua fazendo buscas pela região, na esperança de encontrar a jovem desaparecida. Os pais da moça devem chegar a Porto Seguro amanhã. Eles alegaram já estar procurando a filha a mais de sessenta dias, embora soubessem que tinha fugido de casa sobre a influência de suas novas amizades. O suspeito insiste que sua namorada desapareceu no interior de uma caverna que possuía poderes mágicos que realçavam seus sentidos sem o uso de drogas. Também alegava que possuía luzes e muitos túneis. A história absurda tem levado a polícia a acreditar cada vez mais na possibilidade de overdose de drogas. (...) Também está prevista a chegada do Delegado

Werner Brito, de Salvador, que pretende reforçar as investigações.

Terminamos de ler quase que simultaneamente. Margie colocou as mãos na cabeça e, num gesto de ironia, sorriu para nós e disse:

— Eu conheço essa história.

Continuamos a pesquisa e encontramos diversas outras reportagens a respeito, sem porém, qualquer outra informação relevante. A história se manteve por um bom tempo nas primeiras páginas, até que foi morrendo, sem qualquer solução. A garota não foi encontrada, e o suspeito acabou sendo processado apenas por porte de drogas. Ao que tudo indicava, tanto ele quanto a moça pertenciam à burguesia paulista. Em uma das últimas reportagens, havia a informação de que fora libertado em condicional.

IX

São demais os perigos dessa vida para quem
tem paixão
Principalmente quando a lua chega de repente
E se deixa no céu como esquecida
E se ao luar que atua desvairado
Vem se unir uma música qualquer
Aí então é preciso ter cuidado
Por que deve andar perto uma mulher
Deve andar perto uma mulher que é feita
De música, luar e sentimento
Que vida não quer de tão perfeita
Uma mulher que é como a própria lua
Tão linda que só espalha sofrimentos
Tão cheia de pudor que vive nua.

Vinícius de Morais

A noite, vista da praia do Arraial, continuava a ser uma visão muito bonita. Em razão da pouca luz artificial nas imediações, o brilho das estrelas não era ofuscado, garantindo a visão de centenas de pontos brancos no céu, a mais do que o normal. Estávamos os três, sentados na areia, deixando eventualmente a água molhar nossos pés, enquanto escutávamos bem longe a agitação e a música na barraca do Zé.

Ocasionalmente, alguém passou próximo, mas só ouvimos, pois a praia estava consideravelmente escura. Estávamos bastante absorvidos por nós mesmos, sem muita atenção ao que ocorria em volta. A brisa da noite, um pouco mais fria, ali, de frente para o oceano, nos mantinha bem unidos, gerando um clima de acolhimento. Acolhimento em meio a uma estranha cumplicidade. Estávamos vivendo juntos aquela estranha sucessão de acontecimentos e descobertas magníficas. Era um segredo nosso. E isso nos fazia cada vez mais íntimos.

Muito estávamos aprendendo sobre uma grande amizade, em paralelo a todas as outras emoções.

Por mais apreensão que o desconhecido que nos afrontava pudesse causar, persistia o sentimento de intensa curiosidade, que era compartilhado pelos três. Não era nem preciso falar a respeito. Voltar a Caraíva se tornou, após todas as informações a respeito, uma necessidade. Outra necessidade eminente seria buscar ajuda.

Mas que tipo de ajuda?

Após conhecer aquelas reportagens, estava claro que a caverna não era fruto de uma ilusão ou experiência paranormal. O seu desaparecimento era outro mistério, mas um mistério com precedente. Estávamos, então, convivendo com uma manifestação natural ou artificial que poderia gerar um extremo interesse no meio científico.

Mas a quem recorrer?

Mais perplexo após a última visita, eu também vivia o receio de não mais encontrar a caverna. Seria todo o espetáculo um fenômeno temporário? Se assim fosse, seria decepcionante. Corríamos o perigo de viver uma dúvida e um mistério até o fim de nossas vidas, sem qualquer solução.

Eu sabia, contudo, que não éramos os únicos. Um certo rapaz, chamado Arley, usando pantalonas jeans desbotadas, em meio a lembranças de Janis Joplin e Jimi Hendrix viu sua amada desaparecer dentro desse mistério. Hoje, se fossem vivos, teria ele quatro décadas e meia de existência, e ela, quatro. Ele provavelmente estaria vivo em algum lugar, carregando dentro si essas memórias, sem ter com quem compartilhar. Tentando levar uma vida normal e riscando seu passado sem respostas.

Entre o medo e a curiosidade pelo desconhecido, nos colocávamos em situação semelhante a tantos outros conquistadores que mostraram, como diria Camões, novos mundos ao mundo.

Quando o vento frio começou a ficar desconfortável, Margie reclamou e sugeriu que fôssemos embora. No caminho de volta à pousada, ficamos em silêncio a maior parte do tempo. Não havia iluminação artificial na estrada do Mucugê. Só a luz das estrelas iluminava de forma fraca e acinzentada o escuro percurso. Eventualmente, outras pessoas passavam por nós, indo ou voltando, mas só percebíamos suas silhuetas.

As primeiras luzes artificiais apareceram só no alto do morro, após uma subida de uns cem metros. Entre elas, estavam as da pousada.

* * *

Naquela noite optamos por um *sushi*, num dos becos da estrada do Mucugê. Estávamos com preguiça para ir mais longe, e o restaurante japonês ficava bem próximo da pousada.

O beco não deixava de ser um lugar interessante. Era ponto de encontro de gente meio maluca, com muito rock progressivo ao fundo, vindo do bar ao lado.

Na verdade, o restaurante japonês se resumia num balcão, uma cozinha e bancos de sentar em torno, praticamente ao ar livre. Bem diferentes dos japoneses da capital. O rigor estava nos pratos e no pessoal que atendia. Eram os três, jovens japoneses, e usavam roupas brancas com detalhes vermelhos.

Além do peixe e os legumes empanados, nos foi servida uma sopa de queijo bem temperada, que nos fez sentir calor. Embora houvesse bastante movimento em volta, e alguém comentasse que haveria música ao vivo mais tarde, acabamos indo embora cedo, na intenção de adormecer. Era nossa intenção sair cedo no dia seguinte.

Contudo, ao voltar para a pousada, novos planos acabaram surgindo. Já na portaria, um hóspede nos falou que Daniela Mercury faria uma apresentação numa espécie de lambódromo lá em Porto Seguro, e que não deveríamos deixar de ir.

Resolvemos ficar no quarto, para dar um tempo, e mais tarde (ainda eram umas oito e meia), iríamos ao show.

Mas dentro do quarto, uma nova mudança de planos começou acontecer, enquanto elas se despiam para trocar de roupa.

E os novos planos nem incluíam roupas.

* * *

Enquanto nos dirigíamos a Caraíva, logo ao amanhecer, as imagens do rapaz de calça jeans voltaram à minha mente. Era interessante como minha cabeça tinha viajado por sua história, baseada nas rápidas descrições de antigos jornais. Agora tínhamos mais um cúmplice, em algum lugar. Isso era bastante vago. Mas não deixava de ser um antecedente. Mais alguém além de nós trazia dentro de si lembranças de uma caverna de paredes fluorescentes onde os sentidos se alteravam. E onde sumiam pessoas.

Os pneus largos da Hilux deixavam atrás de nós duas linhas paralelas que se perdiam na distância. Em pouco tempo o vento, ou mesmo o vaivém das marés apagariam essas marcas sobre a infindável e deserta orla entre Caraíva e Trancoso.

Apesar de ter o pé direito um pouco pesado, Wendy mostrara-se uma excelente motorista. Gostava de dirigir, e novamente guiava a Hilux, permitindo-me observar os belos visuais que nossa pequena viagem proporcionava.

Quando chegamos ao riacho, que era o nosso ponto de referência, Wendy estacionou sob palmeiras, para proteger a Hilux do sol direto. Tomamos o mesmo caminho. A expectativa de encontrar ou não a caverna nos induziu a andar um pouco mais rápido que o costume.

Para total surpresa minha, e nenhuma surpresa de Wendy e Margie, a fenda estava lá, imponente e misteriosa, tal qual a primeira vez em que a vimos. Margie chegou a me perguntar:

— Você tem certeza que não se enganou de lugar?

Eu cheguei a ficar irritado. Não com Wendy, é claro. Mas com a situação. Eu tinha absoluta certeza de que estive ali. Tinha certeza que estava totalmente sóbrio. Respondi, indignado:

— Há algo de sacanagem nisso tudo. Estive aqui, exatamente sobre essas pedras onde estamos, e estava tudo mudado. Foi como lhes disse. Não é possível...

Margie terminou de subir e ficou de frente para a fenda, justamente no local onde havíamos acampado. Eu e Wendy nos aproximamos. Ela disse, sem nos olhar:

— Então me digam se alguma outra coisa também faz sentido. Uma caverna que some e reaparece... Talvez isso faça sentido... Talvez foi por causa disso que continua desconhecida. Talvez nem todas as pessoas possam vê-la... Ou talvez ela obedeça alguma seqüência de tempo ou eventos para desaparecer e reaparecer. Da mesma forma que amplificou nossos sentidos, ela poderia inibi-los, dando a impressão que desapareceu... São tantas as hipóteses. Não fique irritado com isso.

Eu finalmente perguntei:

— Então você acredita em mim, não?

Ela respondeu:

— Mas é claro. Sabe, se nós não tivéssemos descoberto esse buraco brincalhão juntos, e você simplesmente me contasse toda a história, aí sim, eu lhe pediria gentilmente para procurar ajuda psiquiátrica. Mas em face do que já aconteceu, acho que nada mais me surpreenderia.

Wendy deu uns passos à nossa frente. Parou estrategicamente na entrada da caverna e, após um sorriso visivelmente irônico, falou:

— O que vocês estão esperando?

E pela quinta vez, nossa curiosidade nos levou a mais uma investida imprudente. Enquanto caminhava, via a luz solar enfraquecer, e a escuridão do interior tomar conta. Diversos pensamentos passavam por minha mente. Um deles era a caverna se fechar conosco lá dentro, e só abrir vinte anos depois. Outro seria nos perdermos em algum labirinto... Outro, encontrar Arille de novo, apertá-lo contra uma parede e obrigá-lo a dizer tudo o que sabia.

Wendy parecia pensar coisas parecidas. Quando avistamos os primeiros indícios de fluorescência nas paredes, ela comentou:

— Tenho certeza que aquele belga cretino nos usou de alguma forma. Desde que começou a se encontrar ocasionalmente conosco. Ou melhor, desde que começou a nos seguir.

Foi nesse momento que tropecei em algum objeto. Não caí. O objeto era leve e se deslocou. Pensei que fosse algum animal. Tive receio de tocar. Afastei-me e sussurrei:

— Esperem.

Só então, acionei a lanterna que trazia em mãos. E para grande surpresa, não era nada vivo. Pode até ter sido antes da industrialização... Margie gritou:

— Minha bolsa!

Ela se antecipou e a tirou do chão. Enquanto abria o zíper, ela se perguntou:

— Mas como veio parar aqui?!

Aproximei-me de Wendy e comentei:

— Está vendo... Isso deve ter sido obra do nosso amigo Arille. Quem mais poderia ser?

Margie pediu para que me aproximasse com a lanterna, enquanto conferia seus pertences. Aparentemente, tudo estava intacto, como deixado. Algumas cédulas, cheque, cartões, cosméticos, alguns remédios e todo um mundo de quinquilharias que as mulheres costumam carregar em suas bolsas.

Foi então que pegou uma pequena embalagem de acrílico, contendo um *compact disc laser*. O feixe luminoso da lanterna provocou reflexos coloridos sobre sua superfície brilhante. Ela olhou minuciosamente o objeto, como se jamais tivesse visto um CD.

— Isso não é meu — disse ela.

Então me passou o objeto para que eu o inspecionasse. Sobre ele estava escrito: RECORDABLE OPTICAL DISC (CD-ROM), nome do fabricante e algumas informações do dispositivo. Não havia nenhum *label* ou indicação de seu conteúdo.

Eu insisti:

— Tem certeza de que não é seu?

Ela respondeu:

— Absoluta.

Wendy traduziu em palavras nossas conclusões:
— Esse deve ser o presente do senhor Martin!

* * *

Tornar o presente do senhor Martin algo útil, seria uma novela. Para começar, não era tão simples conseguir um microcomputador com leitora de CD-ROM em Porto Seguro, em 1993. Há alguns anos, um sistema multimídia não era tão comum quanto hoje, principalmente num lugar tão ligado à natureza e à diversão. O senhor Peixoto possuía um velho 286 para algumas operações da pousada, nada mais.

A solução foi pegar o telefone e ligar para Mário. Comecei:

— Cara, acho que você devia dar um tempo para a saudosa galera remanescente do Woodstock e transformar a Stradivarius numa casa de música baiana. Só assim você vai sair dessa *pendura* em que está vivendo.

As meninas estavam próximas e sorriram com essas palavras. Mário sempre se irritava com coisas desse tipo. Embora tanto eu quanto ele fôssemos roqueiros até no sangue, eu sempre me divertia quando conseguia chamá-lo de ultrapassado:

— As meninas estão lhe mandando muitos beijos! Cara... Você não sabe o que está perdendo!

Eu me esforçava para escutar sua voz pelo telefone. A ligação não estava das melhores, e sua voz parecia distante:

— O problema é que não existe mais fidelidade. Os velhos roqueiros estão se tornando pais de família e esquecendo o maior brilho de suas vidas. Mas você não interrompeu suas férias maravilhosas só para me encher o saco, não é?

Eu respondi:

— Exatamente, meu amigo. Preciso de um favor seu.

Ele gritou do outro lado:

— Não sendo dinheiro, tudo bem!

Eu continuei:

— Nada disso. É algo que quase não vai te dar trabalho. Preciso que você dê uma chegada lá em casa, pegue meu notebook e remeta-o por via aérea, para que chegue aqui, no mais tardar, até amanhã.

Eu escutei uma espécie de esbravejo do outro lado. Antes que ele tecesse mil reclamações ou algo mais desagradável, fui prevenindo:

— Existem duas damas aqui do meu lado, que te consideram o DJ mais *gentleman* da grande BH. Não vá decepcioná-las.

Ele respondeu por fim:

— Logo que enviar, te ligo para avisar. Aproveite para me passar o telefone da pousada. Acho que quando voltar, terá que me explicar esse negócio direito. E quanto à música baiana, vá para o diabo que o carregue!

* * *

Naquela tarde, tínhamos algumas missões em Porto Seguro. Uma delas era revelar alguns filmes fotográficos. Embora fosse um hábito deixar para revelar tudo quando voltasse para casa, dessa vez estaria quebrando as regras por razões óbvias. Se iríamos pedir ajuda a alguém, era preciso ter alguma documentação. As fotos poderiam servir de apoio para nossa credibilidade, principalmente se a caverna sumisse de novo. Pelo menos, isso era o que me passava em mente até então.

Eu esperava que o CD-ROM deixado por Arille nos esclarecesse todos os mistérios. Estava muito aflito para fazer-lhe uma leitura. Caminhando pela ruas de Porto, eu ficava sempre de olho se não encontraria uma lojinha de informática ou qualquer coisa parecida, onde pudéssemos pelo menos dar uma rápida olhada.

É claro que não encontramos nada parecido. Deixamos, então, os filmes para revelar numa lojinha de um pequeno shopping próximo à saída para Cabrália. Lá havia um equipamento para revelação em uma hora, o que seria bastante prático para nós. Durante a espera, continuamos nossa caminhada pela cidade, gastando ocasionalmente algum dinheiro com futilidades. Wendy e Margie, como representantes da espécie feminina, não poderiam fugir à regra. E o centro de Porto Seguro era cheio de lojinhas de roupas coloridas, miniroupas de banho, artesanatos, lembrancinhas e toda uma série de bobagens em geral, que as mulheres costumam achar engraçadinhas. Em cada vitrina, junto aos produtos, sempre encontrávamos os adesivos familiares do Visa, do MasterCard e do American Express, num tácito convite aqueles que saboreiam o simples ato de comprar.

Com sacolas de compras em punho, paramos em uma barraquinha de acarajé. O cheiro irresistível não permitiu que passássemos direto.

Enquanto comia, pensei muito a respeito do tal Arley. Eu estava com uma forte intuição de que sua antiga experiência poderia nos ser de grande utilidade. Restava saber como localizá-lo. Os jornais da época eram muito vagos a respeito. Só sabíamos que residia em São Paulo, antes de se tornar hippie. Depois, só Deus sabe. Mas de uma coisa eu tinha certeza: os registros judiciais de quando foi autuado pela polícia, esses ainda deveriam existir. Neles, certamente encontraríamos informações mais precisas sobre sua procedência, como nome dos pais, identidade, CPF, seu endereço na época. Isso nas mãos de um detetive seria um excelente ponto de partida.

A tarde nos reservava uma pequena surpresa desagradável.

Eram umas quatro horas quando voltei à loja para pegar as fotos reveladas. Fui prontamente atendido pela mesma garota com a qual havia deixado os filmes:

— Boa tarde, senhor.

— Boa tarde! Ficou pronto? — perguntei.

Ela respondeu:

— Dos cinco filmes que o senhor deixou, quatro ficaram ótimos. Mais de trinta fotos em cada. Num deles, porém, só três saíram. Será que a máquina utilizada não está com defeito?

Peguei os envelopes e comecei a checar. Margie e Wendy me ajudaram. As diversas imagens de paisagens, ou das meninas, estavam muito boas em geral. Até as do acampamento. Não havia, porém, qualquer foto do interior da caverna. Observando os negativos, notei uma grande seqüência de quadros claros. Era como se as chapas tivessem sido batidas em total escuridão. Tentei imaginar que tipo de erro eu teria cometido para perder somente aquelas fotos.

Paguei e saímos. Do lado de fora, Wendy perguntou:

— Por quê?

Eu falei:

— Estou tão surpreso quanto vocês. Tenho absoluta certeza de que não houve falha técnica. Tanto é que, as três tomadas externas do mesmo filme apresentaram sucesso. Algumas tomadas internas foram feitas com *flash* e outras sem *flash*, com iluminação de reforço e tempo de exposição prolongado. E nenhuma dessas fotos saiu.

Margie perguntou:

— O defeito não poderia ser na revelação?

Respondi:

— Com certeza não. Os quadros não estão queimados. Estão limpos, como se não houvesse exposição. Tipo máquina com tampa, escuridão total, obturador que não abriu...

Wendy tentou:

— Ou então nossa caverna não passa de pura ilusão, que não pode ser fotografada.

Eu me opus:

— Como pode uma ilusão nos permitir penetrar numa montanha de pura rocha? Não creio. Devo ter cometido algum engano. Vou voltar lá e tentar de novo. Quero saber o que saiu errado.

Ficamos em silêncio durante toda a caminhada até chegar à Hilux. Após esses minutos de introspecção, finalmente, Margie comentou:

— Tenho a impressão de que tudo isso é como um vício. Estamos entrando por um caminho completamente fora da nossa realidade e controle. À cada passo ficamos mais e mais envolvidos, e sem ter como parar ou voltar atrás.

Fitei os claros e profundos olhos da linda jovem e amiga. Então lhe perguntei:

— Você tem medo?

Ela sorriu, correspondendo ao meu olhar:

— Não foi isso o que eu quis dizer. Apenas alertei a vocês que ainda podem acontecer coisas que não estamos planejando. Tenho medo, sim, de perder um de nós. Aliás, só estou aceitando ir em frente por ter vocês junto comigo. Estando bem acompanhada, fico mais corajosa.

* * *

O notebook só chegou no dia seguinte. O pessoal da transportadora deixou um recado por telefone na pousada, logo cedo, avisando que a caixa já estava à disposição no aeroporto. Por volta das dez horas da manhã, eu já estava desembalando-o entre as quatro paredes do quarto da pousada.

Retirei-o da maleta de couro sintético e o coloquei sobre a mesinha no canto do quarto. Margie e Wendy estavam próximas, acompanhando ansiosamente cada ação. Liguei o equipamento e aguardei sua inicialização, que demorou alguns segundos. (Era o que havia de mais novo na época — um DX4.) Quando o Windows surgiu na tela inseri o CD na unidade e solicitei seu diretório. Havia um único arquivo com o seguinte título: Info.exe. Cliquei sobre ele. Uma nova janela surgiu na tela de cristal líquido, apenas com as seguintes palavras em português: "ENTRE COM A SENHA DE ACESSO". Abaixo, havia um campo para que a senha fosse escrita. Eu falei:

— Essa não!

Wendy então comentou:

— Faz sentido o senhor Martin ter deixado uma senha, afinal era de seu interesse que essas informações não caíssem em outras mãos senão as nossas. Lembro-me que ele disse algo sobre você conhecer a senha.

Eu respondi:

— Não faço a menor idéia de qual seja. Mas vou tentar algumas palavras. Já que eu conheço bem, vou começar pelo meu nome.

Digitei meu primeiro nome, e a resposta foi: ACESSO NEGADO. Tentei o sobrenome. Novamente, ACESSO NEGADO. Tentei Wendy, Margie, Caverna, Arille, Martin e tantos outros.

Naquela manhã tentei umas cinqüenta senhas ou mais, sem qualquer sucesso. As meninas também experimentaram diversas palavras que tivessem alguma relação conosco, com a caverna e com o lugar. Foi decepcionante.

Ficamos mais de uma hora insistindo, até que comecei a xingar o suposto belga. Por fim, desistimos.

Resolvi então escrever um rápido programinha em Visual Basic que pegava todas as palavras do dicionário disponível no corretor gramatical da máquina e testá-las como senha. Quando ficou pronto, deixei-o rodando e fomos para a rua.

Quando retornamos, a execução do programinha não trouxe sucesso. Entre as palavras do dicionário de correção gramatical de editor de texto do micro não estava a senha para acessar o CD. A propósito: o dicionário era o Aurélio, da língua portuguesa.

X

SE NOSSOS PLANOS INICIAIS eram apenas uma passagem por Porto Seguro e região, e depois seguir para o norte, visitando outras praias baianas, esses planos não se concretizaram naquelas férias. Após quase um mês de nossa partida de Belo Horizonte, ainda ficamos hospedados numa simples, mas confortável, pousada no Arraial D'Ajuda. Os últimos dias trouxeram uma chuva constante e quase ininterrupta. Pessoas da região comentaram que quase todos os anos, no final de Novembro, isso acontecia.

Na verdade, soubemos que estava chovendo por quase toda a Bahia e por grande parte do Brasil. Devia-se a uma frente fria vinda do sul. Não havia promessas de melhora em curto prazo, e isso contribuiu para que resolvêssemos terminar com nossas férias.

Nos últimos dias, o empresário de Margie também ligou várias vezes, cobrando seu retorno, pois havia fechado uma pequena turnê pela Europa. Embora fosse para Janeiro e Fevereiro, havia todo um ritual de preparação.

Foi sob chuva forte e estrada ruim, que conduzimos a Hilux pela maior parte do caminho de volta. À medida que Belo Horizonte se aproximava, vinha junto uma sensação um tanto angustiante. Depois de juntar todas as experiências compartilhadas por nós três, num clima de reciprocidade e num convívio íntimo, eu temia que toda afetuosidade entre nós viesse a ser quebrada pela vida particular de cada um. Chegamos a conversar sobre esse assunto, enquanto os pneus da Hilux avançavam sobre o asfalto molhado. Conversamos também a respeito da possível temporada de Margie no exterior. Lembro-me de suas palavras:

— Serão apenas uns dois meses fora! Isso vai reforçar nossa amizade. Vou chorar quando receber as cartas de vocês... E vocês, quando receberem as minhas. E isso vai fortalecer nossos laços...

Foi quando Wendy fez um comentário clássico, natural às pessoas que passam algum tempo no Arraial D'Ajuda:

— Dá vontade de largar tudo o mais e ficar morando em definitivo por lá.

Eu acrescentei:

— É verdade. Acho que é o que aconteceu com muita gente. Os donos da pousada são um exemplo. As pessoas vão, gostam e acabam ficando. Montam algum negócio, como uma pousada ou restaurante, para terem uma fonte de renda, pelo menos na época de temporada. No resto do tempo, vivem o sonho.

Foi quando Margie falou:

— Ei... Não estamos voltando para a morte. Podemos reservar grande parte das nossas horas de folga para continuarmos a nos reunir.

Wendy sorriu e disse:

— Mas não vai ser a mesma coisa sem os ares de Porto Seguro e sem uma Caverna Mágica por perto.

— Caverna Mágica — eu repeti. — Esse será nosso grande segredo?

Wendy completou:

— Certamente. Eu, em particular, não pretendo comentar sobre isso com ninguém, pelo menos, nos próximos dias. Mas na primeira oportunidade, eu quero voltar!

* * *

A portaria do velho prédio no Centro de Belo Horizonte não me causou uma impressão muito boa. Os revestimentos estavam amarelados pelo tempo, carecendo de reforma. O piso estava excessivamente desgastado pelos milhões de pisantes que por ali passavam.

O elevador então... Era de porta pantográfica. Devia remontar a inauguração do prédio há uns cinqüenta anos. Eu havia encontrado a referência pelo catálogo telefônico. Foi tudo em silêncio. Não comentei a ninguém. Cheguei a ligar no anonimato só para confirmar o endereço, e ter uma idéia dos honorários e de quanto ia gastar.

Entrei sozinho no elevador; e enquanto subia vagarosamente até o oitavo andar, pensei em desistir. Por vezes julguei que era tudo bobagem e que eu ia apenas perder dinheiro.

É interessante como o curso de nossas vidas pode mudar apenas com uma única e pequena decisão. Se eu tivesse voltado, dificilmente estaria hoje contando essa história para meu caro e atencioso leitor. Acho que teria simplesmente guardado aquele cantinho de Caraíva como uma lembrança boa.

A despeito da dúvida, encontrei a sala oitocentos e três. A porta estava fechada.

Meu último dilema foi para apertar a campainha.

Fui atendido pelo próprio, que entreabriu a porta e perguntou:

— Boa tarde, em que posso ajudá-lo?

Eu perguntei:

— Esse é o escritório de Fernando Alves?

Ele respondeu:
— Exatamente. Você está falando com ele.
Eu continuei:
— Gostaria de conversar. Talvez você possa me ajudar.
Ele terminou de abrir a porta e me convidou para entrar.
Havia apenas uma escrivaninha e uma saleta, com dois pequenos sofás, nos quais nos acomodamos. Sobre a escrivaninha, havia um micro, com o jogo de cartas do computador na tela. Na mesa, uma placa: FERNANDO ALVES — DETETIVE PARTICULAR. Nas paredes, diversos diplomas (a maioria de rápidos seminários), protegidos por vidros e molduras de alumínio.
Fernando era moreno, quase negro. Trajava uma camisa branca, com gravata e calça azul marinho. O paletó do terno estava pendurado em um gancho de madeira próximo a uma outra porta, certamente a porta de um banheiro. Ele retirou os óculos e os limpou com um lenço.
— É simples — continuei. — Preciso que localize uma pessoa para mim.

* * *

Eram umas sete e meia da noite. E mesmo assim ainda estava claro, por ser horário de verão. Eu fui o primeiro a chegar, afinal meus endereços eram próximos. Era esquina de Pernambuco com Tomé de Souza, e as calçadas ficavam repletas de mesinhas e cadeiras dos bares concorrentes.
Sentei-me sozinho e, em alguns segundos uma garçonete me trouxe um chope.
Fiquei observando o movimento de pessoas em torno. Muita gente bonita costumava passar por ali, e

mesmo tratando-se de uma quarta-feira sem nada de especial além de ser verão, aquele princípio de noite não era uma exceção.

Pessoas saindo do trabalho ou dos estudos. Ou simplesmente continuando sem fazer nada. Ou até caçando. Era hora de descontração. Ponto de encontro de trabalhadores estressados, estudantes, professores, empresários, desocupados e garotas para todas as paixões. A Savassi mantinha sua tradição.

E rolava cerveja. Eu ficava imaginando quantos e quantos litros do líquido amarelo espumante não seriam consumidos pelos inúmeros beberrões à minha volta. E cada beberrão, também era um mijão, já que cerveja é uma bebida diurética. Eu até me lembrei do comentário do Marcelo Rubens Paiva a respeito do Bexiga em São Paulo, um lugar potencialmente semelhante àquele pedacinho da Savassi no que diz respeito a mijões.

Em meio a essas divagações, as duas garotas mais bonitas depois da Michelle Pfeiffer apareceram na minha frente.

Fazia uns quatro dias que eu não via Wendy ou Margie. Após um mês de convívio intenso, durante dias e noites, espaços de tempo como esse pareciam eternidades. Eu estava ansioso. Elas também, creio eu. Nossas emoções ficavam bastante transparentes. Nenhum de nós preocupava-se em poupar ou fingir indiferença, como as pessoas costumam fazer para não se exporem em relacionamentos novos.

Ao contrário de outros relacionamentos, nossa amizade parecia ter muitos anos... contra uma paixão emocional de recém-conhecidos. Foi só após um ritual de abraços e beijos que nos acomodamos para conversar.

Wendy comentou:

— Senti saudades.

Eu disse:

— Eu também. Como vocês estão?

Margie respondeu:

— Precisando de você...

Eu falei:

— Nossa! Sua franqueza me surpreende!

Ela sorriu. Depois mudou de assunto e perguntou:

— E o detetive? Descobriu alguma coisa?

Respondi:

— Até hoje à tarde, nenhuma novidade. Batalhei de novo sobre o CD e também perdi tempo. Não consigo nem ao menos copiá-lo, para corromper sua senha com algum programinha *cracker*. A gravação parece estar completamente criptografada, além de ter alguma segurança contra cópia. O sisteminha do senhor Martin não é tão simples quanto tirar senha de joguinhos. O cretino poderia ter nos dado a senha, para poupar esse trabalho.

As meninas não quiseram chope. Pediram guaraná para beber. Eu continuei:

— Espero que o conteúdo do CD valha o esforço e a ansiedade gastos para desbloqueá-lo. Para dizer a verdade, esses dias andei meio ocupado com meu trabalho, e dediquei pouco tempo a esse assunto. Vou deixar para o fim de semana...

Em seguida, mudei de assunto:

— E quanto à turnê, Margie?

Ela respondeu:

— Confirmada. Vamos nos apresentar em alguns teatros famosos da Europa. Parece que finalmente vai render algum dinheiro. Amar uma profissão é digno. Mas pagar para trabalhar não tem sido um grande negócio... O pessoal do grupo está muito feliz.

Eu insisti:

— Janeiro mesmo?

Ela confirmou:

— A partir de janeiro. Ficaremos uns dois meses entre França, Bélgica, Alemanha, Inglaterra, Itália, Portugal etc.

Quase esvaziei mais um copo de chope. Estava bastante gelado e, em uma noite de verão, após um dia de correria, estava excelente. Enquanto Margie falava sobre as probabilidades de sucesso e crescimento profissional do grupo no exterior, eu tentava compartilhar intimamente a alegria de vê-la ganhar espaço com sua arte e sua realização. Mas também surgia o triste e egoísta sentimento de não ter o menor controle sobre ela, coisa que muitas vezes deixam os mais egoístas e ciumentos em extremo pânico.

Muitas vezes o caro leitor deve ter questionado esse relacionamento explosivo e um pouco fora dos padrões que tenho descrito. Até um amigo mais próximo como o Mário, chegou a me dizer, ainda nessa fase, que tudo não ia além de puro sexo, ou que não poderia ir além de puro sexo. Segundo grande parte das pessoas, uma relação a dois já pode ser bastante problemática. A três, então, seria praticamente impossível.

Se houvesse tempo, esse tempo poderia responder essas dúvidas. Eu, contudo, estava apenas vivendo, sem questionar. E a experiência estava cada vez mais positiva, o que trazia grande surpresa às poucas pessoas que sabiam o que rolava em nossa intimidade.

Margie e Wendy eram pessoas inteligentes e esclarecidas. Já possuíam, antes de me conhecerem, um elo bastante forte. Quando caí de pára-quedas entre elas, procurei escolher cuidadosamente minhas palavras e ações, para que, em hipótese alguma, agredisse essa magia que já existia.

Ao terminar meu chope e perceber que elas não queriam beber, pedi a conta e fomos caminhando até meu apartamento, que não ficava longe.

Com a proximidade das festas de fim de ano, as vitrinas das lojas já estavam enfeitadas. Paramos várias vezes no caminho, olhando os diversos produtos das promoções de natal. Em virtude disso, demoramos quase meia hora para chegar. Nesse tempo, conversamos a respeito de *réveillon*. Wendy não poderia viajar, pois era uma temporada tumultuada para ela, que tinha negócio próprio, bem como para mim. Margie, também não queria agendar mais nada, pois estaria partindo para a Europa em janeiro. Só uma coisa ficou evidente: queríamos passar a virada do ano juntos, onde quer que fosse.

* * *

Nos dias que se sucederam, eu e minhas doces amigas tivemos boas oportunidades para compartilhar os momentos juntos. Foram dias felizes, normalmente com a promessa de noites prolongadas e agitadas, e que deixaram saudade.

O assunto "caverna" foi morrendo gradativamente, sendo cada vez menos falado, por não termos nada de novo a acrescentar às nossas poucas informações.

O trabalho e o clima sempre agradável formado por Wendy e Margie foram transformando a caverna num mito distante. O detetive Alves também não contribuiu muito, o que aumentou bastante minha frustração em relação ao assunto, com sua demora e pouquíssimas novidades ou resultados nas investigações.

Sempre em busca de mais dinheiro, e cada vez com uma nova história nada convincente, os seus telefonemas e visitas em meu ambiente de trabalho se tornaram bastante aborrecedores, e só não desisti porque não via nenhuma outra alternativa naquela época.

XI

A SALA VIP DO AEROPORTO de Confins ficou repleta de bailarinos e bailarinas. Mesmo à paisana, era difícil não reconhecer que se tratassem de pessoas do mundo artístico, com seu jeito peculiar de se apresentarem. Era visível pelos cortes de cabelo, roupas, maneira de agir... Um grande vozerio fazia com que eles se tornassem o alvo das atenções de outras pessoas.

Havia muita ansiedade entre todos, isso era facilmente perceptível. Embora estivessem acostumados a viajar em suas apresentações, era a primeira vez que o grupo ia para o exterior, para se apresentarem nos teatros mais tradicionais e refinados do mundo.

Ficamos ao lado de Margie, curtindo uns últimos olhares e palavras, antes de um período relativamente longo de ausência. Wendy procurava demonstrar que estava tudo bem, usando palavras fúteis de consolo, tipo: "vai ser bom a gente ficar com saudades", ou, "aproveite bem a oportunidade".

De minha parte, também procurei dar toda a força possível, para ambas, é claro. Talvez o sucesso profissional seja a coisa mais importante na vida de um homem ou de uma mulher. Trocá-lo por qualquer outra tendência de vida provavelmente se torna uma satisfação efêmera, passível de arrependimento.

Um apego muito grande às pessoas ou lugares pode destruir carreiras brilhantes. Quando o Evans Smash, do Jethro Tull começou, um dos seus integrantes não gostava de viajar, e logo abandonou o grupo. Quando ganharam projeção internacional, quanto arrependimento deve ter passado pela cabeça desse sujeito...

E no mais, ninguém gosta de uma pessoa derrotada. Não adianta você ficar do lado das pessoas a quem você ama, solapando toda a sua capacidade de brilhar. Nesse caso, a magia inicial da amizade e do amor acabam se transformando numa rotina maçante e sem objetivo.

Quando o narrador de *O nome da Rosa*, do Umberto Eco, optou por guardar da jovem apenas as lembranças em seu coração, e seguir em frente, tomou uma decisão que fez diversas pessoas derramarem lágrimas sobre as páginas do livro, ou sobre as poltronas do cinema. Mas e se tivesse ficado? Quanto tempo duraria a magia e a felicidade em meio a tanta miséria e ignorância?

Quando escutamos a última chamada para o vôo, as lágrimas rolaram dos olhos de Margie, que me abraçou, e abraçou fortemente Wendy.

— Esse tempo passa rápido — eu disse.

Ela, por sua vez, sem dizer nada, acompanhou o fluxo de pessoas em direção ao portão de embarque. A sala foi ficando vazia, exceto por um ocasional amigo ou parente dos viajantes ainda a se despedir.

Wendy ficou ao meu lado, ainda com os olhos úmidos e meio vermelhos pela lacrimação. Passei, então, meu braço direito em torno de seu ombro e caminhei com ela para fora.

* * *

Chovia forte quando voltamos de Confins. Wendy pilotava seu Civic vermelho numa velocidade relativamente alta para a condição em que nos encontrávamos. Eu já havia observado que ela gostava de pisar fundo, em ocasiões anteriores, mas, naquela noite, foi um pouco aventura ser sua carona.

Como ela estava meio tensa, preferi guardar essas opiniões para mim mesmo e tentei não distraí-la com uma conversa em vão. Na verdade, foi mais de meia hora de silêncio, até chegarmos à Savassi.

Ao dobrar a esquina da rua Cláudio Manuel com a Pernambuco, eu disse:

— Que tal aproveitarmos essa noite de chuva para ficarmos bem quentinhos em meu apartamento, vendo um filme ou coisa assim?

Foi só então que quebramos o gelo. Ela estacionou em frente da locadora de vídeos e disse:

— Só se eu escolher.

*   *   *

No aconchego do sofá, com pipocas e guaraná, quase no rigor de um cinema, vimos o fantasma do Swayze assombrar a sensual Demi Moore.

No meio do filme, o telefone tocou. A princípio, deixei a secretária eletrônica atender. Quando escutei a voz do detetive Alves, cliquei o controle remoto do vídeo, dando *pause*. Escutamos o viva-voz com atenção:

— Meu caro Victor, tenho boas novas. Achei o cara! Estarei com o celular. Me ligue!

Wendy sorriu como que resignada, quando me levantei e tirei o fone do gancho:

— Boa noite, Fernando! Aqui estou eu.

Cliquei o viva-voz, para que Wendy também ouvisse:

— Finalmente segui o caminho correto. Já estava trabalhando em cima dele há uns quatro dias, mas só agora à noite consegui todas as confirmações que precisava. E é complicado...

Eu falei:

— Vamos logo, cara, desembucha.

Ele continuou:

— Acho que deveríamos conversar pessoalmente. Tenho algum material para lhe mostrar. Escute bem: estamos falando de alguém muito rico e influente.

Eu e Wendy nos entreolhamos. Wendy olhou para o relógio. Eram umas onze da noite. Então me perguntou num sussurro:

— Você quer mexer com isso hoje?

Eu respondi prontamente e em voz alta para ela e para nosso ouvinte remoto:

— Nesse caso dou uma passada por seu escritório amanhã, na parte da manhã.

Ele respondeu:

— Tudo bem. Mas se você preferir, estou aqui na Savassi, bem perto do seu apartamento. É só você pedir ao porteiro do seu prédio para me deixar usar sua garagem, que estarei aí em cinco minutos.

Wendy balançou os ombros, num gesto que significava um "tudo bem" com certa má vontade. Estávamos num clima bastante agradável, e a interrupção do detetive, por mais esperada que fosse, poderia quebrar a situação.

Fiquei em silêncio por uns instantes. O detetive Alves insistiu:

— Tudo bem?

Eu respondi com certa relutância:

— Tudo bem. Estou te aguardando.

* * *

Quando Alves chegou, trouxe consigo uma pasta com os papéis que queria nos mostrar. Ele ainda estava de terno. Certamente estaria trabalhando direto até aquela hora.

Convidei-o a se sentar, enquanto Margie preparava um tira-gosto na cozinha. Esperamos ela voltar, conversando apenas trivialidades.

Quando finalmente estávamos os três na sala, Alves abriu sua pasta e retirou dela várias cópias de jornais e documentos.

Primeiro nos mostrou as antigas reportagens que já conhecíamos, dizendo:

— Nessas reportagens, os jornais falam sobre Arley dos Salles Mendonça. Procurei em vão por esse cara.

Ele pegou, então, uma reportagem que não conhecíamos, de um jornal paulista da época e nos mostrou:

— Na verdade, o nome estava incompleto. Aqui está: Arley Felipe dos Salles Mendonça, filho de Arley Felipe Mendonça.

Olhei então para o título da reportagem: FILHO DE EMPRESÁRIO PAULISTA ENVOLVIDO EM ESCÂNDALO.

Li rapidamente o texto. Falava sobre como o filho *playboy* de um rico empresário português sediado no Brasil se envolvera com drogas e com o desaparecimento de uma jovem paulista de classe média e menor de idade (alguém mentira sobre sua idade nos outros jornais). O jornal ainda fazia menção sobre a impunidade das pessoas que possuem dinheiro em nosso país. Detalhe: era um jornal extinto.

Alves mostrou outros pequenos recortes, dizendo:

— Bom, a seqüência é bem óbvia. O pai mandou o filho estudar na Europa. O caso foi arquivado por falta de provas. A família da moça se mudou de São Paulo e saiu de cena. A moça nunca mais apareceu. Estive em São Paulo e consegui descobrir muitas outras coisas.

Ele mostrou então um pequeno recorte de coluna social falando sobre a volta do filho do empresário ao Brasil, e seu aparecimento ocasional em uma festa da alta sociedade. Em seguida, pegou uma página rapidamente, antes que pudéssemos ver, e disse:

— Essa aqui é quente.

E leu em voz alta para nós:

— O vereador Arley Felipe, filho do empresário Arley Mendonça, defende a criação de creches para crianças de pessoas carentes na grande São Paulo, e tem o apoio do pai, que já patrocinou a criação...

Ele parou bruscamente e disse:

— Bom, o resto não importa.

Ele nos passou a reportagem e continuou:

— Existem muitas outras como essa, e diversos outros fragmentos em outros jornais. Só peguei o que fosse relevante. E olha que deu trabalho... Daí para a frente, esse cara vai ganhando projeção na política. Vejam essa aqui — e nos entregou outra cópia. Essa é de quando seu pai morre. Ele já era Deputado Federal, e ficava grande parte do tempo em Brasília.

Observei com calma e, finalmente, perguntei:

— Agora sabemos o que aconteceu depois. Mas e hoje? Onde ele está, o que faz?

Alves, então, procurou em meio aos seus papéis uma folha com diversas anotações e me entregou:

— Aqui está o endereço de sua residência, onde atualmente mora apenas sua mulher, em São Paulo. Há quem diga que está separado da mulher, mas procura manter as aparências. Tem duas filhas, ambas casadas. Uma mora em Ribeirão Preto, outra na Califórnia. Se precisar, os endereços também estão aqui. Ele mora a maior parte do tempo num luxuoso apartamento na Asa Norte de Brasília. Também tem um sítio para os lados de Sobraginho, onde costuma ir nos finais de semana. Trabalha atualmente no Senado, e parece ser muito difícil falar com ele. Não cheguei a forçar a barra, para não assustá-lo. Mas acho que você terá dificuldades para falar com ele até por telefone. O mais próximo que cheguei foi da sua secretária particular no Senado. Quanto ao grupo empresarial paulista que herdou do pai, do qual é, atualmente, o maior acionista, parece ter entregado a direção ao seu irmão, e raramente participa dos negócios.

Arregalei os olhos de surpresa e, finalmente, falei:

— Você é realmente um cara competente!

Wendy então me perguntou:

— O que você pretende fazer com essas informações? Vai procurar o cara?

Eu respondi:

— Certamente. Espero que, ao juntar nossas experiências, possamos esclarecer alguma coisa.

Wendy comentou:

— Na posição em que está hoje, o senhor Arley certamente deve querer distância desse incidente do seu passado.

Eu insisti:

— Não custa tentar.

O detetive juntou os papéis e disse:

— Essas cópias são suas. Quanto aos meus honorários, lhe passo a fatura restante na segunda-feira, conforme combinado. Mas a sua amiga tem razão. Pessoas como ele são quase inacessíveis. E vou te sugerir: não force demais. Ele pode achar que você está querendo dinheiro (eles sempre acham isso), e pode prejudicá-lo das formas mais surpreendentes possíveis. De qualquer modo — Alves se levantou, num gesto de retirada — eu lhe desejo boa sorte. E se precisar de mim, estarei à disposição.

Conduzi-o até a porta e, num aperto de mãos, nos despedimos. Fechei a porta, e, ao voltar, Wendy já estava de frente para a telinha, com o controle remoto nas mãos. Me acomodei ao seu lado, dando-lhe um beijo no rosto. Ela clicou o controle, e o rosto da Whoopy Goldberg surgiu na tela.

* * *

Quando acordei, estava sozinho. Wendy, provavelmente, acordou mais cedo e se foi sem fazer ruídos. Era uma sexta-feira, e eu teria que visitar um cliente antes de ir para o escritório, e já estava um pouco atrasado.

Ela havia preparado a mesa do café, provavelmente com a graça com que sempre cuidava dessas pequenas coisas. Infelizmente, já trabalhando contra o relógio, não pude usufruir de seu gesto de carinho.

Cheguei no escritório por volta das onze, quando tentei o primeiro contato com o senador Arley Felipe. A secretária atendeu:

— Gabinete do doutor Mendonça, bom dia, Rosa.

— Rosa, eu gostaria de falar com o senhor Arley.

— Quem gostaria?

— Meu nome é Victor.

— De que empresa?

— É particular.

— Ele não se encontra no momento. O senhor poderia adiantar o assunto?

— Infelizmente não. Quando poderei encontrá-lo?

— Hoje ele está com a agenda meio cheia, o senhor poderia ligar na semana que vem...

* * *

A primeira carta de Margie chegou na residência da Wendy, umas duas semanas depois. Estava endereçada também para mim. E era assim:

Paris, 23 de janeiro de 1994.
Wendy / Victor
Recentemente li algo a respeito de um centro de pesquisas aqui na França, onde diversos animais são condicionados em ambientes fechados. Esses compartimentos, ou jaulas, tinham suas portas acionadas eletronicamente, controladas remotamente por um sistema de segurança computadorizado. Um belo dia, ocorreu um defeito, e todas as jaulas se abriram, soltando dezenas de animais num campus *universitário.*

O primeiro pensamento que me veio foi uma analogia com a nossa caverna. Nós, do lado de cá, seríamos os animais cativos. Num belo dia, a porta se abriu (falha do sistema?). O enigmático Arille fugiu. Quanto a nós, sem qualquer cultura a respeito de liberdade, perdemos a chance.

Mudando de assunto, as apresentações tem causado grande aceitação pelos lugares por onde passamos. O tempo é escasso, e não sobra qualquer momento para passear ou conhecer melhor esses lugares. As hospedagens normalmente são econômicas, e temos dividido os quartos de hotel em grupos de três, sem qualquer privacidade (por isso demorei para escrever).

A saudade é grande. O frio, também. E os apelos do corpo, maiores ainda. Amanhã, apresentaremo-nos em Berlim. Dizem que o público é muito exigente. Rezem por nós!

Muito e muito carinho para vocês dois (vocês devem estar aprontando na minha ausência!).
Margie.

* * *

Creio que pela décima vez disquei o número do gabinete do senador Arley, num processo de insistência irrestrita. E pela primeira vez não foi a tal Rosa que atendeu. Era uma outra voz feminina:

— Gabinete do doutor Mendonça, um instante.

Escutei o som do aparelho sendo colocado sobre a mesa. Ao fundo, escutei vozes. Após uma considerável espera, a pessoa voltou a falar:

— Alô, desculpe-me a demora.

Eu perguntei:

— Com quem estou falando?

Ela respondeu:

— Com Sílvia.

Continuei:

— A Rosa não está?

Ela respondeu:

— Está de licença, estou no lugar dela hoje.

Um lampejo de maldade passou por minha mente. Então, tentei:

— Você é nova por aí?

Ela respondeu:

— Sou de outra área do Senado, mas estou dando uma força aqui hoje. Em que posso ajudá-lo?

Respondi:

— Preciso falar com o Arley.

Ela respondeu:

— Ele acabou de sair. E não deve voltar hoje. O senhor gostaria de deixar recado.

Eu continuei:

— Você sabe se ele pretende jantar no lugar de costume?

Ela perguntou:

— Me desculpe, mas como é mesmo o nome do senhor?

Menti em parte:

— Eu sou o Victor, sobrinho dele.

Ela mudou o tom de tratamento para o mais amável possível:

— Um segundinho só.

Ela certamente teria tampado com a mão o bocal do telefone, enquanto perguntou algo a alguém que estivesse próximo. Depois, me respondeu:

— Ele tem ido ao Brasas, mas não sei se vai hoje.

No máximo do cinismo, falei:

— Quer dizer que não tem ido mais no Píer, comer moqueca de camarão?

Ela parecia confusa:

— Bom, isso eu não tenho certeza, afinal, não trabalho aqui, e ele nunca me convidou para jantar. Quem está falando sobre o Brasas é a dona Vera, a senhora que faz a limpeza por aqui.

Finalmente, fechei a conversa:

— Muito obrigado, Sílvia. E mande um abraço para a dona Vera. Eu ligo outra hora... A propósito, não diga a ele que eu liguei. Estarei amanhã em Brasília e quero surpreendê-lo.

* * *

Mário escutou tudo atentamente, sem me interromper durante uns dez minutos. Creio que era um tempo recorde para ele, em toda a sua impaciência habitual. Por fim, explodiu com algumas palavras chulas:

— Mas isso é porra-louquice!

Estávamos no bar da Stradivarius. Eram umas oito da noite, e a casa ainda não estava aberta para o público. Ao fundo, escutávamos Iron Maiden. Em meio a um ambiente de pouca luz, tomávamos um chope. Eventualmente, alguma fumaça de gelo seco pairava no ar, em virtude da preparação para a badalada noite de sexta-feira.

Mário parecia mais gordo e mal barbeado a cada vez que o via. Embora já não estivesse reclamando de dinheiro (nas férias o movimento triplicava), ainda mostrava sinais de desgosto pelo seu dia-a-dia. Certa vez comentou comigo que precisava fazer uma total *reengenharia* em sua vida. Trocar de negócio, de cidade, de mulher e até de cara, se fosse possível. Falando alto, ele prosseguiu:

— Primeiro você se *enrabicha* com duas sapatões. Depois enche a cara de baseado e fica tendo alucinações. E agora vai à Brasília atrás de um senador? Cara! Você pirou de vez...

Ele fez uma pausa rápida, mas não me deixou continuar:

— Esse cara vai mandar prendê-lo. Cai na real, meu! Esqueça essa besteira.

Fez nova pausa, tomou um gole substancial do seu chope e voltou a falar:

— Quem lhe garante que você vai, ao menos, chegar perto do cara?

Eu falei então:

— Calma, meu amigo. O cara também não é Deus. Tenho certeza que vou conseguir falar com ele. Agora, se ele não quiser abrir o jogo, será outra história. Paciência.

Ele prosseguiu:

— Você vai gastar passagem de avião, hospedagem e tudo o mais. Para quê?

Eu continuei:

— Passagem não. Ganhei algumas milhas promocionais da TAM. Pretendo utilizá-las. E ficarei no máximo um dia.

Ele ficou bastante pensativo até que, finalmente, falou:

— Bom, você sabe que eu tenho um tio que é deputado federal. Talvez ele conheça o tal Arley, e quem sabe possa apresentá-lo.

Eu respondi:

— Ah, não creio que possa ser útil. Além disso, não quero envolver mais ninguém nesse assunto.

Mário terminou o chope e colocou o copo sobre o balcão. Depois virou as costas e voltou para sua central de comando. De lá me perguntou:

— Você conhece o Pearl Jam?

XII

APÓS UMA NOVA E RÁPIDA ajuda do detetive Alves, fiquei sabendo que o senador Arley era dessas pessoas que realmente se acostumam com as rotinas. Nos finais de semana, ficava no sítio em Sobraginho, em meio aos jagunços e dobermans. Durante a semana, acordava cedo e era levado por seu motorista particular, e também jagunço, ao parque da cidade, onde realizava uma caminhada a pé, com suas malhas surradas e de mal gosto. Depois, voltava ao seu belo apartamento na Asa Norte. Meia hora depois, era levado ao seu gabinete. Almoçava sempre no restaurante do Senado. Eventualmente, fazia a tarde alguma excursão externa, normalmente acompanhado. Entre sete, e sete e meia da noite, jantava no Brasas, no Glamour, ou ocasionalmente no restaurante de um amigo no Park Shopping.

Antes de marcar o vôo, me certifiquei de que o senador estaria em Brasília. Eu não podia, em hipótese alguma, perder a viagem. Cheguei no final da tarde, e com um carro alugado, me dirigi para as proximidades do seu suposto endereço.

Exatamente como previsto, às dezoito horas e quinze minutos, o Ômega preto, com placa oficial do senado, passou pela portaria do luxuoso condomínio.

Eu havia estacionado num local estratégico. Fiquei dentro do carro, um Gol cinza claro. Fiz questão de alugá-lo por ser um carro bastante comum e com poucas chances de chamar alguma atenção. Dali foi possível observar a presença do senhor Arley como carona. Estava um pouco mais velho que nas fotos, mas não havia dúvida: era ele.

Eu tinha um plano traçado. Ficaria ali até que ele saísse para jantar. Então, o acompanharia à distância até o restaurante.

Nesses casos, a lei de Murphy é fatídica. É claro que as coisas não saíram exatamente como planejadas.

O tempo foi passando. Carros entraram e saíram. E quanto ao senador, nem sinais. Fiquei ali até por volta das vinte e duas horas. Mal humorado, e com o corpo já dolorido de ficar sentado e esperando, virei a chave do carro e saí em direção ao hotel.

Naquela noite, vendo as luzes de Brasília e as prostitutas e travestis do Setor Comercial, além de uma perturbadora sensação de solidão, pensei em deixar de lado aquela obsessão, voltar para o aeroporto e pegar o primeiro vôo para Belo Horizonte. Conduzindo o carro pelo curto caminho até o Setor Hoteleiro Sul, fiquei a divagar sobre o porquê da minha insistência em desvendar os mistérios da caverna mágica.

Eu era apenas um brasileiro, trabalhava com vendas e vivia totalmente à parte do mundo científico. Era apenas um simples consumidor de cerveja dos bares capistranos. Por que gastar tempo e dinheiro com o que qualquer um chamaria apenas de alucinação? Aonde tudo aquilo poderia me levar?

Por outro lado... Que coisa magnífica e inédita que foi surgir em meu caminho! Como poderia eu simplesmente esquecer?

Parado no semáforo, observei ao longe a grande torre metálica da Rádio de Brasília, enfeitada por uma rica iluminação. Quando finalmente o semáforo abriu, segui em frente. Como você, fiel leitor, pode concluir, é claro que eu não fui para o aeroporto.

* * *

Ao chegar no hotel, tive uma grande surpresa. Havia, já na portaria, um recado para mim. Enquanto preenchia a ficha de entrada, o recepcionista me entregou a anotação: "Ligue para mim quando chegar — Adriana."

Fiquei a imaginar como ela teria sabido tão rápido. Só podia ter sido coisa do Mário. De qualquer modo, não tinha sido uma idéia ruim.

Em posse apenas de uma pequena mala de roupas e do notebook, dispensei a ajuda do pessoal do hotel e fui sozinho para o meu quarto. Não era a primeira vez que me hospedava nele. Quando eu e meu sócio começamos nosso negócio, e estávamos conquistando nossos primeiros clientes, estivemos diversas vezes ali.

Tirei o fone do gancho e liguei para Adriana:

— Alô, Adriana?

Uma voz feminina rebateu a pergunta:

— Quem gostaria de falar?

Respondi:

— Victor.

A voz confirmou:

— É ela!

Eu disse:

— Faz uns dois anos...

Ela corrigiu:

— Dois anos e oito meses. Foi o Gustavo que falou que você vinha. Por que não me avisou?

Fiquei meio sem graça, mas prontamente enrolei:

— Acho que está tudo diferente. Você agora tem uma vida onde não sobrou mais espaço para velhos amigos.

Ela ficou um pouco hostil:

— Sabe, é o que eu devia fazer. Você, o pilantra do seu sócio, o Mário, o Toninho, o Jaime, a Mila, a Márcia. Todos vocês me esqueceram. A última vez em que fui a BH, não consegui falar com nenhum de vocês. Acho que depois que me casei, vocês me exoneraram. Descartaram-me.

Eu tentei explicar:

— Não é bem assim. Foi você quem trocou a Savassi por Brasília. Não que você estivesse errada, afinal era uma boa oportunidade de emprego. Mas precisava enrabichar e casar com o primeiro candango que aparecesse?

Ela disse:

— Ele não é candango. É paulista. E tem muito dinheiro. Mas deixa isso para lá. E você, como está?

Eu perguntei:

— Não podemos nos ver para matar a saudade?

Ela disse:

— Pensei que não ia perguntar. Encontro você aí no hotel?

Eu estranhei:

— E o seu paulista?

Ela respondeu:

— Sou uma mulher livre. Vou aonde quero, na hora em que quero.

Eu brinquei com ela:

— Conta outra, porque essa não dá para engolir...

Ela falou num tom menos sério:

— Ele está viajando. Me espere na portaria em dez minutos.

* * *

Embora fosse apenas um hotel de três estrelas, as acomodações não eram ruins, e havia até um American Bar. Quando Adriana chegou, eu estava sentado em um dos bancos do balcão, jogando conversa fora com o João, um *barman* sergipano muito educado que eu conhecera em viagens anteriores.

Quase não reconheci Adriana quando a vi. Estava um pouco mais encorpada que da última vez, mais nada que chegasse a comprometer sua beleza. Também pintara o cabelo de loiro, além de cortá-lo bem curto. Era uma mudança bem radical para a última ocasião em que a tinha visto. Quando se aproximou, e finalmente tive certeza que era ela, nos sorrimos.

Ficamos uns longos segundos nos entreolhando. Passaram pela minha mente diversos *flashes* dos velhos tempos de faculdade, de noitadas, acampamentos e tudo o mais que fizemos juntos, nos tempos em que nossa turma ainda era unida.

Então fiquei de pé e fui em sua direção, acolhendo-a num prolongado abraço.

Quando nos afastamos, seus olhos brilhavam como se fossem descer lágrimas. Beijei sua face e disse:

— Você está linda!

Ela sorriu. Peguei sua mão e a conduzi pelo salão vazio do bar até uma mesinha em um canto reservado. Quando nos sentamos no estofado ao redor, ela ainda tinha os olhos úmidos.

— Linda? Com esse cabelo de perua? Foi a pior coisa que fiz contra mim nesses últimos dias.

Olhei-a bem e insisti:

— Bom, ficou meio diferente. Mas está bonito. Além disso, você está bem mais gostosa...

Ela sorriu:

— Estou gorda! E nada me faz emagrecer... Você, porém, não mudou nada. Continua com a mesma cara de menino.

— Obrigado — respondi.

Ela parecia ansiosa para falar. Fiz um rápido sinal ao João para que nos trouxesse dois coquetéis de fruta, enquanto ela começou:

— Tenho tanta saudade de você e dos outros... Aqui em Brasília leva-se uma vida muito solitária. O Renato viaja demais, e eu, quando não estou trabalhando, fico sozinha no apartamento, cheia de tédio. Parece que foi intuição ligar para BH hoje.

Eu comentei:

— Nossas vidas vão mudando... Para te dizer a verdade, de toda a galera dos nossos tempos, eu só vejo o Gustavo, por que trabalha comigo, e o Mário, que continua com a mesma vida de DJ.

Ela sorriu e disse:

— O Mário era muito doidão... Cheio de idéias subversivas... Eu gostava dele.

— E a vida de casada? Já tem quase um ano, não? — Perguntei.

Ela fez uma pequena careta:

— Mais de um ano. *Um saco.* O Renato era muito legal quando éramos solteiros. Depois que casamos, tem hora que dou Graças a Deus quando ele está viajando. Quando não leva para nosso apartamento aqueles amigos chatos, está vendo futebol na TV. E ainda, nos finais de semana, sempre vai para a casa dos pais. Eu parei de acompanhá-lo, pois minha sogra é tudo aquilo o que eu não queria na vida.

Ela fez uma pausa e deu um suspiro. Parecia realmente uma pessoa solitária, com necessidade de ser ouvida, emotiva, carente. O *barman* nos trouxe pessoalmente os drinques, duas taças com conteúdo colorido e notavelmente produzidas para chamar atenção. Quando se afastou, ela prosseguiu:

— Tenho pensado seriamente em jogar tudo para o alto, sabe. Estou batalhando uma transferência para BH. Se acontecer, acho que fico solteira de novo.

Adriana falou bastante tempo. Contou como estava descontente com sua vida atual, com um marido indiferente, colado aos pais, e pouquíssimo interessado em fazer sexo com ela. Era o quadro da mulher mal amada. Como isso poderia ter acontecido com ela? Quando éramos amigos, eu a considerava uma pessoa arrojada, decidida, uma mulher dinâmica e de potencial. Era estranho vê-la reclamando daquele jeito, com sintomas de depressão intensa.

Sob uma certa altura do monólogo, ela se desculpou:

— Eu precisava desabafar. Me perdoe. Mas você não tem que ficar escutando essas coisas.

Eu coloquei minha mão sobre a dela e comentei:

— Hei! Somos amigos ainda.

Fiz uma pausa para finalizar o drinque e continuei:

— Não me considero alguém capacitado a dar conselhos para te ajudar. Mas acho que você não está sozinha. Você tem seu trabalho e não depende financeiramente do cara. E tem seus pais lá em Minas, que te amam. E é muito bonita. Não existe isso de uma gata como você sentir solidão.

Ela encostou sua cabeça sobre meu ombro, e ficamos em silêncio por uns instantes.

Quando éramos colegas, havia muita reciprocidade entre nós. Não costumávamos escolher palavras para conversar um com o outro, e isso, em geral, fazia parte da sintonia do resto da turma. Toda essa amizade, que contribuía para a existência de um clima sincero, muitas vezes, mascarava algum interesse particular que um pudesse sentir pelo outro. Assim, quase sempre procurávamos nossas transas fora do grupo. Diversas vezes cheguei a sugerir um contato sensual com Adriana, que normalmente recusava, sempre levando na brincadeira.

Só uma vez, e isso foi num *réveillon*, em que ambos estávamos saindo de relacionamentos fracassados, e tínhamos bebido um pouco além da conta, trocamos uns beijos e umas carícias que não chegaram a se consumar em sexo. No dia seguinte, inclusive, fingimos que nada tivesse acontecido, e jamais comentamos de novo a respeito.

Quando João trouxe o segundo drinque, trouxe dois copos de uísque com gelo. Eu via a noite caminhar semelhante ao antigo *réveillon*. Ela estava bastante receptiva à bebida, esvaziando o segundo copo sem dificuldades. Fiquei um pouco preocupado. Há três ou quatro anos, fazer amor com ela seria apenas mais uma transa de prazer entre dois bons amigos. Não deixaria ninguém com remorso depois. Mas agora era diferente. Primeiro, eu me sentiria constrangido de aproveitar de sua carência e desventura, já que em outra circunstância não aconteceria. Segundo, que agora Adriana era uma mulher comprometida. Podia ser apenas uma pequena briga, e, depois, tudo poderia voltar às boas, isto é, se não houvesse o fantasma de ter traído seu companheiro.

E sob aquele dilema, veio a segunda dose de Johnie Walker. Antes do primeiro gole, eu disse para ela:

— Você sabe que depois que tomarmos esse copo, certamente vou levar você para meu quarto e terminar aquilo que começamos lá em Belo Horizonte, alguns anos atrás.

Ela brincou:

— Seu pretensioso. Os homens são mesmo todos iguais. Você acha que estou subindo pelas paredes, desesperada para me entregar ao primeiro homem que passar, e por isso não vai perder a oportunidade...

Então falei:

— Alguns homens gostam de ser cretinos. Talvez eu seja um deles.

Ela levou a sério:

— Ah, desculpe-me. Nunca achei isso de você. Você sabe que estou a fim de entrar naquele elevador e ser deliberadamente estuprada antes de chegarmos ao seu quarto. Mas isso é algo que não tem volta. Se eu fizer isso, não poderei mais viver com o Renato, e ainda não estou bem certa do que fazer.

Fiquei meio triste com a negativa, mas ao mesmo tempo aliviado por saber que não seria eu o efetivo destruidor de lares a acabar com o casamento da minha velha amiga.

Mas esse alívio só durou uns segundos. Ela esvaziou rapidamente o copo, como uma bebedora compulsiva. Quando terminou, olhou para mim, e antes que eu dissesse qualquer coisa, se debruçou em pranto sobre a mesa.

Abracei-a então, e a conduzi para fora do bar. Enquanto saíamos, ela disse:

— Não me deixe sozinha essa noite, por favor.

Eu pretendia levá-la para casa. Mudei de plano. O João, de forma sutil e educada, passou perto e me fez um sinal sem que ela visse. Caminhou, então, para a portaria e disse algo ao recepcionista. De longe, eles fizeram um novo sinal para que eu fosse em frente. Conduzi Adriana até o elevador, que já estava disponível, e subi com ela para o quarto.

Quando entramos no quarto, ela realmente chorava, como eu nunca havia visto antes. Fiquei a imaginar quanta insegurança e medo se passavam naquele coração, para causar um desabafo tão grande a um oportuno velho amigo. Deixei-a sentada sobre a cama, enquanto voltei para trancar a porta.

Ela novamente me pediu desculpas por tudo. Eu disse que estava tudo bem e me sentei ao seu lado, deitando-a em meu colo. Ela apoiou a cabeça sobre minha perna e fechou os olhou. Fiquei acariciando sua cabeça levemente, sem nada dizer.

Em alguns minutos, ela adormeceu. Sem movimentos bruscos, acomodei-a melhor sobre a cama. Tirei suas sandálias, e a cobri com um lençol. Depois me deitei no sofá e também acabei adormecendo.

De repente, escutei o barulho de algo caindo no chão do banheiro. Acordei assustado e olhei em volta. Adriana não estava mais dormindo. Levantei-me e fui em direção ao banheiro. A porta estava entreaberta, e a luz acesa. Adriana estava de frente ao espelho, refazendo a maquiagem. Quando me viu pelo espelho, ela se virou:

— Você é um amor. Muito obrigada por tudo.

Ela se preparou para sair. Eu perguntei:

— Não quer que eu a leve?

Ela respondeu:

— Não, meu carro está estacionado aqui na frente do hotel. Pode ficar tranqüilo, já estou legal.

Olhei para meu relógio, ainda no pulso. Eram três horas da madrugada. Ficamos alguns segundos em silêncio, nos entreolhando. Ela finalmente se mexeu. Passou por mim, e foi em direção à porta de saída. Quando tocou a maçaneta, um estranho ímpeto me fez segurar seu braço. Ficamos, de novo, de frente um para o outro, dessa vez bem próximos. Coloquei minha outra mão em sua nuca, e aproximei seu rosto do meu. Nossos lábios se tocaram. Desencadeou-se um longo e aflito beijo, enquanto nossos corpos se apertaram num vigoroso abraço.

Quando a vontade é quase instintiva, e vem de dentro, fica um pouco difícil prevalecer a razão.

* * *

Mal entramos no restaurante, Adriana e eu, quando fomos recebidos por um *maître*, que nos conduziu a uma mesa vaga. Não muito longe, estava o senador, certamente aguardando seu pedido, em companhia de uma garota de uns vinte anos. Numa mesa próxima, com discrição, estavam seu motorista e alguns outros, certamente seus seguranças.

Eu só tinha algo a meu favor. Ele não me conhecia. Em companhia de Adriana, eu não despertava qualquer suspeita. Era apenas mais um cara com sua amiga, namorada, ou esposa, jantando num restaurante cinco estrelas, para cortejá-la.

Mas eu não poderia simplesmente sair da minha mesa, dirigir-me até ele e falar qualquer coisa. Primeiro, porque o assunto era muito delicado. Segundo, porque se não o agradasse nas primeiras palavras, eu poderia ser deliberadamente escorraçado dali, colocando ainda minha amiga numa situação constrangedora e totalmente desnecessária.

Fiquei, então, como esses cães que correm para morder os pneus dos carros. Se os carros param, eles voltam sem graça e sem nada fazer.

Um garçom impecável nos trouxe o cardápio. Um outro, a carta de vinhos. Devolvi a carta de vinhos, dizendo a Adriana:

— Hoje vamos tomar suco.

Eu havia aproveitado a parte da manhã para visitar dois fiéis clientes e compradores de produtos da nossa empresa. Depois, almocei com Adriana, quando ela resolveu não voltar ao seu trabalho. Passamos a tarde juntos, indo a um clube do qual ela era sócia, curtindo uma piscina e uma sauna a dois, já que o local estava completamente vazio.

Tive, então, a oportunidade de lhe contar (nos instantes em que ela ficava em silêncio) a minha verdadeira razão de estar em Brasília.

Após olhar minuciosamente o cardápio, optamos ambos por uma simples picanha na chapa. Quando o garçom saiu, ela disse:

— E agora. Como faremos?

Eu respondi, quase num sussurro:

— Ainda não sei.

Ela tentou:

— Que tal se escrevesse um resumo num papel e entregasse a ele?

Eu refleti por uns segundos e respondi:

— Não me parece uma boa idéia.

Ela observou de forma sutil a figura do senador, e depois me perguntou:

— Por que você acha que falar com ele vai ser útil?

Eu respondi, de prontidão:

— É uma forte intuição. De qualquer modo, a situação pela qual ele passou envolveu diversas pessoas. O processo todo foi abafado por se tratarem de pessoas ricas e poderosas. Ele provavelmente sabe muito além do que foi para os jornais. Certamente não se abriria com um estranho ou qualquer especulador, mas poderia se abrir com uma pessoa que viveu a mesma experiência.

Nossa conversa foi interrompida pelo garçom preparando a mesa. Nesse mesmo instante, a jovem que estava em companhia do senador se levantou. Não era uma mulher bonita. Não para meus padrões de julgamento. Deveria ser para o senhor Arley. Sem dúvida que estava bem vestida, talvez até excessivamente social para um restaurante. Era o tipo de *rolo* que comprometeria uma campanha política, afinal, o senador era um homem casado e pai de família, pensei.

A mulher foi em direção aos toaletes, e Arley ficou sozinho na mesa, bebericando algo colorido em uma taça.

Adriana sussurrou:

— Aí está a sua oportunidade!

Realmente fiquei tentado a me levantar e abordá-lo naquele instante com um "o senhor pode me conceder alguns segundos?". Mas antes que eu vencesse o dilema, o garçom se aproximou com seus pedidos em um carrinho e começou a servi-los. Fez isso lentamente, conversando. Não entendi exatamente o que falavam, mas ambos soltaram algumas gargalhadas.

Quando o garçom finalmente saiu, a mulher voltou.

Nosso jantar também foi servido, logo em seguida.

De repente, Arley se levantou da mesa. Ficou de pé alguns segundos. Os seguranças o olharam. Ele fez um sinal com o dedo indicador, apontando os toaletes. Caminhou, então, lentamente, sumindo atrás do biombo. Adriana me olhou e, num sussurro aflito, disse:

— É agora ou nunca!

Levantei-me, evitando dirigir qualquer olhar aos seguranças. Caminhei em direção aos banheiros. Ao passar do biombo, empurrei a porta entreaberta. Era um banheiro amplo, com umas cinco ou seis cabines, além de um longo mictório na parede final, e uma série de lavatórios com um elegante acabamento em mármore bege Bahia.

De costas, usando o mictório, estava Arley, sozinho. Era um cara meio grandalhão, cabelos começando a clarear. Usava um terno escuro, o que lhe garantia mais ainda o aspecto formal. Esperei que terminasse, e quando virou para lavar as mãos, eu me aproximei e disse:

— Boa noite.

Ele me olhou, talvez um pouco perplexo, mas como bom político, rapidamente respondeu:

— Boa noite, meu jovem.
Retirei, então, do bolso da camisa três fotografias previamente escolhidas e lhe entreguei. Ele hesitou um instante, antes de pegá-las, me olhando quase que interrogativamente. Finalmente, as folheou. Eram fotos da praia do Riacho, nas proximidades da caverna. Eu perguntei:
— O senhor se lembra desse lugar?
Percebi um rápido enrubecimento em sua pele clara. Ele ficou irritado. Devolveu-me as fotos e abriu a torneira à sua frente. Lavou as mãos em silêncio, sem olhar para mim. Eu insisti:
— Sei que deve ser constrangedor para o senhor, mas por favor, entenda. Eu estive lá. Um homem desapareceu na minha frente. Coisas estranhas aconteceram. E o pessoal da região nem sabe da existência da caverna.
A água ainda escorria espumando entre seus dedos. Ele me olhou de novo, com uma notável agressividade, e disse bem baixo, quase cerrando os dentes:
— Vou te prevenir de uma coisa. Eu não gosto desse tipo de brincadeira. Não te conheço e prefiro continuar sem conhecer. Portanto, esqueça de mim, e esqueça esse assunto.
Ele fechou a torneira e puxou uma grande quantidade de papel toalha ao seu lado, amassando-os nas mãos e, em seguida, lançando o que restou em uma lixeira, sob a pia. Coloquei as fotos no bolso e insisti:
— Por favor, entenda. Não existe mais ninguém a quem eu possa procurar. Além do senhor e sua namorada, só eu e minhas duas amigas vimos e entramos na caverna. E é claro: o cara que sumiu. Um cara chamado Arille Martin.
O senador já estava passando ao meu lado, em direção à porta de saída, quando parou e me olhou novamente. Pareceu, então, me analisar visualmente por in-

teiro, como se pudesse distinguir com seus olhos se eu era um pilantra ou não. Finalmente perguntou:
— De onde você conheceu Arille Martin?
Eu expliquei rapidamente:
— Na verdade, não o conheci bem. Ele cruzou algumas vezes pelo meu caminho. Por um bom tempo, pareceu seguir a mim e às minhas amigas Margie e Wendy. Depois que descobrimos a caverna, ele certamente nos seguiu, e nos encontramos no interior da galeria fluorescente. Lá, nos disse um monte de bobagens que não conseguimos entender. Depois, desapareceu no labirinto. Uma das coisas mais relevantes que falou é que tínhamos aberto suas portas de volta para casa.
Arley, então, baixou a cabeça, e seu olhar pareceu se perder no passado. Fiquei, então, em silêncio, aguardando sua reação. Quando levantou a cabeça, ele perguntou:
— O que você quer?
Escolhi as melhores palavras:
— Tanto quanto eu, o senhor deve procurar esclarecimentos sobre a misteriosa caverna. Saber por que ela aparece e desaparece. Saber o que ela é. Saber para onde foi sua antiga namorada... Talvez, se pudéssemos conversar com calma...
Notei sua impaciência e adiantei:
— Não quero seu dinheiro, não vou chantageá-lo e muito menos espalhar o que aconteceu publicamente. Não sou alguém tão importante como o senhor, mas tenho um nome para zelar. Só quero conversar com calma...
Nesse instante, um dos seguranças já estava parado na porta do banheiro. Arley fez um sinal com o braço para que se retirasse. Disse, então, quase num sussurro:
— Meu jovem, se isso for uma brincadeira, eu acabo literalmente com você. A propósito, como se chama?

— Victor.

Ele fez um rápido interrogatório sobre quem eu era, o que fazia, onde morava, onde estava etc... Olhou então no seu relógio e disse:

— Por volta das onze da noite, meu motorista irá buscá-lo no hotel. Então poderemos conversar com calma. A propósito: a moça que está com você está envolvida?

Eu disse:

— Não, nada a ver. É só uma amiga.

Ele completou:

— Nesse caso, vá sozinho.

Anotei o nome do hotel atrás do meu cartão e lhe entreguei. Ele disse:

— Por hora, vamos sair daqui como se essa conversa não tivesse acontecido. Pretendo terminar meu jantar sem ser incomodado. E não quero falar nesse assunto perto de outras pessoas.

Fiquei em silêncio e o deixei sair na frente, ficando mais algum tempo no banheiro. Quando voltei para a mesa, Adriana parecia aflita para saber o que aconteceu. Eu apenas disse baixinho:

— Vamos terminar nosso jantar. Depois eu te explico.

Percebendo que Arley nos olhava, ela não insistiu. Por mais espantoso que parecesse, ela ficou praticamente em silêncio, até o final do jantar.

* * *

Da janela do sexto andar, fiquei observando o estacionamento. Eram aproximadamente umas onze horas, e me sentia bastante ansioso. Adriana estava sentada próxima a cabeceira da cama, vendo TV.

O Ômega negro não demorou aparecer. Eu disse para ela:

— Vou descer.

Ela me avisou:

— Não vou te esperar. Terminando o filme, vou embora, afinal, tenho que trabalhar amanhã cedo. Mas por favor, não deixe de me ligar. E não vá embora sem se despedir...

Dei-lhe um beijo na testa e saí.

* * *

A residência do senador Arley era um andar inteiro do prédio. Para ser exato, a cobertura. Quando as portas do elevador se abriram, o motorista me conduziu pelo *hall* de entrada, todo forrado de granito verde, com detalhes em bronze envelhecido, num requinte digno de deuses.

Quando chegamos à sala de visita, um considerável salão decorado com alguns sofás, um piano e um grande bar esculpido em jacarandá maciço, o senador já me esperava. Estava trajando um roupão de banho e cheirava a sabonete. Certamente, naquele instante, já havia se livrado da suposta garota de programa. De forma solene, ele me convidou a sentar, desculpando-se pelo seu traje. O motorista, então, se retirou sem nada dizer.

Ele me escutou por uns dez ou quinze minutos sem interromper uma só vez. Resumi tudo o que o caro leitor já conheceu até agora, dando ênfase ao que fosse relevante para ele escutar. Quando terminei a história, ele disse:

— Eu achava que já não existia mais qualquer registro desse assunto que alguém pudesse sondar. Mas sempre sobra alguma coisa em algum lugar. Para a oposição, essa mancha no meu passado poderia ser um prato cheio. Vou ter que cuidar disso.

Ele fez uma pausa e levantou, indo para trás do balcão do bar. De lá perguntou:

— Bebe alguma coisa?

Levantei-me do sofá e olhei as diversas garrafas do estoque particular de Arley. Ele mesmo se servia de um Cinzano doce com gelo. Optei por um Campari, também com pedrinhas. De onde estava, clicou um pequeno dispositivo de controle remoto, e uma velha canção chamada *Mr. Tamborine Man* começou a tocar ao fundo. Comecei a escutar em silêncio, enquanto voltava para o sofá. Quando me sentei, ele disse:

— Sabe aquela puta que estava comigo? Disse que gostava de *Byrds*. Como pode? Não era nem nascida na época!

Fitei-o e, de repente, fui até um pouco agressivo:

— Muita gente gosta de Beethoven e nem por isso era vivo em sua época.

Ele não levou a mal:

— É diferente, meu jovem. É diferente. Eu vivi essa época. Senti o gosto dessas canções quando era tão jovem ou mais jovem que você. Vivi ao som dessas baladas coisas que compensaram minha existência. Eu tinha apenas vinte anos quando saí de casa. Larguei tudo o que meu velho e austero pai impunha e saí feito um irresponsável pelo mundo afora, com uma garotinha de dezesseis anos.

Ele fez uma pausa, e de trás do balcão, tomou um longo gole. Depois prosseguiu:

— Nessa época eu não tinha essa barriga, nem esses cabelos brancos. Já se passaram vinte e três anos. Tanta coisa aconteceu. Me parece apenas um sonho distante. Não uma memória. Nem parece mais que participei. Olhe para mim. Pareço um velho. Eu só tenho 43 anos. Mas acho que toda a minha juventude se foi junto com Sarah para dentro daquele estranho buraco.

Arley aproximou-se e sentou-se num dos elegantes estofados da sala. Ficamos escutando por mais uns segundos o Byrds, enquanto ele se perdia em meio às próprias lembranças.

XIII

Perto do fogo
Como faziam os hippies
Perto do fogo
Como na Idade Média
Eu quero queimar minha erva
Eu quero ficar perto do fogo
Eu quero estar no poder
Perto do fogo

Rita Lee

— Vamos voltar ao início dos anos 70. Nessa época, as garotas usavam minissaias com botas e cílios postiços, e rapazes magricelas e cabeludos como eu usavam calças jeans com bocas de sino. Olhando as antigas fotos, dá até vontade de rir. Veja: eu sou esse aqui. Esta é Sarah.

Enquanto falava, Arley me mostrou velhas fotos que guardava carinhosamente em uma pequena caixa de madeira.

— Foram anos loucos. Homem na lua, LSD, *hippies*. Uma grande revolução social. Brasil de Médici. Transamazônica. Eu não queria nada com a dureza.

Estava com vinte anos, e acho que dava mais preocupação do que um menino para meus pais. Eu discutia demais, principalmente com papai. Fiz tolices demais. Extremamente aborrecido com as pressões em casa, e indo mal na faculdade, passei a mão numa quantia relativamente grande de dinheiro do papai, sem ele saber. Na época, ele tinha o capricho de guardar dólares num cofre em casa. Limpei o cofre e fugi por esse Brasil afora, com Sarah. Ela só tinha 16 anos, ia completar 17. Mas suas idéias iam muito além de sua idade cronológica. Ela também estava tendo problemas em casa, e a princípio, nossos perfis se encaixavam com precisão, embora cada um à sua maneira. Ela queria viver num mundo diferente, buscava uma sociedade alternativa. Queria viver o sonho *hippie*. Eu só queria ficar uns tempos longe da pressão do papai e curtir irresponsavelmente a farra. Não tinha ideais. Era apenas preguiçoso.

Arley deu uma gargalhada. Eu comentei:

— Um *bon vivant*!

Ele confirmou:

— Se esse é o termo... Mas na verdade eu conhecia muito pouco da vida para aproveitá-la. Gostava de comer umas menininhas novas, fumar uns baseados. Não levava nada a sério. Eu só aprendi a viver depois que papai me mandou para a Europa, pagando apenas a faculdade, totalmente sem dinheiro ou sua proteção, num país estranho. Eu não tenho certeza do que teria acontecido se realmente tivesse levado Sarah a sério. Talvez hoje estivesse vivendo em alguma aldeia de pescadores à beira-mar, vendendo colarzinhos e outros artesanatos. Ou simplesmente já tivesse um monte de filhos com ela. Quem sabe. O fato é que na época ela tinha sonhos. Era uma mente notável. Talvez fosse a pessoa mais idealista que conheci. Acho que abominaria me ver como o político que sou hoje. Por mais insólito e idiota que pareça, nosso tempestuoso relacionamento de 6 ou 7 meses foi, certamente, a época mais feliz e mais pitoresca de toda a minha existência. Procurei-a e talvez ainda procure por ela em todas as mulheres que passaram por minha vida.

Arley percebeu que eu o fitava nos olhos e que cheguei a sorrir de admiração. Percebendo, ele continuou:

— De que está rindo? De uma raposa velha como eu falar em paixão? Como eu lhe disse, meu caro Victor, nem sempre tive essa barriga. Nem sempre fui um consciente e responsável empresário ou homem público... Nem sempre fui essa fachada...

Ele preparou outro drinque. Ofereceu-me. Mostrei o meu pela metade. Ele voltou a falar:

— Essas informações não devem ser relevantes para você, não é?

Eu fui educado:

— Por favor, fique a vontade. Estou interessado.

Arley metodicamente passava as mãos no cabelo, esticando-os para trás. Prosseguiu:

— Tentei explicar às pessoas que a caverna só se abria quando Sarah estava presente. Se Sarah não estivesse perto, só havia um paredão de rochas inacessível. Certa vez fiquei do lado de fora, e pedi que ela pegasse o jipe e desaparecesse para o Arraial. Enquanto esteve fora não houve caverna. Quando a caverna surgiu, num estalo, à minha frente, eu já ouvia ao longe o ruído do motor do carro. E vou lhe dizer uma coisa: quando saímos de São Paulo, nós não fugimos sem rumo. Nosso destino era Porto Seguro. Ela sabia que a caverna existia, sem nunca ter ido lá. Procuramos até encontrar.

Ele me mostrou uma foto colorida, já meio amarelada de uma garota de cabelo cor de trigo, sardas discretas, olhos claros e um belíssimo rosto e sorriso de menina, com doces peitinhos quase pulando para fora do decote. No cabelo, uma fita de flores.

— Você pode achar estranho. Talvez na época eu estivesse entorpecido. Não sei... Mas ela não era como as outras pessoas. Tinha mistérios que me deixavam fascinado. Via coisas muito além do que nós vemos. Os espíritas diriam que era médium. Os místicos diriam que habitava um nível mais alto do mundo etéreo. Só as pessoas que conviviam mais intimamente com ela percebiam certos lances, que ela buscava passar com sutileza. Era muito jovem e cheia de vida. Mas era uma pessoa esclarecida. Não abusava dos seus dons e procurava sempre a compreensão para eles, embora encontrasse, creio eu, poucas respostas em pessoas comuns. Certa vez disse que me amava porque eu a aceitava sem questionamentos, e queria que eu fosse sua eterna alma gêmea. Só numa coisa ela se enganou: disse que eu era bom. Eu não era bom. Eu não passava de um grande cretino. Quando saímos de São Paulo, levamos juntos mais alguns malucos. E no caminho, foi aparecendo mais gente. Ao chegarmos a Porto Seguro, éramos um bando de *hippies* sem casa e sem dinheiro — exceto eu, que guardava alguns milhares de dólares debaixo do banco do jipe. Os outros eram naturalistas, desajustados, malucos, todos buscando vidas ou sociedades alternativas. Eu não. Eu não sabia passar dificuldades. Apenas simulava que estava na deles, mas no fundo, só queria usufruir a aventura, sem qualquer idealismo. Por onde passávamos, as pessoas nos olhavam de modo atravessado. Éramos entidades suspeitas. Embora fossem quase todos inofensivos, a polícia nos tratava como bandidos. Mas eu nunca me preocupava. Se algo desse errado, eu tinha papai para consertar! Eu gostava dos passeios. De conhecer lugares. Das canções e conversas ao redor das fogueiras. Da bebida e da erva. Do sexo. Naquela época não era liberado como é hoje. Traçar umas garotinhas jovens e bonitas numa época em que só a virgindade poderia garantir casamentos e segurança financeira às mulheres, poucas se atreviam a quebrar os tabus. Exceto entre os despretensiosos caçadores da liberdade. É por isso que eu estava lá. Sarah tinha outros sentimentos. Talvez tenha se tornado *hippie* por falta de opção. Provavelmente, penso que nos dias atuais, não tivesse optado por esse caminho. De qualquer modo, estávamos lá, em busca de sua "porta para outros mundos". Montamos um acampamento bem ao sul do Arraial, numa área em que a freqüência de turistas era praticamente nula. Na verdade, nessa época, toda a enseada ainda não era seriamente explorada para o turismo. Ficamos por lá alguns meses, sobrevivendo só Deus sabe como. Na verdade, quase todos eram preguiçosos e estavam vivendo de peixe e água. Muitos foram desistindo, nos deixando. Para os que foram ficando, a coisa foi pesando cada vez mais, e o nível começou a baixar. Muita gente viu seus ideais de liberdade irresponsável degringolarem em face da carência e falta de recursos. Quanto a Sarah e eu, fomos nos desligando gradativamente do grupo. Nós gostávamos de andar. Raramente ficávamos em meio aquele acampamento esfarrapado. Creio que no fim do primeiro mês nos isolamos completamente, não voltando nem para dormir. Eu estava tranqüilo. Tinha bastante dinheiro e não estava preocupado com sobrevivência. Para mim e para Sarah foi uma temporada excelente. E foi numa dessas andanças que finalmente nos deparamos com a caverna. Aquele universo de sensações nos entorpeceu. Ficamos ali sozinhos, completamente ilhados da civilização, experimentado-nos até a exaustão física. Mas fomos além. Bem além. Fomos a lugares dentro daqueles labirintos. Arriscamos a vida. Quase nos sufocamos, quase morremos por falta de ar, quase fomos esmagados por excesso de pressão. Cada labirinto levava a algum lugar estranho, diferente e perigoso. Caímos num dilema esmagador, entre o medo e a admiração pelos mistérios da caverna. Começamos, então, a divergir sobre nossas opiniões. Eu achava que não deveríamos entrar nos labirintos. Sarah tentou me convencer do contrário, mas fui totalmente irredutível. Enquanto ela falava sobre chacras, transcendência, dimensões paralelas, eu falava sobre comida, bebida, sexo, drogas, conforto, dinheiro. Eu comecei a me cansar da caverna. Embora ficar em seu interior nos trouxesse sensações maravilhosas, do lado de fora, a depressão e o tédio começaram a surgir. Comecei, então, a convencê-la de que deveríamos ir embora dali. Continuar nosso passeio. Fazer novas amizades. Procurar um lugar melhor para ficar. Sabe... Eu cheguei a propor casamento. Mas a cada dia que passava, ela foi se enclausurando num mundo particular, relacionado com a caverna e suas anotações. Eu passei a visitar com mais freqüência Porto Seguro e, ocasionalmente, o acampamento *hippie*. Ela preferia ficar só. Comecei então a transar com uma garota no acampamento... Como se chamava... Bom, isso não importa. Sarah ficava cada vez mais esquisita. Fiquei desconfiado que estava visitando o labirinto sozinha, mas fingi que não estava sabendo e fui deixando o tempo passar. Numa tarde, tivemos uma discussão. Eu disse que ia embora, quer ela fosse comigo ou não. Falei que aquele lugar não me interessava mais e que já estava cansado de tudo. E pior: que se ela não fosse, eu levaria a tal garota com quem estava ficando. Uma grande demonstração de insanidade, eu sei. Brigamos e saí a esmo. Eu era apaixonado por ela. E sabia que a estava perdendo. Estávamos em níveis intelectuais diferentes. Minha alma era pobre. Tinha pouco a oferecer. Na verdade, eu só tinha o corpo a lhe oferecer, e acho que isso cansa. Eu estava cada vez mais irritado por ela ficar tão absorvida por seu mundo. Como uma criança, eu queria ser o centro do universo. Queria ser o centro de suas atenções. E não era. Eu a estava perdendo para o mundo místico. E não sabia lidar com isso. Eu saí andando sem rumo. Quando voltei, voltei para pedir desculpas e me colocar à disposição para o que ela quisesse, como um cãozinho com a cauda entre as pernas. Tudo o que eu queria era ficar junto com ela. Estava disposto a qualquer sacrifício para isso. Mas a caverna estava fechada. E, portanto, ela não estava por perto. Sentei-me em uma das pedras ali perto do riacho, e fiquei a esperá-la. O jipe estava perto da praia, onde eu o havia deixado. Ou seja, ela tinha saído a pé. A primeira coisa que me ocorreu é que tivesse saído para me procurar, e que voltaria rápido. Que nos abraçaríamos, e tudo ficaria bem..."

Arley falava como se falasse a si próprio. A essa altura, me pareceu que ignorasse a minha presença. Seus olhos estavam úmidos, e era perceptível a alteração de seu estado emocional. Ali, do seu lado, fiquei a imaginar quanta coisa pode esconder o coração de uma pessoa. Um homem como ele certamente não possuía grandes oportunidades como aquela para um desabafo, em que seus sentimentos ficassem tão expostos.

Ele fez uma longa pausa. Tomou mais um gole e tossiu. Raspou a garganta e se recompôs. Novamente pensei a respeito de solidão e carências humanas. Como poderia um homem, com tanto dinheiro e poder como Arley, estar de repente, quase chorando em presença de um estranho, desabafando com uma pessoa que tinha visto pela primeira vez vida?

Ele prosseguiu, falando com o olhar no vazio:

— Fiquei a noite toda lá. No dia seguinte, fui até o acampamento *hippie*, com a esperança de encontrá-la. Ninguém a havia visto. Pedi então ajuda. Alguns começaram a procurá-la comigo. No final da tarde, alguém sugeriu procurarmos a polícia.

Finalmente me olhou e completou:

— Bom, o resto da história, acho que você já conhece.

Ficamos ambos em silêncio por um longo tempo. Observei novamente as fotos, que a essa altura estavam espalhadas pelo sofá, até me deparar novamente com o sorriso da jovem de olhos e cabelos claros.

E pequenas sardas.

* * *

Uma laje de concreto avançava sobre a água do lago. Sobre ela, mesas e cadeiras de madeira escura e resinada formam a parte externa do restaurante, coberta apenas por um telhado colonial. Enquanto estava sozinho, fiquei observando o lago Paranoá, ou lago de Brasília.

Sob um forte sol no zênite, suas águas assumiam uma tonalidade azul, semelhante à água do mar. Do outro lado, mansões rodeadas por árvores compunham sua orla.

Arley não demorou a chegar. Veio sozinho e com um traje esporte. Creio que me viu logo que chegou, e se dirigiu até a mesa onde eu estava. Ao se aproximar, ele disse:

— Bom esse lugar. Desculpe-me se demorei.

Eu disse:

— Não se preocupe. Também me atrasei.

Ele continuou:

— Nem fui ao meu gabinete hoje. Acordei meio tarde e preferi cancelar meus compromissos hoje. Há um bom tempo que não saio da rotina.

O garçom se aproximou e nos entregou os cardápios.

Arley comentou:

— A moqueca de frutos do mar é boa. Podemos pedir para dois por que é muito bem servida.

Eu concordei. Pedimos chope para beber, e o garçom se foi. Perguntei:

— Você, então, nunca chegou a ter certeza de que Sarah sumiu dentro da caverna?

Ele respondeu:

— Certeza absoluta, não. Há muitas coisas que nunca consegui entender. Por exemplo, antes de encontrarmos a caverna, ela sempre falava sobre sua existência. Eu não levava isso muito a sério, e mesmo quando encontramos o lugar, para mim, foi mera coincidência. Só depois refleti sobre isso. Mas o que realmente me tirou do sério foi comprovar que a caverna só abria quando ela estava próxima. Era como se estivesse vinculada à sua presença. Como se lhe pertencesse... Deixando de lado toda a admiração e analisando-a friamente, Sarah era uma pessoa estranha. Não cheguei a desvendar seus mistérios. Quanto ao seu desaparecimento, *hippies*, polícia, pescadores e voluntários rastrearam toda a região à sua procura. Ela sumiu sem deixar qualquer sinal. E quando a deixei, estava dentro da caverna. Durante muito tempo mantive a esperança que tivesse ido embora e estivesse saudável em qualquer lugar desse Brasil, e que a qualquer momento me procuraria. Infelizmente, pouco tempo depois, nossa família sofreu tanta pressão que papai decidiu por bem me mandar estudar fora. Era uma forma de abafar as coisas. Você nem pode imaginar o que chegou a acontecer. Os inimigos de papai e inimigos dos amigos de papai queriam aproveitar da situação para massacrá-lo, através de mim. Mesmo contratando um excelente advogado, havia toda uma oposição feroz que queria nos arrasar. Quebrar as influências políticas do papai. Quebrar sua empresa. Tive que ficar longe. Era o mínimo que eu podia fazer. Assim, passei uma longa temporada na Bélgica, onde me formei em Administração Empresarial. Lá conheci uma pessoa que se tornou meu confidente. Ele tinha um interesse muito grande em ouvir minhas histórias sobre Sarah e sobre a caverna. Fazíamos conjecturas a respeito. Sua grande preocupação era descobrir qual o mecanismo que fazia a caverna aparecer e desaparecer. Nossa amizade durou uns dois ou três anos. Soube que veio para o Brasil, mas jamais o vi de novo.

Eu quis confirmar:
— Arille Martin?
Ele sorriu:
— Exatamente. Essa foi a razão pela qual acreditei que você não fosse um embusteiro, meu jovem Victor. Muito pouca gente soube dessa nossa amizade. Goose (esse era seu apelido) era mais um desses malucos místicos. Talvez por falar em coisas parecidas com as que Sarah falava, nos tornamos grandes amigos.

Fiquei extremamente interessado:
— Me fale mais sobre ele. Parentes, procedência, como vocês se conheceram.

Ele sorriu e disse:
— Por que você pergunta? Esse cara era maluco. Veja bem: se foi ele mesmo que desapareceu na caverna, como me contou, é porque certamente ficou obcecado com minha história. Mas pode ter certeza de que ele não veio de outro mundo... Esqueça essa bobagem.

Eu insisti:
— Meu caro senador, eu não quis dizer nada disso. Agora, maluco ou não, Martin nos encontrou antes que soubéssemos mesmo da existência da caverna. Desde então, tenho certeza, passou a nos seguir. Como ele poderia saber?... Outra pergunta me surgiu: ele falou algo sobre *ter a chave*. Ele sabia que sua Sarah tinha a chave. E sabia que Wendy ou Margie também tinham o mesmo poder. Como ele podia? Como se antecipou? Pense bem, senador. Esse cara talvez fosse algo muito diferente de apenas um maluco.

Arley ficou perplexo. Calou-se por um longo tempo. Talvez tentasse uma retrospectiva mental, buscando velhas memórias.

O garçom nos serviu. Provavelmente conhecia Arley, e tentou puxar assunto, por cortesia, mas não teve muito sucesso. Ele estava distante, com seu olhar perdido nas águas do lago. O garçom percebeu e, educadamente, montou os pratos e se foi.

A vertigem do senador durou minutos. Quando voltou a si, eu já estava degustando a moqueca, e realmente aprovando seu paladar. Ele falou:

— Goose, o profeta... Essa história está mal contada demais... Responda-me, Victor: se formos a Caraíva, o que me garante que encontraremos a caverna aberta?

Eu terminei de mastigar, engoli e falei:

— Nada. Seguindo esses parâmetros, eu só voltaria lá em companhia de Wendy e Margie.

Ele prosseguiu:

— Eu, sinceramente, já tinha fechado essa ferida. Me senti como se tivesse sido enganado pelos deuses. Mas se há chance de encontrarmos o lugar e provarmos finalmente que eu não estava drogado, e que muito menos seqüestrei e sumi com Sarah, acho que vale a pena. Talvez seja minha chance de seguir sua trilha...

Eu relutei:

— A idéia é essa. Mas temos um problema logístico: Margie deve estar neste momento na Alemanha.

Arley sorriu:

— Com dinheiro, tudo se resolve.

Sorri meio sem graça, e perguntei:

— E quanto ao CD que Martin nos deixou?

Ele sorriu de novo:

— Para quem tem amigos, nada é impossível.

* * *

No final da tarde, eu fiquei no quarto do hotel, fazendo umas ligações, para contar sobre meu sucesso absoluto e muito além do esperado, no encontro com Arley Felipe.

Liguei primeiro para Wendy e lhe expliquei que teríamos que contatar Margie, e explicar que um empresário rico estava disposto a patrocinar-lhe uma visita de emergência ao Brasil. Wendy alertou que seria muito difícil convencê-la a interromper sua turnê, mesmo que fosse para voltar logo, mas que tentaria.

Liguei também para o Mário e, finalmente, para Adriana, como me fizera prometer. Ela estava no trabalho:

— Foi melhor do que eu esperava!

Ela perguntou:

— Você vai embora hoje?

Eu respondi:

— Provavelmente, mas ainda não marquei o vôo.

Ela sugeriu:

— E dá tempo de você me contar tudo pessoalmente?

Eu falei:

— Acho que sim. Posso marcar o vôo para amanhã cedo.

Ela concluiu:

— Ótimo. Só vou a minha casa tomar um banho e trocar de roupa, e estarei aí. Um beijo, tchau!

* * *

Por volta das sete Adriana chegou. Com um perfume discreto, produzida e com um vestido negro bastante *sexy,* ela tinha sua graça. Mas ansiosa, inquieta e falante, muitas vezes comprometia seu charme de mulher.

Eu gostava demais dela (e gosto). Mas acabamos ambos concordando que nosso relacionamento era só amizade, mesmo que tenha ficado colorido. Acho que essas *cores* até contribuíram para sua separação definitiva, que viria a ocorrer uns meses depois.

No primeiro abraço, grande parte da maquiagem se perdeu. Já que estava tão produzida, perguntei-lhe:

— Você gostaria de sair, de dar um passeio, jantar em algum lugar em especial ou...?

Ela sorriu:

— Estou com vontade de dançar. Tenho dois convites para uma boate hiperbadalada no Lago Sul. Mas só começa depois das onze.

Eu brinquei:

— Onze horas já estarei no terceiro sono.

Ela se soltou dos meus braços e caminhou até o frigobar. Pegou uma lata de refrigerante e a abriu. Sentou-se na cama, mostrando mais ainda suas coxas, pouco cobertas pelo apertado vestido de malha. Ela estava com aquelas meias transparentes que realçam a beleza das pernas. Aproximei-me e curvei a cabeça para dar-lhe um beijo nos lábios. Depois perguntei:

— E você quer jantar primeiro?

Ela tomou um longo gole de refrigerante, como se estivesse com bastante sede. Depois me ofereceu a lata. Bebi e devolvi. Ela respondeu:

— Se você quiser, te acompanho. Eu particularmente não estou com fome. Que tal se ficarmos aqui no quarto conversando, até na hora de sair?

Aproximei-me de novo. Beijei-a novamente nos lábios, depois no pescoço e no ombro nus. E perguntei:

— Só conversando?

Ela colocou a lata no criado-mudo próximo à cabeceira da cama, e me puxou para cima de si, num abraço em que seu vestido definitivamente se transformou numa camisa, expondo sua calcinha também negra e rendada.

Tateei sem ver os interruptores de cabeceira, até apagá-los todos. A pouca luz dos *outdoors* e letreiros luminosos que atravessava as janelas de vidro passou a ser a única claridade sobre nós, com reflexos coloridos. Vermelhos, azuis, verdes.

É claro que não fomos dançar no Lago Sul.

* * *

Conforme combinamos, encontrei-me com o senador na semana seguinte, numa quarta-feira, às nove horas da manhã no aeroporto da Ilha do Governador, no Rio de Janeiro.

Eu havia desembarcado há uns dez minutos quando Arley chegou. Não trazia acompanhantes consigo, nem mesmo o segurança, e estava à paisana, com uma roupa esporte bastante simples.

Nos dirigimos imediatamente ao heliporto, onde um helicóptero fretado já nos esperava. Ficamos quase sem nos falar durante a viagem, que durou uns quarenta minutos, devido ao grande barulho interno dentro do veículo, e também à presença do piloto, já que não queríamos qualquer divulgação sobre o assunto que estávamos tratando.

Viajamos próximo ao litoral, em uma altitude que nos permitiu admirar a beleza da orla marítima, bem como o próprio Rio de Janeiro. Visto do alto, ainda podia ser considerado uma cidade maravilhosa, com grandes pedreiras lutando contra o mar e diversas áreas verdes distribuídas por grande parte de sua extensão.

Grandes embarcações trafegavam pela baía da Guanabara, enquanto um número incontável de automóveis atravessava a infindável ponte sobre o mar.

Lamentei por não trazer comigo uma máquina fotográfica. O helicóptero sobrevoou as imediações da Barra da Tijuca, onde fui surpreendido com belos cartões postais. O espetáculo natural que estávamos vendo lamentavelmente não podia ser usufruído por espectadores a pé, por todas as dificuldades de acesso às imensas escarpas e rochedos quase verticais que se lançavam para o mar, capazes de humilhar até mesmo uma Acapulco.

Saindo do Rio, passamos por outros diversos lugares impressionantes. Do alto, muito pouco se sabia sobre poluição, lixo, portos mal cheirosos e todos os resultados dos ataques sem medida realizados contra a natureza em todo o litoral do estado.

Tentei imaginar todos aqueles encantos geográficos há cem ou duzentos anos, quando o progresso e o crescimento demográfico ainda não os tinham assolado. Em épocas antes das cidades e do mal cheiro criado artificialmente, o litoral do estado do Rio deve ter sido um dos mais bonitos do mundo. Talvez, penso eu, com um pouco mais de carinho, não fosse preciso estragar tanto. Infelizmente, nós brasileiros temos transformado esses paradisíacos cenários naturais em grandes *bosteiros*. Toda a sujeira, excrementos, restos químicos, lixo sólido... Tudo isso tem sido jogado nos rios e no mar. Durante muitos anos ficamos na ilusão de que não se sujam, até estarmos convivendo com um Tietê, um Pinheiros, um Arrudas ou coisa parecida.

Existe tanta tecnologia para tanta coisa... Por que existe tão pouca (e por que a pouca que existe é tão pouco usada?) para beneficiar, reciclar ou biodegradar o lixo?

Mas, tirando a parte ruim, ainda havia a Ilha Grande, tão grande e bonita, certamente ainda com árvores e mata nativa a enfeitar e a trazer esperança de que algo ainda pode sobrar. Passamos bem longe, seguindo próximo à Bahia dos Novos Reis. E finalmente chegamos ao Colégio Naval de Angra dos Reis.

Quando o helicóptero tocou o chão, dois homens de uniforme branco nos esperavam no extremo do heliporto, próximos à base da torre de controle.

A hélice foi gradativamente perdendo a velocidade, e o ensurdecedor ruído que nos acompanhou do Rio até Angra foi diminuindo até acabar completamente. O piloto finalmente falou:

— Podem desembarcar.

Quando saímos, os dois homens de branco deram alguns passos à frente. Fomos ao encontro deles. Arley se antecipou, e com um grande sorriso, que foi recíproco pelo homem de branco menos jovem, eles se abraçaram. O homem de branco falou, deixando de lado qualquer formalidade:

— Seu pilantra nojento... Esqueceu dos amigos?

Arley respondeu:

— Você que esqueceu... Já virou brigadeiro nessa espelunca?

Ele sorriu:

— Como ousa chamar o Colégio Naval da Marinha Brasileira de espelunca? Espelunca é aquele prédio do Congresso, cheio de ladrões como você...

Eu e o outro homem de branco, mais jovem, nos entreolhamos, um tanto surpresos. Percebendo que não estavam sozinhos, imediatamente se recompuseram. Arley me apresentou:

— Léo, este é Victor, o rapaz de quem lhe falei. Victor, esse é o almirante Leonardo Graff, da Marinha do Brasil.

Apertamos as mãos. Finalmente notei as divisas e condecorações em sua camisa branca e impecável. Era um homem alto, de porte atlético, e bastante bronzeado, num sensível contraste com os cabelos grisalhos bem cortados e bem penteados. Não pude ver seus olhos até então, pois os cobria com óculos de densas lentes escuras e reflexivas. Ele, finalmente, apresentou seu acompanhante:

— E esse é o tenente França.

Ele fez um rápido sinal de continência e, em seguida, um rápido aperto de mãos para conosco, civis.

Graff então falou:

— Bom, vamos sair do sol. Acompanhem-me, por favor.

O interior do prédio do Colégio Naval mantinha intacto um ambiente de estilo arquitetônico imponente, com paredes altas e grossas como as casas da virada do século. Eu não sabia exatamente de quando remontava sua construção. Fazia uma idéia de que era algo perto do início do século XX, e podia dizer que se mostrava bem conservada. Era um ambiente limpo e organizado, um dos frutos positivos da disciplina militar.

Graff nos conduziu ao seu gabinete ou escritório, e levou França junto. Sentamo-nos em volta de uma robusta mesa de madeira escura, oval e com partes torneadas (um luxo para qualquer antiquário). Arley, entre águas e cafezinhos, foi recompondo, com minha ajuda, a história que havia lhe contado, para que os militares ouvissem.

Aos poucos fui compreendendo. Graff fora seu colega de faculdade. Embora tivessem optado por doutrinas diferentes, estudaram na mesma faculdade na Bélgica. Lá se conheceram e se tornaram grandes amigos. E Graff conhecia a inacreditável história de Arley, bem como acompanhara grande parte de suas conversas com um terceiro amigo de pensionato, Arille Martin.

Assim, nada do que lhes acrescentei parecia absurdo. Arley estava procurando um tipo de ajuda sobre a qual eu jamais tinha pensado, mas que poderia ser decisiva no desbravamento dos mistérios em que fomos envolvidos.

Finalmente, tocamos no assunto do CD. Foi quando Graff perguntou:

— Você o trouxe consigo?

Eu abri a pequena pasta, na qual guardava, além de diversas fotos, o pequeno disco.

Graff disse:

— França!

O tenente pegou o CD e me perguntou:

— Vou ao CPD. Gostaria de me acompanhar?

Olhei para Arley e falei:

— Se minha presença não for relevante...

Arley disse:

— Vá com ele. Terá oportunidade de ver "caras da pesada" trabalhando!

França, então, me entregou um crachá e me pediu que o prendesse à camisa. Saímos da sala e caminhamos por longos corredores, até finalmente nos depararmos com uma porta fechada, com a seguinte placa: ÁREA DE ACESSO RESTRITO.

Entramos. Em confronto à velha arquitetura externa, em seu interior encontramos diversas salas separadas por divisórias com grandes áreas de vidro, com piso falso e teto rebaixado, formando os típicos ambientes de *mainframes*, com grandes CPU's e diversos periféricos. Por fim entramos em uma sala menor, onde só um jovem marinheiro digitava alguma coisa, na frente de uma SUN Sparc Station. O tenente se sentou em uma cadeira próxima e fez sinal para que eu também me acomodasse. Depois disse:

— Victor, esse é Davi. Não existe nada no mundo da computação que esse cara não resolva. Informações decodificadas, sistemas de segurança, criptografias. Nada é bom o bastante para ele. É o maior *hacker* do Brasil!

Davi tinha menos divisas. Certamente menos patentes. Era um sargento. Ao escutar França, ele disse:

— Senhor, com todo o respeito. Milagres eu ainda não faço!

França entregou o CD para ele e disse:

— Pare então o que está fazendo, e veja o que pode fazer por nós.

Ele pegou o CD e o introduziu na unidade do lado do micro. Percorreu rapidamente várias telas com o *mouse*, até surgir entre elas, a velha tela da senha, com a qual eu já estava acostumado. Ele se virou e perguntou:

— Então esse é o problema?

Eu disse que sim. Ele perguntou:

— Nenhuma idéia?

Expliquei:

— Para ser sincero, já rodei um programinha que entrou com todas as palavras do Aurélio, sem sucesso.

Ele perguntou, com calma:

— Já utilizou algum *cracker*?

Eu respondi:

— Infelizmente não. A senha não pode ser rompida no CD-ROM, que é só para leitura. Se você direcionar a salva em outro disco, ele produz uma rotina que enlouquece a execução do *cracker*. Por outro lado, também não consigo copiá-lo com sucesso, mesmo com copiadores *shareware* não ortodoxos, e muito menos com o copy do DOS. Parece que ele seta alguma flag no executável de copy, um vírus talvez, e o corrompe, ficando inutilizável. O melhor que consegui foi uma cópia com erros de partição, imprestável.

Ele me ouviu atentamente, depois perguntou:

— E quem criou o programa era brasileiro?

Eu tive um rápido choque com minha falta de imaginação ao não me lembrar disso antes. Então respondi:
— Era um belga naturalizado. Mas não pensei nisso, porque ele me falou que eu saberia a senha, por se tratar de algo bem conhecido por mim.
Ele então olhou para o França, e disse:
— Bom! Tenho dois caminhos: um deles é abrir o programa em nível de caracteres e desvendar a senha, que pode estar criptografada. Não está me parecendo nenhum segredo militar.
Ele passou por várias telas, até encontrar uma em que apareciam os tais caracteres que compunham o programa. Então falou:
— Isso não é militar. Isso parece coisa de faculdade... Talvez dê trabalho...
França perguntou:
— E o segundo caminho?
— É tentar. Tentativa e erro até acertar. Podemos tentar o dicionário francês...
Mal ele falou, um programinha semelhante ao meu já testava em alta velocidade as senhas. Enquanto o programa rodava, ele foi perguntando:
— Que coisas você conhece bem? Em que trabalha? Onde mora? Quais seus *hobbys*?
Ele foi tentando tudo, sem sucesso, enquanto o programa rodava em paralelo. Minutos depois, a tela parou com um *broadcast*, na letra "M".
Surgiu a mensagem na tela: PROGRAMA DESBLOQUEADO. A senha apareceu em uma caixa de diálogo: MÉNAGE À TROIS.
O programador soltou uma gargalhada e repetiu:
— Ménage à trois! Você conhece isso bem? Poxa, me explique então! Ando precisando muito de conhecer isso melhor!
Fiquei mais surpreso que propriamente sem graça. França tentou manter a indiferença, uma atitude até

educada, ao perceber meu constrangimento. Eu finalmente falei:

— Aquele belga cretino! No mínimo estava observando-me com as garotas. Eu nunca podia imaginar...

O sargento brincalhão então falou:

— Querem que eu continue, ou vão me deixar trabalhar em coisa séria?

O tenente França tomou-lhe o CD e fomos para uma outra sala, onde havia outro equipamento semelhante. Nos acomodamos de frente para o vídeo de vinte polegadas. França inseriu o disco e digitou a senha.

Uma filmagem do rosto de Martin surgiu na tela.

XIV

— PRIMEIRO — DISSE MARTIN — *meus sinceros agradecimentos por sua simples existência, Victor, Wendy e Margie. Ainda que de forma acidental, sem saber como ou por quê vocês abriram meu caminho de volta. Em sua forma de medir o tempo, esperei durante mais de vinte anos, por essa oportunidade. Tentei (E como tentei!), recriar artificialmente a chave, mas isso foi em vão. Faltava alguma coisa para compor essa chave, e eu não consegui descobrir basicamente o que era. À semelhança dos criadores do Grande Labirinto, seja lá quem forem, algumas pessoas da Terra têm a chave. Venho de um mundo há muitos anos-luz do seu. Num dia, inexplicavelmente, surgiu uma fenda no meio de uma planície. De lá, saiu uma jovem mulher. No princípio, a comunicação foi problemática. Mas com um pouco de tecnologia, acabamos resolvendo. Compreendemos então que viajara do seu mundo até o nosso por um processo em que não era necessário se deslocar pela distância física que separava esses mundos. Nossos pesquisadores já vinham há algum tempo buscando esse conhecimento, já que as viagens espaciais delegavam longas temporadas no espaço. Os cientistas do meu mundo vislumbraram com grande euforia o labirinto e, mesmo sem saber sua origem, concluíram que sua aparição estava ligada ao campo energético e às ondas e seus harmônicos emitidos pela garota terrestre. As extensas pesquisas deixaram a jovem criatura exausta e agoniada. Então permitiram que seguisse seu caminho e prosseguisse em sua viagem para onde quisesse. Sabíamos que, quando se fosse, a fenda ia se fechar. Assim, aceitei voluntariamente acompanhá-la para conhecer a Terra e pesquisar mais profundamente as relações da energia humana capazes de abrir a fenda e, em conseqüência, o labirinto. A jovem criatura me conduziu, então, ao seu mundo, mas não quis ficar ainda naquela ocasião. Me deixou na Terra e voltou para o labirinto, em busca de um destino que desconheço. Desde então, procurei respostas. Obtive alguns conhecimentos, mas muito aquém do que esperava. E acabei ficando preso, pois, quando ela se foi, a fenda aqui na Terra não mais se abriu. Trouxe do meu mundo alguns equipamentos capazes de captar os padrões de ondas emitidos por mentes da minha e da sua espécie. Com o tempo percebi que a leitura dos mesmos era incompleta, pois, ao recriar códigos gravados das emissões da garota, em momento algum consegui reabrir a fenda. A ciência terrestre ainda não trata com eficiência desses assuntos, o que me deixou sem qualquer subsídio. Fechei-me em minhas buscas totalmente só, atento a outros terrestres que pudessem emitir padrões semelhantes. Esses padrões são um conjunto de comprimentos de onda emitidos pelo campo enérgico que habita os corpos vivos, aos quais vocês chamam auras. Cada criatura é única, possuindo um padrão diferente, como uma impressão digital. O padrão da jovem Sarah era como uma chave numa fechadura. Sua simples presença num ponto físico do espaço próximo ao labirinto era capaz de torná-lo acessível aos nossos sentidos. Muito tempo depois, detectei o mesmo padrão quando três criaturas terrestres se juntavam num espaço físico próximo. Seu campo espectral, quando jun-*

tas, se completava por meio de alguns batimentos de freqüência, formando finalmente um modelo idêntico ao de Sarah. Essas pessoas eram vocês: Victor, Wendy e Margie. Procurei não me iludir com isso, já que recriara essa condição artificialmente e não obtive sucesso. Por outro lado, eu deveria tentar. Pensei, então, em persuadi-los a me acompanharem ao local onde a fenda deveria aparecer, que era um ponto geográfico relativamente distante de onde moravam. Fui, então, para Belo Horizonte e invadi a privacidade de vocês com escutas, chegando finalmente a conclusão que, por uma brincadeira do destino, vocês estavam com intenção de ir à cidade de Porto Seguro. A partir daí, acompanhei-os à distância, buscando incentivá-los por meio de terceiros a conhecerem Caraíva, e conseqüentemente se aproximarem do local. E tudo funcionou como um relógio de precisão. Perdoem-me por ter usado vocês. Em gratidão, estou lhes deixando essas informações. O labirinto é uma descoberta científica poderosíssima. Não sabemos se é natural. Não sabemos sua idade. Sabemos apenas que tem um potencial para dar a nós, seres inteligentes, uma liberdade sem limites, capaz de sobrepor não só às distâncias, mas também ao tempo, que era o maior limite para as longas distâncias. Todo esse poder e toda essa liberdade devem ser usados com perícia. Talvez Sarah e, talvez, o conjunto Victor, Wendy e Margie sejam apenas acidentes cósmicos indesejáveis. É possível que o criador do labirinto quisesse mantê-lo apenas para si. Outros terem a chave talvez não fizesse parte de seus planos. Mas daí para a frente, é pura especulação. Acreditamos, por exemplo, que o labirinto seja muito grande e que talvez tenha portas para todos os planetas do Universo. Estaria, então, relacionado a uma entidade muito superior às nossas, que precisasse ou quisesse se locomover com facilidade por entre tantos mundos. Uma outra tese de nossos cientistas é que seja parte inerente do Universo. Que tenha sido criado com o próprio Universo e, sendo assim, de forma literal, só o criador do Universo conheceria sua real função, ou seja, só Deus sabe. Em qualquer hipótese, vocês três têm um poder muito grande nas mãos. Ou dádiva, ou responsabilidade. De qualquer forma, eu e os meus estaremos de portas abertas em nosso planeta, caso precisem de nossa ajuda. Caso contrário, adeus.

XV

O Focker 100 atravessou os céus da Grande BH, já perdendo altitude nas imediações de um grande lago urbano, a Lagoa da Pampulha. Nessa época, uma faixa considerável da lagoa estava tomada por aguapés, que vistos do alto formavam grandes campos verdes e aveludados a cobrir a água.

O cartão postal de Belo Horizonte já vinha há algum tempo sofrendo mutilações e depreciações, assim como tantos outros lugares pelos quais passei nesse curto espaço de tempo. A luta contra os aguapés e contra a poluição ainda continua no instante em que escrevo estas palavras. Mas pelo menos algo me consola: alguns homens do poder público estão interessados em vencer essa luta.

Na porta de saída do desembarque, avistei Wendy. Morena clara, linda, elegante, produzida, bem vestida. Os diversos passageiros (infelizmente quase todos homens) ao passarem por ela, desferiam olhares apelativos, como cães em frente de uma vitrina de frango assado.

Ela guardou para mim o mais receptivo de seus sorrisos, creio eu, seguido por um abraço ainda mais acolhedor.

— Tudo bem? — Perguntou.

— Agora ficou melhor. — Respondi.

Seu Civic estava estacionado do outro lado do aeroporto, como sempre vigiado por algum olhador de carros, um mal que já tem feito parte do dia-a-dia das pessoas onde quer que se esteja. Entreguei-lhe algumas moedas, e saímos.

No caminho para a Savassi, tentei adiantar-lhe grande parte do que aconteceu nos dias em que fiquei fora. Wendy infelizmente dirigia de forma meio agressiva e por vezes audaciosa, razão pela qual não quis que se compenetrasse muito no assunto, pelo menos até sairmos da Avenida Antônio Carlos, em meio ao *rush de fim de tarde*.

O apartamento parecia mais confortável do que antes. Wendy certamente deixara nele seu toque feminino durante minha ausência. Quando cheguei, deixei as malas no chão e retirei imediatamente os sapatos, espojando-me a vontade sobre o sofá.

Wendy também tirou os sapatos e se acomodou sobre o carpete, ao meu lado. Nos beijamos, então, por um tempo bastante longo, o suficiente para compensar boa parte da saudade.

Alguns minutos depois, coloquei um CD para tocar e peguei duas cervejas na geladeira. Então perguntei para ela:

— Que tal sairmos para jantar?

Ela sugeriu:

— Prefiro pedir uma pizza. Podemos pedir por telefone. Além disso, Margie ficou de nos ligar por volta das sete.

Acomodei-me de novo no sofá e entreguei-lhe uma latinha. Ela comentou:

— Não imaginava que essa história fosse tão longe.

— Você imaginaria — comentei — muito menos as expressões do pessoal lá em Angra quando assistiram ao CD-ROM do Martin. Acho que se fossem outras pessoas, teriam me chutado para fora de lá. Mas ninguém sequer fez qualquer comentário de desconfiança, afinal, o senador e o alto oficial da marinha eram velhos conhecidos, não apenas entre si, mas do próprio Arille. Se tivessem que desconfiar, seria do Arille, não de mim. O fato é que ficaram demasiado interessados.

Ela falou:

— Você trouxe o CD de volta?

Respondi:

— Trouxe uma cópia, só para você ver, e para Margie, quando voltar. O tenente França ficou com o original, pois existem outras informações por escrito, além da apresentação de que lhe falei. E é claro, me pediram sigilo absoluto.

Eu continuava sentado no sofá. Ela, sentada no chão, apoiara sua cabeça sobre minha perna. Enquanto conversávamos, afastei seus cabelos e massageei-lhe a nuca com uma das mãos. Uma canção bem progressiva do Eloy tocava ao fundo.

— Mais tarde eu gostaria de ver. — Disse ela. — Mas diga-me; o que acha que eles poderão fazer?

Eu respondi:

— A Marinha tem toda a tecnologia para fazer uma pesquisa minuciosa. Tudo o que está próximo do mar é responsabilidade e poder da Marinha. Para eles é muito importante ter o controle de algo tão espetacular quanto a caverna, de preferência antes que outros o tenham. Acho que está em boas mãos.

Wendy ficou meio pensativa. Depois comentou:

— Sei lá... Acho que não confio muito nos militares... De qualquer modo, melhor na mão deles de que na mão de uma empresa de turismo inescrupulosa!

Quando lhe apertei o ombro com um pouco mais de força, ela soltou um pequeno gemido. Eu pedi desculpas e parei. Ela disse:

— Pode continuar. Estou mesmo precisando de uma massagem.

Ela mudou de posição, sentando-se entre minhas pernas, de modo que suas costas ficaram apoiadas no sofá, de frente para mim. Coloquei então minhas duas mãos, uma sobre cada ombro e continuei a massagem improvisada. Após um rápido relaxamento, ela voltou a falar:

— Se entendi bem, eu, você e Margie, juntos, somos uma combinação tão perfeita que podemos abrir *portas para qualquer lugar do Universo?*

Eu brinquei:

— Não diria que somos uma combinação perfeita. Diria que nossa combinação, na verdade, foi um erro tão grande que violou a barreira do espaço físico no Universo.

Ela disse:

— Palavras difíceis! Mas... Que magia é essa que pode levar uma pessoa a um lugar qualquer, sem que ela tenha que percorrer o espaço que os separa?

Eu comentei:

— Realmente parece magia. Mas deve haver uma explicação melhor, dentro de regras de tempo e espaço que ainda não conhecemos. De qualquer modo, se as palavras de Martin foram realmente verdadeiras, temos, então, mais uma grande surpresa para com a obra divina e as leis cósmicas. E, dessa forma, Richard Bach passa a ser dono de uma verdade absoluta com as palavras: "Longe é um lugar que não existe."

Ela estava com os olhos fechados ao dizer:

— É maravilhoso só de pensar. Chega a dar calafrios. De frente para uma realidade tão louca, dá vontade de quebrar todas as regras e rotinas de sobrevivência e fazer como a namorada do Arley. Isso tudo é muito maior que nós... Sabe... Cada vez que vou a um lugar como Caraíva e vejo os peixes sob o silêncio do mar (só quem mergulha pode entender esse prazer e essa admiração), eu percebo que tudo aqui fora é só perda de tempo, é só luta pela sobrevivência. Depois que descobrimos a caverna, então, quase perdi a razão. E ainda não era nada em comparação com essas informações. E lembrar que ficamos com medo de ir além! Nossa! Já pensou se caíssemos na superfície de Júpiter?

Coloquei então as mãos sobre sua cabeça e comecei a empurrá-la para baixo, dizendo:

— Você seria completamente esmagada por uma gravidade imensa!

Ela sorriu:

— Pior se fosse por uma gravidez!

Em seguida me puxou, e acabamos os dois no chão, amortecidos apenas pelo tapete. Inevitavelmente, as massagens para relaxamento foram trocadas por carinhos enrigecedores.

Com as mãos, com os lábios e com tudo o mais.

* * *

Às dezenove horas, quase pontualmente o telefone tocou. Já tínhamos saciado parte da sede sexual, bem como toda a fome gástrica. Havia dois pratos com restos de pizza, e também copos com refrigerante pela metade, espalhados pela sala. Estávamos deitados no chão, sem nada fazer, ou nada dizer. Apenas escutando um velho disco chamado *Spartacus*, de um extinto grupo alemão, o Triumvirat.

No segundo toque, me recompus e atendi. Ouvi então a voz de Margie, distorcida e metálica pela má qualidade da ligação telefônica:

— Alô, Victor! Sou eu, Margie.

Cliquei sobre o aparelho, a tecla de viva-voz, para que pudéssemos conversar os três. Conforme ensaiado, eu e Wendy falamos juntos, como num coro:

— Volte logo, estamos com saudade!

Ouvimos então:

— Não é tão simples! Só teremos uma pequena folga de aproximadamente uma semana, daqui uns dez dias. A turnê foi prorrogada, já que está sendo um sucesso. Recebi até uma proposta de uma companhia francesa. Já fiz duas propagandas para TV. Nosso trabalho está gratificante. Não posso sair assim de repente. Se puder ser para o início da outra semana, vou dar um jeito.

Eu falei:

— Se não houver alternativa, o jeito é esperar. Temos grandes novidades por aqui, coisas que vão fazer a sua cabeça alucinar. Por outro lado, fico imensamente feliz com o seu sucesso. Quer dizer que finalmente estão entrando uns *cachezinhos*?

Ela respondeu:

— Sim, muito mais do que eu esperava. Já estou cheia de planos...

Wendy falou:

— Então se cuide para não gastar tudo nesses shoppings europeus...

Ela brincou:

— Alguma coisa tenho que levar. Já até comprei umas surpresinhas para vocês dois. Estou morrendo de saudades. Gostaria que estivessem por perto, para abraçá-los em vários momentos felizes que passei nesses últimos dias. A vontade de dividir essa felicidade é grande. Essa idéia de dar uma fugida não soou bem para o pessoal da companhia, mas para mim, é ótima. Só que eu não entendi exatamente o que está acontecendo por aí.

Eu disse:

— Temos muita coisa para te dizer. Por telefone não vai dar. Só precisamos que dê certeza do dia em que poderá vir, para providenciarmos reservas e passagens.

Ela confirmou:

— Podem marcar, então, para a outra segunda-feira depois dessa. E o retorno para o domingo.

Eu comentei:

— Que chegue logo!

Wendy completou:

— Nós amamos você. Estaremos te esperando aflitivamente.

Margie se despediu, mandando muitos beijos. Quando coloquei o fone no gancho, percebi que os olhos de Wendy estavam úmidos, preparando para lacrimejar. Abracei-a fortemente, apoiando sua cabeça contra meu ombro.

Não havia mais música. Um grande silêncio nos desamparou, e, por um instante, o apartamento, a despeito de nossa presença, se tornou um lugar esmagadoramente solitário.

* * *

No dia seguinte, uma sexta-feira, Wendy me ligou na parte da tarde, no escritório. Perguntou se eu gostaria de ir com ela para o interior, passar o fim de semana na casa dos seus pais. À princípio não me interessei muito pela idéia, mas, como quase implorou, acabei cedendo. Ela me garantiu que eu ia gostar dos seus e que seria bastante divertido. E que também iriam comemorar o aniversário de sua mãe, daí, a casa estaria bastante cheia e animada.

Propus, então, irmos com a Hilux, já que seu carro andava com uns probleminhas de suspensão, depois de uma queda num imenso buraco feito pela Copasa na avenida Afonso Pena.

* * *

Chegamos à casa dos pais de Wendy, em Divinópolis, na manhã de sábado. Foram umas duas horas de estrada bastante tranqüilas, cantando, brincando e conversando, e relembrando a viagem para Porto Seguro.

Eram pouco mais de nove horas quando estacionamos na frente de uma antiga casa, toda rodeada por árvores, e fomos acolhidos ainda na rua por alguns dos parentes de Wendy.

Percebi que dos cinco filhos presentes, Wendy era uma espécie de "raspa de tacho", como costumavam dizer. Era a última e mais jovem, com uma diferença de idade relativamente grande para os outros, que tinham quase todos nomes começados com "W". Wallace, William e Washington. Só sua irmã mais velha não seguiu exatamente o padrão, a Valéria.

Sua mãe, dona Ana, era uma senhora já bem idosa, gordinha e clara, e de uma simpatia sem precedentes. Wendy deveria ter herdado mais as características do velho pai, que era moreno, magro e alto.

Em apenas um final de semana, e em clima de festa, descobri, sem qualquer intenção, muita coisa a respeito de Wendy e dos seus.

Fiquei sabendo, por exemplo, que normalmente aquela casa velha e espaçosa ficava quase que permanentemente vazia, pois Washington, o irmão mais velho morava em São Paulo, com a mulher e seus dois filhos. William era divorciado e morava sozinho no Rio. Wallace era casado, não tinha filhos e morava em Petrópolis. Só Valéria morava em Itaúna, cidade vizinha, mas tinha pouco tempo para visitar os pais, segundo ela.

Assim, a mais apegada e mais freqüente presença nos finais de semana era a de Wendy. Percebi que era a mais mimada por dona Ana e, em reciprocidade, a que tratava com mais carinho a mãe.

Havia, porém, algum conflito com o pai. Eles se falavam muito pouco e, normalmente, com certa aspereza. A minha presença, contudo, fui percebendo, deve ter causado uma pequena revolução dentro da casa. Embora Wendy me apresentasse apenas como um grande amigo, logo seus familiares perceberam diversas ações carinhosas ou até mais íntimas de nossa parte, como eventuais beijos ou brincadeiras de namorado.

Por intermédio da mulher do Washington, notável conhecedora e divulgadora das particularidades de terceiros, soube que foi sempre uma situação desagradável ter uma lésbica na família. Wendy, desde os primórdios da adolescência, gerara alguns embaraços com coleguinhas no quarto e com seu desinteresse pelos rapazes, coisa muita falada em uma pequena cidade no interior mineiro.

Levar para casa um namorado com o qual se entendesse tão bem como eu, era o renascer de uma esperança há muito deixada de lado pelo seu pai. De que casasse, tivesse filhos etc. Como manda a tradição. Até a tarde de domingo, eles me tratavam quase como um deus, talvez por essa razão.

Assim, para não magoá-los, procurei não quebrar essa pequena magia, evitando expor uma situação não totalmente contrária, mas, talvez, muito mais constrangedora.

* * *

A volta de Margie foi uma espera quase aflita por todas as partes envolvidas. No decorrer da semana, o tenente França me ligou no escritório, para confirmar se estava tudo certo quanto ao retorno dela e também para dizer que o CD trazia diversas outras informações relevantes, que eu próprio poderia pesquisar em minha cópia.

O senador Arley também chegou a falar comigo por razões semelhantes. Procurei tranqüilizá-lo, visto que até mesmo as passagens para o retorno de Margie já estavam em suas mãos. Ele, por outro lado, me garantiu que seu amigo Graff estava providenciando toda uma infra-estrutura para nos acompanhar nessa surpreendente aventura.

Quem não estava muito satisfeito com mais um período de ausência minha na empresa era Gustavo, meu sócio, que reclamou amargamente a respeito. De qualquer modo, ele garantiu que *seguraria* até que eu resolvesse meus problemas e que, depois, tiraria uma folga proporcional.

XVI

Da sacada do quarto dava para ver não só grande parte da praia, mas também o rio e, ocasionalmente, a balsa a atravessá-lo. Com a proximidade do carnaval, já havia grande movimentação de pessoas por toda a região, realidade para a qual o tenente França já havia demonstrado alguma preocupação.

Era manhã de segunda-feira. A partir do dia doze, sábado, um enxame de pessoas tomaria a região, e a população local seria multiplicada várias vezes, como era previsto todos os anos.

Não seria interessante fazer pesquisas com tanta gente em volta. Mesmo que a área fosse bloqueada pela Marinha, isso ia gerar boatos e especulação. Tínhamos então, teoricamente, dois dias a menos a coincidir com o tempo disponível de Margie.

Wendy terminou de se vestir e me chamou. Descemos então para o café da manhã.

No restaurante, Arley já esperava em uma das mesas, em companhia de Graff e França.

— Bom dia. — Saudei-os.

Eles responderam o mesmo, quase que simultaneamente. Apresentei minha acompanhante:

— Esta é Wendy.

França foi de uma cortesia quase galantesca, se levantando e puxando a cadeira para que Wendy se sentasse. Depois nos falou:

— Já estamos com o barco ancorado em Santa Cruz de Cabrália. Trouxemos uma equipe boa conosco.

A vestimenta branca dos oficiais chamava a atenção das pessoas que entravam no salão. O tenente mostrou alguns sinais de constrangimento quando uma criança gritou na outra mesa:

— Olhe, mamãe, marinheiros!

Wendy procurou consolar o tenente:

— Não fique triste. O traje de vocês é o mais bonito de todas as forças armadas.

França tratou-a com respeito:

— Obrigado, senhorita.

Arley interrompeu, falando-me:

— Já confirmamos que sua amiga Margie completou a conexão no Rio, e já está num vôo da Riosul com previsão de chegada às nove e trinta, no Aeroporto de Porto Seguro.

O tenente comentou:

— Dois oficiais já estão aguardando-a, para escoltá-la até aqui.

Wendy brincou:

— Nossa! Ela está mesmo ficando importante.

O tenente completou:

— Como ela viajou a noite toda, supomos que queira relaxar um pouco, por isso programamos nossa saída para depois do almoço, quando o navio de pesquisa da marinha atracará aqui no rio para que embarquemos.

Wendy perguntou:

— Isso significa que os demais estarão liberados para uma praia?

O tenente sorriu:

— A princípio, sim, mas só os civis, infelizmente!

Conversamos durante o café alguns assuntos triviais, evitando que terceiros escutassem sobre os motivos de nossa presença. Depois do café, fomos para o salão de jogos.

Arley começou uma partida de xadrez com Graff, enquanto França, Wendy e eu ficamos apenas conversando, à distância.

Por volta das dez, Margie chegou.

Não sei se foi efeito da saudade, mas achei que estava mais linda do que antes. Talvez tivesse emagrecido um pouco. Era difícil avaliar. Dois homens da marinha a acompanhavam, conforme França nos informara.

Ela se aproximou, trazendo um sorriso e muita emoção nos olhos. Eu e Wendy nos levantamos e fomos em sua direção. Ela abraçou Wendy, como se não a visse há anos, e em seguida me acolheu num abraço triplo.

Tínhamos bastante coisa para contar a ela e, certamente, ela teria muito para nos falar. Assim, fizemos apenas uma rápida apresentação aos demais presentes apenas para formalidades. Em seguida, fomos com ela até o quarto que já lhe fora reservado, perdendo apenas um minuto ou dois para o *check-in*.

* * *

Quando Wendy trancou a porta atrás de nós, houve uma explosão de novos abraços, beijos e carícias obscenas que só não terminaram instantaneamente em sexo porque Margie reclamava por um banho.

Estava exausta, após passar mais de dez horas viajando. E mesmo assim, mostrou-se cheia de disposição. Enquanto se despia para uma esperada hidromassagem, ela nos disse:

— Como é bom ver vocês! Em todos esses dias, fiquei ansiosa para compartilhar toda a alegria que estou tendo. Embora esteja trabalhando demais e vivendo sob grande agitação, é muito gratificante quando nosso trabalho é valorizado. O público europeu nos acolheu muito bem. Eles realmente levam a sério o que temos apresentado. Estamos provocando a mídia. Jornais, TV, revistas. Estou colecionando as reportagens. Só não dá para ficar mais alegre, porque não tenho vocês dois para uma digna comemoração.

Wendy falou:

— Eu e o Victor também ficamos loucos de saudade.

Margie comentou:

— Aconteceu muita coisa. Não só mostramos, mas também colhemos. Tive oportunidade de ver algumas coisas inéditas. Por exemplo: conhecemos um grupo, de procedência hindu, que apresentou uma estranha dança religiosa sufista. Algo de origem islã que se propagou para a Índia, há centenas de anos. É uma dança de êxtase, talvez mais que qualquer outra. Os que dançam, os dervixes, pelo que contam os mitos, ficavam em frenesi durante suas cerimônias. Toda a dança é baseada num conceito de que todos os movimentos do Universo tendem a seguir uma forma espiral. E por isso, eles giram, pois assim fazendo, acreditam conseguir uma sintonia com o próprio Universo e com Deus.

Eu a interrompi:

— Já ouvi a esse respeito. O próprio Vangelis, por ocasião do seu trabalho *Spiral*, fez alguma coisa baseada nos dervixes.

Margie prosseguiu:

— O mais bonito é o objetivo: a dança como oração. Dança-se não só com o corpo, mais também com a alma. Sabem?! Quanto mais danço e quanto mais cultura recebo sobre a dança, mais me apaixono.

Wendy completou:

— E talvez seja essa uma das razões pelas quais eu te admiro e te idolatro cada vez mais!

Margie sorriu e olhou carinhosamente para Wendy e para mim.

Ela não fazia muita reverência em se despir, e o fez rapidamente à nossa frente. Já era natural para ela, nos camarins, por trás dos palcos. Quanto a mim, não podia dizer o mesmo. Era sempre algo excitante e magnífico ver seu corpo, de formas delicadas, e sua pele clara e lisa, com pelinhos dourados bem dosados em certas regiões.

Quando ela se acomodou na banheira, soltou um suspiro de relaxamento. Cobriu todo seu corpo com água e espuma, deixando só a cabeça de fora. Os cabelos, presos formando um coque, lhe deram ainda mais charme. Algum tempo se passou até que ela percebesse que eu e Wendy estávamos a devorá-la com os olhos.

Um doce sorriso se formou em seus lábios. Ela perguntou:

— O que vocês estão esperando?

* * *

O navio de pesquisa enviado pela Marinha não era um destróier ou qualquer outro pesado navio de guerra, como eu e minhas amigas ficamos a imaginar. Tratava-se, pelo contrário, de um navio mais leve e veloz, como um iate, com uma surpreendente parafernália de altíssima tecnologia a bordo.

Segundo França, teria sido enviado pelo pessoal da Ilha das Cobras, com toda a tripulação formada. Pelo meu entendimento, tanto o tenente quanto o almirante Graff seriam apenas convidados, sem poder direto sobre os oficiais enviados.

O responsável pela empreitada era o comandante Belmiro do CASNAV. A tripulação era formada por umas quinze pessoas, treze homens e duas mulheres, o que me surpreendeu, pois acreditava que só o sexo masculino era aceito no meio militar.

Não tivemos muito tempo para conhecer os detalhes da embarcação, pois logo que fomos apresentados aos principais tripulantes, França solicitou que fôssemos com ele até um pequeno laboratório de bordo, onde nos submeteram a uma espécie de eletroencefalograma sofisticado.

Diversos eletrodos foram fixados por adesivos à minha cabeça, bem como em Margie e Wendy. Ficamos sentados os três, lado a lado observando os instrumentos, enquanto a doutora Salles preparava os instrumentos de medida.

França, que ficou de pé, próximo, usava um rádio semelhante a um *walkie-talkie* para se comunicar com alguém. Quando terminou, ele nos disse:

— Não se assustem. A suboficial Salles não é uma torturadora. Esses eletrodos vão captar pequenas ondulações elétricas, que são processos normais em seus cérebros. Como ainda não temos em nossa tecnologia o analisador de auras sobre o qual o senhor Martin comenta no CD-ROM, estamos tentando fazer o melhor. Queremos gravar e ver se há alguma alteração nos comprimentos de onda, quando nos aproximarmos da caverna.

Ele fez uma pequena pausa e mostrou o rádio:

— Parte da equipe já está no local da caverna, segundo suas especificações. Esperamos que com a proximidade da Fragata e, em conseqüência, com a proximidade de vocês, a fenda se abra.

Margie concluiu:

— Isso quer dizer que vocês encontraram o lugar, mas a caverna não está lá.

O tenente respondeu:

— Isso era o esperado.

A maravilhosa bailarina de olhos claros fez então uma pergunta um tanto funesta:

— E se a caverna não aparecer?

O tenente sorriu e disse:

— No mínimo, quatro civis vão presos por passar um trote num órgão do Estado Maior das Forças Armadas, um tenente é destituído e exonerado e um almirante entra imediatamente para a reserva. Ou, então, fazemos um relatório forjado e vamos todos para a praia!

Devo confessar que no início fiquei um pouco enciumado com o tenente França, que não perdia uma oportunidade de ser engraçado ou gentil quando perto de Wendy. Evitei, contudo, transparecer. Todos eles já sabiam de nossa intimidade. Eventualmente, alguém deveria ficar com inveja de me imaginar como um rei num pequeno harém de duas mulheres. Duas mulheres extremamente bonitas e sensuais.

O equipamento captou algum descadenciamento em minhas ondas, e o tenente me pediu que relaxasse, pois meu padrão mostrava um pouco de tensão.

Margie, por outro lado, estava um pouco cansada e não demorou a cochilar.

O tenente saiu por uns momentos e quando voltou nos informou:

— Já estamos chegando no local.

Então perguntou pelo rádio:

— Alguma novidade aí desse lado?

Uma voz grave e metálica saiu do aparelho:

— Ainda não, senhor.

O tenente disse para nós:

— Não vamos demorar a jogar a âncora. A suboficial Salles vai tirar os eletrodos. Assim que ela terminar, vocês podem subir para o convés.

Minutos depois, os motores foram desligados. Quando chegamos ao convés, alguns marinheiros posicionavam manualmente o barco, puxando as cordas das três âncoras já posicionadas no fundo. A água, com uma surpreendente transparência por mais de três metros, nos permitia vez as cordas até no fundo arenoso.

Aquela era uma área de muitos recifes, e a aproximação, como descreveu o tenente, teve que ser bastante cuidadosa. Os cem metros que nos separavam da praia, contudo, seriam transpostos com o uso de dois pequenos barcos infláveis.

Lá na praia, alguém da marinha nos esperava.

Zarpamos no primeiro bote em companhia do tenente França e dois marinheiros. O segundo bote carregava Arley, Graff e parte da tripulação da Fragata.

A maravilhosa praia permanecia exatamente como quando a deixamos. Deserta e intocada, com muito verde ao fundo e nos montes distantes que compunham seu belo cenário, era digna das melhores pontuações no Guia Quatro Rodas.

E toda aquela beleza ainda escondia um mistério mais surpreendente do que qualquer outro lugar do planeta. Essa imagem é o cartão postal que guardo em meus pensamentos e que dificilmente vou esquecer.

Havia muita ansiedade entre todos nós. Dois oficiais da marinha ainda se mantinham na cabeceira do riacho, de frente para um rochedo, com o rádio na mão, aguardando o grande milagre.

Foi quando nosso bote já estava em águas bem rasas, e eu já estava pensando em pular para ir andando, que França foi chamado pelo rádio. A voz grave e metálica com a qual já havia se comunicado, surgiu aos berros no aparelho:

— Aconteceu, senhor! Aconteceu! Não havia nada. Estávamos distraídos, duvidando que fosse verdade. De repente, sem mais sem menos, está aqui, na nossa frente!

O tenente deu grande sorriso, e com o punho fechado, levantou o braço direito e gritou:

— Hurra!

O pessoal no outro bote nos olhava ansiosamente. França gritou para eles:

— A fenda se abriu!

Houve, então, um vozerio geral, quase que uma comemoração. Até então, creio eu, havia muito medo e dúvidas quanto à veracidade de toda aquela história psicodélica. Mesmo eu, por desconhecer a natureza e a mecânica do fenômeno, tinha minhas dúvidas quanto ao sucesso daquele empreito.

Nem eu, nem as meninas éramos mais malucos ou mentirosos. Arley também provava, ao menos para um pequeno grupo, que a mancha em seu passado não foi um ocasional lapso da razão. Daquele momento em diante, nos tornávamos todos cúmplices, sem retorno.

* * *

Contos da água e do fogo
Vida mais vida ou ferida
Chuva, outono ou mar
Carvão e giz, abrigo
Gesto molhado no olhar

Milton Nascimento

Os ânimos estavam exaustos. O caminho que separava a praia da caverna foi rapidamente transposto pelo grupo.

Arley não dissera uma palavra durante todo o percurso. Eu o olhava ocasionalmente. Ele parecia absorvido em suas recordações, como numa viagem pelo tempo, observando pequenos detalhes. Certamente associando os lugares a velhas passagens de uma fase marcante de sua vida.

As tantas vezes em que se banhou com sua inesquecível amada nas águas frias e claras de um riacho que nem nome tinha. Para mim, talvez fosse fácil de imaginar o desenrolar de seus pensamentos. Afinal, havíamos passado por aventuras semelhantes. No meu caso, as imagens eram fortes e atuais. No dele, uma nostalgia sentimental e fragmentada, mas ainda viva.

Todos respeitaram seu silêncio, caminhando um pouco atrás, e permitindo que ele seguisse pela trilha conhecida: o próprio riacho.

Até seu velho amigo Graff se juntou a nós, como se fosse imprescindível dar uma certa privacidade ao senador, que caminhava a passos largos. Caminhava em busca de um velho destino, há muito esquecido em seus outros tantos caminhos pela vida.

Quando finalmente chegamos ao lago e às rochas, Arley saiu da água e subiu aos tropeções, entorpecido pela incontrolável ansiedade.

No topo, ao avistar a caverna, ele parou.

Ficou estático por tanto tempo, olhando a grande fenda na rocha, que o resto do grupo se aproximou. França passou por ele e foi em direção aos oficiais que nos aguardavam. Os dois homens demonstravam em seu semblante a perplexidade. Um deles falou:

— Se eu não estivesse aqui, não acreditaria. Num segundo não estava. Sem qualquer ruído, sem qualquer aviso, absolutamente nada. Só apareceu.

Graff tocou com uma das mãos o ombro do senador e falou:

— Você tinha razão.

Arley estava enrubescido, o suor a aflorar pela face. Os olhos brilhavam, úmidos. Ele nada disse.

* * *

Não se passou meia hora da nossa chegada, e todo o ambiente em volta estava transformado. Diversos equipamentos foram desembarcados e levados para as adjacências da caverna. Ocorria à minha volta todo um processo premeditado, que chegou a me surpreender.

O almirante Graff havia realmente apostado na veracidade dos depoimentos meus, do senador e do estranho e antigo colega Arille Martin.

O envolvimento da Marinha estava nos trazendo a chance real de encontrar explicações mais profundas para além da simples percepção da caverna.

Estava conversando a respeito com Margie e Wendy, quando França, que estava próximo, comentou:

— Segundo Martin, a caverna que vemos e sentimos é apenas uma nuance de um todo que vai muito além do que nossos sentidos podem perceber.

Margie tentou:

— Algo semelhante a buracos negros?

França continuou:

— De certa forma sim. Vamos falar de dimensões. Percebemos, com nossos sentidos, um mundo tridimensional. Ou seja: sabemos que qualquer coisa material ocupa no espaço um limite compreendido pela sua altura, largura e profundidade. Três. Três dimensões. Tudo isso funciona bem enquanto enxergamos a matéria formada por seus átomos e devidos campos energéticos, que tornam os objetos estáveis. Mas se nos lembrarmos que a matéria só se mantém como ela é devido a esses campos energéticos, ou forças, nos deparamos com situações absurdas, que certamente ocorrem no cosmos. Quando temos pouca matéria próxima (diga-se em proporções universais), como é o caso de um planeta como a Terra, a força gravitacional se equilibra com a força atômica. Assim, enquanto o campo formado por cada átomo, com sua camada de elétrons, é mais forte do que a força gravitacional, os materiais são gases, líquidos ou sólidos. Mas imaginem quando o astro possui uma massa diversas vezes superior a da Terra. Sua gravidade poderá ser tão grande que será capaz de comprimir as partículas subatômicas, fazendo com que todas elas se fundam ao núcleo dos átomos, Assim, cada próton terá ao seu lado um elétron. Com essa fusão, só sobrarão nêutrons. Uma grande sopa de nêutrons bem apertados. E a coisa ainda pode piorar. Se a massa for ainda maior e, em conseqüência, a gravidade for tão grande que mesmo os nêutrons sejam esmagados, aí teremos uma espécie de colapso da matéria, o buraco negro. Nesse caso, o esmagamento da matéria atingiria proporções infinitas, pois a força gravitacional não teria mais qualquer outra força contrária que impedisse esse esmagamento. Então, no caso do buraco negro, teríamos uma concentração de matéria num espaço cósmico teoricamente nulo, ou seja, sem altura, sem largura e sem comprimento. Isso faria algum sentido se existisse no Universo uma ou mais dimensões além dessas três e que, de alguma forma, essa matéria — que se tornou invisível a nós — estivesse ocupando seu espaço nessas outras dimensões. Aí pode surgir um mundo de especulações. Já que não sabemos as naturezas dessas dimensões, poderíamos imaginar que a viagem através delas, e apenas delas, pudesse encurtar um simples deslocamento tridimensional pelo espaço. Baseado numa teoria assim tão fantástica, seria aceitável que a caverna pudesse nos levar a diversos pontos do Universo, sem ter que percorrer as distâncias que nós percebemos entre eles. De repente, essas distâncias, na verdade, são voltas imensas e desnecessárias.

Olhei com bastante atenção para França e, finalmente, quando ele terminou, exclamei:

— Cara, não podia imaginar que houvesse um Einstein na Marinha!

Ele olhou para mim, com certa indignação, e respondeu:

— Apenas leio a respeito. Jamais pensei que pudesse estar tão perto de algo em que se encaixassem tão bem essas teorias malucas.

Margie então propôs:

— O que temos então, seguindo sua linha de raciocínio, é um artifício usado por alguma inteligência que desconhecemos, para viajar pelo Universo com uma facilidade imensa. Sem naves espaciais, sem perdas de tempo, sem limitações como velocidade da luz ou coisas parecidas.

Ele sorriu:

— Exatamente. É o que poderíamos chamar de *poder dos deuses*.

Eu interferi:

— Mas ainda assim, vamos deparar com algumas limitações que só mesmo *certos deuses* não teriam. Por exemplo: imagine que entrássemos no labirinto e saíssemos em um mundo como a Lua, sem atmosfera. Ou algum planeta com atmosfera venenosa?

França respondeu:

— Essa é uma pergunta que eu adoraria fazer ao Arille Martin, ou talvez a própria ex-namorada do senador. De qualquer modo, ela será respondida em breve. Pelo sim, pelo não, nossos voluntários vão usar trajes espaciais, exatamente como os que são fabricados para a NASA.

Wendy, que até então escutava com bastante atenção, perguntou:

— Voluntários?

França prosseguiu:

— Afirmativo. Mandaremos dois.

* * *

Um dos voluntários era o sargento Bicalho, do IPqM. Pelos comentários do França, possuía um notável histórico no setor de pesquisas oceanográficas da marinha. Perito em mergulho, fotografia subaquática e outras artes de homem do mar. Marinheiro por paixão, agora empreenderia seu espírito destemido num mundo muito mais misterioso que o próprio fundo do mar.

O outro voluntário, já vestindo o belo, leve e moderno traje espacial, era o próprio França.

Mesmo com todo o medo e receio pelo desconhecido, ao vê-los se preparando para ingressar no labirinto, senti uma certa inveja desses senhores.

Tive muitas surpresas quanto ao tenente. Ao conhecê-lo, ele parecia apenas uma sombra do almirante. Um verdadeiro Adônis fisicamente, mas, intelectualmente, tive a impressão de que não tinha inteligência própria. (Perdão, amigo, mas esse foi o impacto inicial!) Nada como a convivência!

A gloriosa equipe de dois voluntários penetrou oficialmente no labirinto na tarde de 07 de fevereiro de 1994. Levavam consigo uma grande ansiedade nos corações, além de uma filmadora JVC a tiracolo, e alguns equipamentos de rádio, que na pior das hipóteses seriam úteis para se comunicarem entre si.

Todo o restante do pessoal ficou na grande galeria, onde, há uns meses, eu e minhas duas adoráveis parceiras brincamos com nossos sentidos, saboreando sensações muito além das capacidades humanas. Tentei então imaginar como seria o estado de percepção alcançado no interior do labirinto. Sobre isso, o velho Martin pouca coisa nos falou a respeito.

Como os buracos negros, a caverna possuía uma espécie de horizonte de evento. Estamos próximos a esse horizonte de evento, recebendo já fortes influências de seu interior, como o próprio realce de sentidos.

Ao atravessar esse teórico horizonte, qualquer energia, ou estranheza que lá reinasse, seria exponencialmente superior às manifestadas fora do horizonte de evento.

Bicalho e França nos prometeram voltar com muitas respostas. Ambos garantiram que se cuidariam, para nos trazerem de volta as informações sobre a mais ousada viagem de todos os tempos.

Tão logo desapareceram no labirinto, a comunicação pelo rádio foi rompida.

Cheguei a comentar com o tenente a respeito das minhas tentativas frustradas de fotografar o interior da caverna. Ele, no entanto, teimou em levar consigo uma filmadora, alegando que processo de gravação da imagem era diferente da fotografia, tendo portanto, alguma chance de funcionar.

Eu realmente ainda não havia entendido as razões pelas quais o filme não fora sensibilizado por imagens que estávamos vendo coletivamente. Não havia mais qualquer chance da caverna ser uma ilusão óptica. Esta continuava sendo uma pergunta a ecoar por minha cabeça, principalmente nos eternos e longos momentos que se seguiram.

Parte dos militares permaneceu de plantão na galeria de paredes fluorescentes. O restante, bem como nós civis, saiu depois de algum tempo.

* * *

Arley estava de pé, num ponto do rochedo onde era possível ver o mar. Mais uma vez ele estava distante, com um triste olhar voltado para o horizonte. A noite começou a cair sobre a enseada, e um grande silêncio nos tomou.

Um dos militares se esforçava para acender uma pequena fogueira do outro lado do acampamento. Quando me cansei de observá-lo, me aproximei do senador. Eu não disse nada. Apenas fiquei do seu lado, olhando o céu escurecido sobre o oceano. Foi ele quem puxou assunto:

— Meu jovem Victor, tudo isso me trás uma saudade muito grande. Passamos vários dias aqui. Sarah me contava suas estranhas idéias, seus aprendizados esotéricos, suas loucuras. Sua alma se despia para mim mais do que seu corpo. Jamais encontrei uma pessoa igual. Tão jovem para tanta sabedoria, e com tanta fome pelo conhecimento! Durante todos esses anos, conheci e colecionei personalidades. Analisei a todos. Pessoas superficiais. A maior parte, simples ou complexas, apenas meros lutadores pela sobrevivência. Acho que Sarah era diferente. Talvez não desse valor à vida... Ou talvez desse tanto valor, que não se conformava em vivê-la como as outras pessoas. Tinha objetivos, vontades que iam muito além da sobrevivência. Que droga de mensagem telepática, de premonição, de vidência, ou sei lá o que, que a trouxe a esse lugar? A mulher que me deu filhos, e que hoje é apenas uma esposa de conveniência, é uma mulher forte, tem seus méritos. Mas nunca vivi com ela, ou com qualquer outra, a magia que experimentei com Sarah. O remorso me corrói por dentro cada vez que lembro de quando dei as costas para ela e saí daqui, feito um idiota, sem rumo, e ainda fingindo que era dono da verdade. E minha maior mágoa é que tudo é bem maior do que eu pensava. Quando você apareceu, até vislumbrei umas esperanças. Pelo menos saber se morreu... Por pior que fosse, eu queria saber o que aconteceu a ela. Mas agora, pelo jeito, eu tenho o Universo inteiro para procurar.

Talvez o melhor seja dar o fora daqui e esquecer essa história de vez.

Ele se calou por uns instantes. Depois, com um novo brilho nos olhos, sorriu e disse:

— Acho que vou tomar um banho de mar, antes que escureça completamente.

* * *

Duna branca
lua imensa
Maria deita
Nua e branda como a nuvem
Que a lua enleita
Duas tranças
Uma flor
E Maria enfeita
Suas mansas curvas cheias
Que a areia aceita
Era noite de verão
Vi o amor nascer
num sorriso seu
O luar nos convidou
O mar nos temperou
E ela me envolveu

Taiguara

Quando a noite finalmente caiu, e o marinheiro definitivamente realizou seu ideal de Prometeu, nos reunimos em volta da fogueira, para um jantar à moda Camping, e para conversar para passar o tempo.

Havia um grande vozerio, e toda a formalidade inicial rapidamente foi desbancada. Embora a presença de um oficial de alto escalão inibisse o uso de bebidas alcoólicas, houve quem, eventualmente, tomasse uns goles de uma garrafa de uísque barato que o senador havia trazido.

Escutamos muitas histórias de marinheiros, e toda a descontração certamente nos fez bem. Havia, entretanto, um interesse, por vezes, meio perturbador dos diversos barbados em impressionar as únicas três mulheres presentes, Margie, Wendy e Rita (a doutora Salles). Tudo em vão. O mais perigoso, certamente, não estava ali. O galanteador França estaria muito longe naquele instante.

Às dez horas foi dado um toque de recolher, em regime militar, pelo oficial em serviço.

Sem afronto, saímos todos da roda perto do fogo, e a maior parte foi para seus alojamentos comunitários. Quanto a mim, Margie e Wendy, resolvemos dar um passeio pela praia. Embora Margie precisasse descansar da viagem, estávamos um tanto sem sono.

O barulho do mar, o cheiro da água salgada e o vento frio da noite de lua cheia acabaram se tornando um grande convite par um banho de mar. Fiquei imaginando algum marinheiro no convés do barco, a nos observar com algum binóculo de infravermelho, enquanto nos despíamos na praia. Acabei não me preocupando muito e curti mais outros preciosos momentos com as mais deliciosas garotas que já conheci.

Mais uma vez brincamos no mar, que parecia ser um elemento fundamental em nosso relacionamento. A água estava morna, e não dava vontade de sair. O mar estava calmo, e diversas vezes me deliciava ao observar a silhueta de minhas notáveis amadas.

Mais uma vez, nosso centro de atenções era a doce Margie. Era como se eu e Wendy a cultuássemos como um ser superior, após toda aquela saudade. Era um momento de intensa alegria. Estávamos quase infantis! Por minha cabeça passou algo semelhante a dividir minha vida em duas fases diferentes: a fase pré-Margie/ Wendy e, então, a fase Margie/Wendy.

Comecei, então, a comparar e entender o que se passava na cabeça do senador. Existem certas formas de magia que só ocorrem dentro de nossas mentes e que só vivendo-as para entender.

* * *

Pouco antes do sol nascer, sua claridade já banhava o oceano e o horizonte distante, e manchas vermelhas compunham o belo cenário.

Assim como houve um toque de recolher, houve um toque de acordar. Esse toque, contudo, parecia ter ocorrido um pouco antes do horário premeditado.

Em meio à agitação das pessoas se vestindo e correndo para fora dos alojamentos, Rita nos disse:

— França voltou!

Em poucos minutos, nos encontramos todos na porta da caverna. França ainda usava o traje espacial, sem o capacete. Alguém trouxe um banquinho para que se sentasse. Ficamos todos à sua volta. Ele estava de cabeça baixa, murmurando:

— Deixem-me descansar um pouco. Vou fazer um relatório escrito...

Finalmente se aproximaram o almirante Graff e o senador Arley. Fiquei procurando pelo sargento Bicalho, sem entender o que estava acontecendo. Notei, então, que França parecia completamente transtornado. Ao ver o almirante, desabafou:

— Não pude fazer nada. Aconteceu rápido demais...

A doutora Salles prontamente o fez tomar um comprimido, certamente um calmante, e um copo com água. Quando terminou, ele falou:

— Tudo o que aconteceu lá dentro vai muito além da minha compreensão. Parece que não somos nós mesmos. Nossa forma de pensar, de raciocinar, de perceber, de sentir... Tudo mudou quando entramos no labirinto. Aconteceu comigo, e aconteceu com o sargento Bicalho.

O almirante colocou uma mão sobre o ombro de França e perguntou, com a formalidade de um oficial superior a seu subalterno:

— Tenente França, o que aconteceu com o sargento Bicalho?

França parece ter voltado à razão. Ele se levantou, e respondeu com voz firme:

— Estou registrando a baixa do sargento Bicalho. Não há chance dele estar vivo.

O almirante sugeriu que ele se sentasse de novo, com um gesto. Depois disse:

— Muito bem. Conte-me então com detalhes tudo o que aconteceu desde que você nos deixou ontem à tarde.

O frio da madrugada se dissipava, enquanto o sol despontava sobre o oceano distante. Alguém havia providenciado um café forte, que estava sendo distribuído para todos à volta do tenente. Ele começou a narrar:

— Ao atravessar nosso horizonte de evento (esse é o único termo que encontrei para descrevê-lo), percebemos imediatamente a ausência de gravidade. A única força existente foi a própria inércia causada pelo impulso dos nossos corpos. Um processo bastante estranho começou a ocorrer em minha mente, além do sentido da ausência de peso. Se no interior da galeria, tanto eu, quanto os aqui presentes sentimos um realce nos nossos sistemas sensitivos, no interior do labirinto, esse efeito foi inexplicavelmente maior. Imediatamente, toda a roupa espacial passou a incomodar, com seu simples atrito com a pele. Mas havia outro efeito ainda mais estranho. Se fisicamente havia desconforto, mentalmente havia uma clareza e uma leveza tão grande em meus processos mentais, que me senti como outra pessoa. Eu me senti mais inteligente, mais sóbrio... Essa é a palavra... Mais sóbrio. Para que vocês entendam, comparem quando estamos bêbados, com a capacidade de reflexos e de raciocínio reduzidos, com nossa capacidade de pensar e sentir o ambiente que temos quando estamos sóbrios e descansados. Pois bem... É como se dentro do labirinto eu passasse para um novo degrau, mais sóbrio e mais perceptivo do que estar sóbrio aqui fora...

França bebericou o café num copinho descartável e prosseguiu:

— Olhando para o semblante de surpresa e certamente de admiração do sargento Bicalho, confirmamos um para o outro que passávamos pela mesma experiência. Ele me perguntou: "Você também está sentindo?"

Ele fez nova pausa, e nos olhou:

— Comecei a perceber, então, algo até mais impressionante. Sempre duvidei que um iogue pudesse fazê-lo, e eu, sem preparação nenhuma, de repente percebi que não precisava mais sentir o atrito da roupa em meu corpo. Simplesmente minha mente estava tão límpida, brilhante e tão absoluta, que pude cortar essa parte dos sentidos. Era uma sensação interessante. Poderia compará-la a ter vivido toda a minha existência como um bêbado, ou um retardado mental, e de repente estivesse usando várias vezes todas as minhas capacidades mentais, com uma clareza que chega a ser difícil de descrever. Sem nenhum precedente, eu passei a ter naquele instante um domínio muito maior até do próprio corpo, como se eu o estivesse manobrando por meio de uma cabine de controle externa... Ficamos por um bom tempo numa espécie de estado contemplativo, absorvidos pela admiração e surpresa, antes de qualquer outra atitude. Era como se nos redescobríssemos. Será que tudo aconteceu somente dentro de nossas mentes? Não sei. Mas isso foi só o começo. Estávamos flutuando no meio do labirinto. Eu escutava não só minha respiração e batimentos cardíacos, mas percebia também as pulsações aceleradas do corpo do sargento. Foi então que notei que havia algo além da audição, da visão ou do tato a perceber vibrações. Outras vibrações de intensa alegria eram captadas por um novo sistema sensitivo em minha mente, um sistema antes opaco e quase desapercebido. As vibrações, eu sabia, vinham do sargento. Talvez pudesse ler seus pensamentos. Talvez ele pudesse ler os meus. Então nos surpreendemos: estávamos nos comunicando um com o outro, sem o rádio, sem palavras, sem gestos. Telepatia? Quem sabe. Se outros sentidos estavam realçados... Por que não esse? Só quando paramos de olhar para dentro de nós mesmos que percebemos que o labirinto em volta era diferente. Maior, mais espaçoso, mais brilhante. Torto. Inexplicavelmente torto. Torto e ao mesmo tempo simétrico. Imagens luminosas pairavam transparentes por suas paredes. Infelizmente, agora que minha mente e meus sentidos estão pobres eu não consigo descrever. Aquela imagem confusa era a precipitação de algo além da minha razão ou entendimento. É muito complicado. Agora, com a mente tão pobre, eu já não posso descrever... Eu teria percebido uma quarta dimensão física? E havia algo ainda maior, muito maior. Era como se eu começasse a fazer parte de tudo. Ou como se meu corpo fizesse parte de tudo, e minha mente fosse um mero espectador. E não sei de onde vinha. Mas surgia em minha mente um conhecimento puramente imaginativo. Eu imaginava e sabia que era verdade. Ao olhar para um caminho no labirinto, eu sabia que estaria de volta à Terra. Uma outra porta, ou nó. Sim, o termo adequado é nó. Cada entrada seria como um nó de uma grande rede. Um outro nó, me levaria a um planeta imenso, em uma estrela na Nebulosa de Órion. Outro nó me levaria a algum mundo jamais catalogado e de existência ignorada pelo seres humanos. Outro nó, Saturno. Outro, Marte. Para qualquer lado que olhasse, o labirinto formava um corredor que derivava em outros corredores perpendiculares. Ocorria, então, uma visão impossível. Dois corredores que deveriam se cruzar por estarem visualmente em ângulo de 90°, não o faziam. Fizemos algumas experiências a respeito. O que nos parecia paralelo não o era. O que nos parecia perpendicular, também não. Imaginem um grande cubo. Se dermos uma volta de 360° em torno dele, voltaremos ao ponto onde estávamos inicialmente. No labirinto não. Percebi imediatamente que não era preciso forçar locomoção física. Bastava a intenção, e de repente eu estava de frente a qualquer horizonte de evento. O segundo passo foi como uma espécie de sintonia. Sabíamos intuitivamente o que havia do outro lado. Assim, gradativamente surgiu uma imagem bloqueando a seqüência do corredor para o qual ficamos de frente. Do outro lado, como atrás de um vidro, a superfície desértica, arenosa e avermelhada de Marte. Foi como se um imenso computador estive conectado à minha mente e pudesse transformar minhas intenções em ações imediatas. E foi em meio a tanto deslumbramento que o sargento atravessou o horizonte de evento. Do interior do labirinto fiquei a observá-lo, quase paralisado. Vi quando seus pés tocaram a fina areia vermelha, levantando um pequeno rastro de poeira. Sua imagem estava em meu campo de visão, mas, fisicamente, aquilo que eu via estava a uma distância muito além do alcance do rádio. Acho, contudo, que o vínculo telepático não se desfez. Muito da emoção de um conquistador que realiza uma grande proeza aconteceu dentro de mim. E essa emoção certamente vinha dele. Pensei muito a respeito disso, sem chegar a uma conclusão lógica. Antes que eu pudesse adverti-lo, ele voltou. Ao penetrar de volta no labirinto, nosso enlace de rádio voltou a funcionar. Ouvi então suas palavras: "Sou o primeiro homem a pisar sobre o planeta vermelho!" Estava entusiasmado e se preocupando muito pouco com hierarquia militar ou disciplina. A partir daí, tomou várias iniciativas por conta própria, chegando, por vezes, a me ignorar completamente. Procurei acompanhá-lo de perto. Ele se comportava como uma criança, abusando dos efeitos da ausência de gravidade, e a estranha forma de chegarmos aos pontos pretendidos. Num dado momento, ele retirou o capacete. Achei uma atitude um tanto insensata. Ele simplesmente quis ser uma cobaia e testar a atmosfera do labirinto. Felizmente, nada de errado aconteceu. De qualquer modo, ele não era o primeiro humano a fazer isso, segundo os depoimentos de Martin. Pensando nisso, minha apreensão inicial se desfez. Impelido pela curiosidade, arrisquei a mesma insensatez. Retirei o capacete e respirei. O ar que entrou em meus pulmões era como um fluido frio e fino, semelhante a um líquido a atravessar minhas narinas. Apesar de estranha, não chegou a ser uma sensação desconfortável e me adaptei rapidamente. Adverti ao sargento que, sem capacete, em hipótese alguma deveríamos ultrapassar qualquer horizonte de evento. Ele sorriu e depois me informou que não era idiota. Observamos, então, um mundo totalmente desconhecido, de uma estrela distante, sobre os quais não havia qualquer relação com a parte do Universo conhecida por nós, nem mesmo através de radiotelescópios. Visto pelo horizonte de evento, parecia o fundo de um oceano, imerso em um fluido transparente e de tom verde suave. Criaturas estranhas, de aspecto frágil, semelhantes às medusas se deslocavam graciosamente por ele. Era um cenário bonito. Bastante atraente a um mergulhador. Contudo, sabíamos, de alguma forma, que era um lugar perigoso, totalmente adverso às condições de sobrevivência humana. Foi com surpresa que vi o sargento colocar o capacete e se deslocar para além do horizonte de evento. Tudo aconteceu muito rapidamente, bem antes que eu pudesse fazer qualquer coisa. Vi apenas sua roupa se comprimir contra o corpo. O capacete se amassou, implodindo como uma frágil lata de cerveja. Uma nuvem de cor vermelha se formou ao redor, suspensa no líquido desconhecido. Era seu sangue. O que sobrou do corpo e roupas, uma matéria deformada, desceu até desaparecer do meu campo de visão. Acho que perdi os sentidos. Que tive uma vertigem. Que desmaiei. Não sei por quanto tempo. Quando acordei, continuava flutuando no mesmo lugar, sozinho. Em volta, só o silêncio. Voltei ao nosso horizonte de evento e avistei os pontos de luz fraca da caverna. Nem todos os horizontes de evento, como pude constatar, tinham uma proteção semelhante a um túnel de pedras, uma caverna, como na Terra. Fiquei feliz em voltar.

XVII

Mas eu prefiro um galope soberano
Do que ter
À loucura do mundo
Me entregar

         Zé Ramalho

  O resto do dia foi uma terça-feira cinzenta para os sentimentos de todos no acampamento. O almirante passou um relatório imediato para os seus superiores, aguardando alguma diretiva. Ninguém esperava que uma pessoa fosse morrer. O sargento Bicalho tinha uma ficha límpida, que o tornava uma pessoa extremamente bem indicada para trabalhos de tal natureza. Soubemos, por seus amigos militares, que era um cara experiente, tendo passado por diversas situações de estresse sem se abater ou perder o controle. O que aconteceu não se encaixava bem com seus antecedentes.
  França caiu em depressão e, durante todo o dia, falou muito pouco, mantendo-se um clima pesado no acampamento. Os oficiais não tomaram qualquer decisão a respeito de continuar as pesquisas. Graff advertiu que só retomariam os trabalhos após ordem do Rio. Ele, sozinho, não se comprometeria a arriscar mais nin-

guém, e qualquer pesquisa se limitaria ao lado de cá do horizonte de evento.

No final da tarde, o almirante Graff me viu conversando com Wendy e Margie nas proximidades da lagoa e se aproximou:

— Vocês viram Arley?

Respondi:

— Há um bom tempo que não o vejo. Pensei que estivesse em sua companhia.

Graff então comentou:

— Eu procurando por ele há mais de meia hora, e ninguém sabe onde se meteu. Se o virem, por favor, peçam para ele me procurar.

O almirante retirou-se. Sentei-me em uma pedra na margem, e fiquei observando em volta. Margie jogava pequenos pedregulhos na água, e não se alterou. A pequena lagoa era cercada por árvores, principalmente coqueiros, com ambientes de pequenas penumbras em volta, principalmente ao entardecer. Mesmo com as vozes próximas que vinham do acampamento no alto dos rochedos, o ambiente mantinha sua magia de lugar pouco tocado pela presença humana. A água límpida e veloz nem de longe traria vestígios da situação cada vez mais delicada e fantástica em que nos envolvíamos. De certa forma, eu me sentia culpado. Como qualquer pessoa habitualmente faria, eu, desde o início, poderia simplesmente ter esquecido os assuntos da caverna, Martin, etc., e muito menos ido atrás de Arley. Sem a tripla presença, sem o ménage à trois, não havia caverna, e, portanto, não havia qualquer risco para outras pessoas. Desde o desaparecimento de Martin, fui eu quem insistiu e colocou as garotas nessa seqüência de acontecimentos que poderia passar longe de nossas vidas. E um brilhante sargento da Marinha certamente estaria vivo.

Lá estava Margie, ansiosa ou angustiada. Ela não me cobrou, não me falou. Não reclamou. Deu-me todo o apoio necessário, mesmo atrapalhando um pouco seus planos. Nesse momento, deveria estar ensaiando em algum tradicional palco europeu, se preparando para estar maravilhosa nas próximas apresentações, que seriam fundamentais para sua vida.

Talvez o almirante Graff, ou talvez um escalão mais alto da Marinha simplesmente adiasse o restante da loucura que eu, decididamente, desencadeei por um tempo, e minha linda amada pudesse ser carregada pelas asas de um 747 de volta aos seus afazeres.

Mil pensamentos rodopiavam por minha cabeça. A imagem deprimida do antes tão animado e galante tenente França. O senador se emaranhando de novo num passado frustrado, que já tinha há muito colocado fora de seus planos. Margie falando sobre suas glórias já alcançadas e pelas que pretendia alcançar.

Creio que a quietude dos meus pensamentos chegou a incomodar Wendy, que se aproximou por trás e se ajoelhou, me abraçando silenciosamente. Em seguida, estendeu um braço para Margie, que se aproximou e deitou a cabeça sobre meu colo.

Não sei mais quanto tempo ficamos ali. Talvez meia hora, talvez mais. Ninguém disse nada, pelo menos até sermos interrompidos por alguém da Marinha, que solicitou nossa presença no acampamento.

Quando subimos, encontramos todos os militares aglomerados na porta da caverna, inclusive o almirante. Quando nos avistou, ele finalmente comentou:

— Vamos formar um grupo de busca antes que escureça. Arley desapareceu. Gostaria de contar com sua ajuda.

Eu confirmei:

— Certamente.

Nesse instante, França surgiu com uma folha de papel em punho, com algumas linhas manuscritas e disse:

— Acho que a busca não será do lado de cá.

Ele entregou o bilhete a Graff, que o leu rapidamente e em silêncio. Quando terminou, balançou a cabeça em sinal negativo e devolveu o papel. Em seguida, se retirou do grupo, com aparência extremamente irritada. França disse:

— Encontrei no alojamento do senador.

Em seguida, leu em voz alta:

— Grande amigo Leonardo, há muito tempo que não tomo uma atitude irresponsável em minha vida. Perdoe-me por fazer isso perto de você. Não se preocupe. Eu pretendo voltar. Há vinte anos que venho esperando uma oportunidade para saber o que aconteceu com Sarah. Antes que a coisa se complicasse, eu precisava tomar uma atitude. Essa não é a primeira vez que entro no labirinto. Fique tranqüilo. Arley.

Um dos oficiais comentou:

— Essa não!

França se retirou e foi na mesma direção do almirante. Com certeza, pediriam novas orientações dos seus superiores. O restante do grupo dispersou rapidamente. Ficamos apenas nós civis, mais uma vez dominados por silêncio mórbido. O meu sentimento de culpa, que já não era pequeno, dominou novamente meus pensamentos.

Após um longo tempo de reflexão, Margie falou:

— De um jeito ou de outro, o controle é nosso. Podemos simplesmente ir embora. E tudo acaba. Ninguém mais entra.

Wendy completou:

— E ninguém mais sai.

Eu olhei para as duas e me redimi:

— Me desculpem. Eu não podia imaginar que essas coisas fossem acontecer... Se soubesse, jamais teria envolvido vocês.

Margie, percebendo meu estado de depressão, segurou minha mão e me beijou o rosto. Ela sempre teve esses costumes carinhosos. Pequenos detalhes, pequenos atos. Grande imaginação. Grande personalidade. Falou então:

— Entramos nisso juntos. Eu não precisava estar aqui. Vim porque queria. E não temos culpa dos atos malucos de outros. Nem você, nem eu, nem Wendy. Agora, pare de se culpar.

Wendy sugeriu:

— Sei que o pessoal da marinha não vai aprovar, mas podíamos ir nós mesmos procurar pelo senador.

Eu me assustei com a idéia:

— Wendy, do outro lado do horizonte do evento, temos um universo inteiro e infinito. Se ele tiver entrado em algum lugar, será impossível achá-lo.

Ela insistiu:

— O senador não me parece uma pessoa insana. Ele é apenas alguém que não soube manter o seu grande amor e guarda um grande sentimento de culpa. Mas não uma pessoa insana. Se entrou no labirinto em busca de sua inesquecível alma gêmea, é porque de alguma forma acredita que pode encontrá-la. No bilhete, ele fez questão de esclarecer que não era a primeira vez que fazia isso. Talvez tenha deixado algum rastro...

Margie disse:

— Isso faz sentido. De qualquer modo, se o acharmos e o trouxermos de volta, poderemos definitivamente ir embora, para que a caverna se feche, e essa história morra por aqui.

Eu perguntei:

— E se não acharmos?

Margie continuou:

— Pelo menos estaremos com a consciência tranqüila de que tentamos. É também nossa chance de conhecer o outro lado.

Já estávamos próximos à entrada da caverna, e não havia mais ninguém por perto. Margie ainda segurava minha mão direita. Estendi a esquerda para Wendy, e caminhamos juntos para dentro.

* * *

And makes me wonder...

Plant/Page/Bonham/Jones

A travessia do horizonte de evento nos conduziu a um mundo novo e diferente. Não só um mundo exterior, mas a um estado interior profundamente soberano aos sentidos e à clareza dos pensamentos, como França havia descrito.

O labirinto era como um corredor infinito, com infinitos outros corredores que o cortavam de forma perpendicular, a distâncias regulares. Havia um corredor para a frente, outro a nossas costas, outro sob os pés, outro sobre a cabeça, outros de cada lado. Num deles, víamos a caverna de onde acabáramos de sair. Nos outros, infinitos subcorredores. Na primeira impressão, acreditei que fosse muito fácil alguém se perder por aquela estrutura colossal e visualmente sem limites.

As paredes mostravam uma tonalidade cinza claro opaca, lisas e uniformes, encurvadas, formando um infindável cilindro. Estávamos flutuando nas proximidades do horizonte de evento. Contudo, não havia mais um referencial de chão e teto, já que não sentíamos efeitos gravitacionais.

O ar que respirávamos também possuía uma textura diferente. Causava nas narinas uma sensação fria, semelhante ao odor ou sabor do anis.

Com as mãos dadas formando um círculo, ou talvez um triângulo, semelhante a um espetáculo de pára-quedismo, nós nos entreolhamos.

Elas traziam nos olhos a expressão de intensa admiração. Algo quase infantil. Era, sem dúvida, como renascer.

As novas impressões foram ocorrendo gradativamente, como uma lenta reação química que aos poucos precipita seus cristais ao fundo de um tubo de ensaio. Uma integração sem precedentes começou a ocorrer entre nós, algo muito íntimo. Era como um arquivo de vivências e sentimentos das existências de Wendy e Margie que se abriam para mim. Como se eu pudesse vagar por suas mentes e relembrar suas emoções, suas alegrias, seus temores.

Um profundo sentimento de amor, maior que qualquer outro que já houvesse sentido completou minhas emoções. Estar dentro delas, fisicamente, era uma coisa. Mentalmente, era mais intenso do que o melhor dos sexos. Essa explosão de sentimentos se tornou *adaeternum*. Perdura em minha mente mesmo agora, ao escrever essas palavras. Conhecer de forma tão íntima o eu de alguém, foi para mim, certamente, a sensação mais doce do universo. Talvez porque fossem Wendy e Margie, pessoas ricas interiormente. Não posso garantir que essa mesma sensação pudesse acontecer com um Sadam Hussein ou um Id Amim. Afinal, mesmo sem muita intimidade, sabemos de sua pobreza interior.

À medida que as energias mentais de minhas eternas amadas se equalizavam em minha mente, comecei a perceber novas impressões que antes estavam ofuscadas. Eram impressões que vinham do meio. Do espaço em volta. Como se uma nova grande mente começasse a se integrar à minha, entregando-me informações que surgiam como intuições.

Essas intuições eram frias, porém. Muito diferentes das informações envolvidas em emoções, que captava de Wendy ou de Margie. Eram como lampejos da imaginação, sem um envoltório de alegria ou tristeza. Apenas informações.

Essas informações surgiam em resposta a pequenas dúvidas que pairavam consciente ou inconscientemente. Entre o medo e admiração, Margie começou a estimular essas intuições, com algumas perguntas para as quais eu também buscava respostas. Qual a função do labirinto? Perguntas vagas, respostas vagas. Conectar mundos. Quais mundos? Todos os disponíveis nesse Universo. Como?

Diversas imagens complexas e incompreensíveis surgiram em nossa mente. Imagens tão fortes e confusas, que nos causaram um repentino desgaste mental, tanto que, por um impulso consciente, conseguimos bloquear o restante.

Vi então uma mórbida ironia. Todas as respostas estavam ali, óbvias. Éramos, contudo, incapazes de compreendê-las. Ou por falta de conhecimento total do tipo de tecnologia que nos foi apresentado, ou simplesmente porque tal resposta ia muito além da nossa razão ou dos nossos QI's. Adverti então à Margie sobre o potencial de suas dúvidas, e assumi a pergunta seguinte: de onde vem esse conhecimento que chega até nós, nesse instante?

Com os olhos fechados, vi então, em meus pensamentos, o mesmo que via antes em volta. O labirinto, Margie e Wendy. Ambas flutuando, com os olhos fechados. Ambas brilhantes, luminosas. Comecei a perceber diversas luzes, todas vagando pelo espaço. O labirinto então desapareceu, e os pontos luminosos se perdiam infinitamente pelo meu cenário mental.

Foi fascinante. Fiquei imaginando quando a raça humana chegasse toda a um nível de consciência tão alto, em que todo o aprendizado pudesse vir dessa forma. Por meio das impressões obtidas por uma integração total com tudo e com todos. Percebi, com tamanha emoção, que as respostas não vinham do labirinto ou de uma mente qualquer, ou de um grande computador central.

Naquele instante, pude entender o que a pequena Sarah quis dizer sobre liberdade.

Eu fazia parte de um todo. De uma grande rede. Uma rede de dimensões universais. Cada luz que flutuava era uma mente. Humana, alienígena, o que fosse. Naquele estado tão elevado de consciência, não havia barreiras que limitassem mais a mente ao corpo. Essa era a grande liberdade. Não havia barreiras de comunicação. Estávamos em perfeita sintonia, como uma única mente do tamanho do Universo. Uma única mente infinitamente grande, como uma imensa rede de computadores. E cada um de nós era como uma pequena estação desse maravilhoso complexo, que deixaria a Internet completamente humilhada.

As informações, ou intuições, ou percepções além da percepção vinham do meio, vinham de qualquer outra estação conectada. Vinham da natureza. Vinham de todo o Universo e de infinitas mentes pensantes, todas interligadas e sem fronteiras.

Aquele era um poder muito grande, pensei. A infinita busca dos pensadores. Desde que nosso intelecto pudesse absorver e compreender as informações, não haveria mais fronteiras.

Podíamos, agora, ir em frente sem medo. Conhecer outros planetas. Conversar com o Universo. Finalmente nos deliciar com tamanha liberdade alcançada.

Assim, começamos nosso passeio.

XVIII

Muitos são os mundos onde a vida se desenvolveu com características semelhantes à nossa Terra. Hidrogênio e oxigênio são elementos abundantes no Cosmo, e os processos que formaram a atmosfera terrestre em hipótese alguma são inéditos no Universo. As possíveis diferenças deveriam ocorrer durante os processos evolutivos, com suas tendências particulares de seleção natural. Faz parte do desenvolvimento do Universo o seu processo de expansão. Faz parte do desenvolvimento das criaturas do Universo a sua constante evolução física e espiritual. Assim, em outro mundo semelhante à Terra, um animal para se tornar inteligente e dominador não precisaria ser necessariamente bípede, vivíparo e antropormófico.

Mas a imensidão do Universo permite mais que poucas coincidências.

Se Sarah ainda fosse viva, seria uma mulher de quatro décadas, vivendo em meio a uma cultura semelhante à humana e continuando com seus eventuais passeios pelo labirinto, e estaria buscando conhecimentos com a mesma sede pela qual trocou outros amores.

Assim, onde quer que estivesse, Sarah certamente seria portadora de um conhecimento sem precedentes, que a tornaria uma entidade muito especial.

Fiquei a imaginar sobre os processos mentais de pessoas com poderes paranormais. Aparentemente, todas as pessoas são capacitadas, mas só umas poucas conseguem vencer os bloqueios, certamente externos, que impedem que esses poderes se tornem significativos.

Quando Sarah saiu de São Paulo, sabia o que procurava. Talvez, por que, de forma tênue ou não, já tivesse vencido alguns bloqueios, e isso a tornasse mais sensitiva que a média normal das pessoas. Imaginei que pessoa fascinante ela era, para que sua ausência, por tantos anos, fosse tão forte que levasse um homem a tomar uma decisão quase insana para reencontrá-la.

Se Sarah estava a um passo além, em sensibilidade, ou em compreensão, era bem provável que os efeitos sobre ela, no interior do labirinto, seriam mais completos do que sobre nós. Isso era apenas uma suposição, nunca cheguei a comprovar. De qualquer modo, pelas palavras do Martin, principalmente, sei que ela escolheu passar por seu planeta consciente de que era uma boa escolha. De que possuía gravidade e atmosfera suportável para seu corpo orgânico.

Quanto ao senador, creio que tenha entrado no labirinto e lançado aos quatro ventos a pergunta: "Onde está você, Sarah?" Seu vínculo afetuoso era forte o bastante para que pudesse obter uma resposta objetiva, creio eu.

Quanto a nós, aconteceu de forma diferente. Ao lembrar do senador e tentar arrancar algo mais claro de nossa intuição, não nos veio uma resposta simples como: "Entre por essa porta!"

Porém, houve um retorno. Minha imaginação criou imagens reconfortantes de um homem que, finalmente, encontrou seu destino. De que era melhor deixá-lo em paz. E que se ausentaria por tempo indeterminado. E que tinha, ao seu lado, naquele instante, em algum lugar do Universo, de volta, seu grande amor perdido.

* * *

Do alto da colina, avistamos a casa. Todo o vale era coberto por um tapete verde de intensa beleza. As árvores, que se pareciam com nossos flamboyants, enriqueciam com suas flores cor-de-fogo grande parte da paisagem.

Era um cenário de montanha, um lugar elevado, e mesmo com uma Sirius brilhante no céu, sentimos um pouco de frio. Ficamos realmente perplexos pela tamanha semelhança com nosso mundo, e era difícil de acreditar que estivéssemos a dezenas de anos-luz da Terra.

De uma posição cômoda e privilegiada visualmente, eu e minhas doces amigas ficamos observando o que se passava em volta da casa de telhado íngreme, um pequeno, mas acolhedor chalé. Havia um casal.

A mulher brincava com dois animais domésticos, que não eram cães, nem gatos. Com toda a sua estranheza, lembravam um pouco de cada. Eram velozes e cheios de energia. Corriam em volta do casal. Se distanciavam, depois voltavam.

Arley vestia uma roupa mais pesada, certamente por ainda não ter se acostumado ao frio. A mulher, contudo, usava um vestido de tecido leve, esvoaçante.

Ficamos realmente tentados a descer a colina para conhecer nossa mística Sarah. Só a satisfação de vê-los, contudo, foi suficiente. Wendy, bastante comovida, comentou:

— Será que existe um lugarzinho como esse para nós?

Envolvi as duas em meus braços e apertei-as contra mim, sentindo o calor de seus corpos. Uma estranha criatura alada, com quase um metro de envergadura, e uns dois de comprimento, devido a sua longa e estreita cauda, deslizou no céu, planando próximo a nós.

Possuía um bico, ou focinho, bem alongado, e olhos amarelos cristalinos. Seu corpo, liso e brilhante, lembrava um couro artificial e tinha coloração azul intensa, com reflexos metálicos. Era de uma beleza sem precedentes.

Em toda sua quietude, voou até desaparecer na distância.

Estávamos sentados sobre um tronco caído e petrificado. Devia estar ali há possivelmente milhares de anos. Wendy fez sobre ele, contudo, uma inscrição recente, usando um grampo de cabelo. Escreveu, em letras de fôrma, nossos três nomes: Wendy, Victor e Margie, e o ano: 1994.

Brinquei com ela:

— Nem outros mundos distantes são capazes de escapar de um bom pichador.

Ela sorriu, mas nada disse.

* * *

Estávamos sobre uma laje quadrada de pouco mais de dez metros de largura e poucos centímetros de espessura. O material era semelhante à nossa fibra de vidro, chegando a possuir uma leve transparência. Eu nem ousava imaginar que composição química pudesse ter, mas pelos nossos conceitos práticos, diria que era uma estrutura artificial.

A laje flutuava a uma altura pouco superior a cinco metros do infindável oceano abaixo de nós. Flutuava literalmente, sem qualquer cordão ou pilar de sustentação visível. Eu não podia nem imaginar que forma de energia ou qual mecânica invisível o mantinha, de forma absurda, pairando sobre o mar.

Muito longe, víamos fenômenos semelhantes, alguns deles aparentemente imensos, possuindo talvez algumas centenas de metros. Esses só eram planos na superfície inferior. Por cima, possuíam construções, certamente artificiais, com estranhos formatos arquitetônicos. A melhor definição que encontraria seria a de cidade suspensa, a lembrar os jardins suspensos da Babilônia.

Visto daquele ponto estratégico de observação, o horizonte se perdia na própria curvatura do estranho mundo, de todos os lados. Era um espetáculo de rara beleza, e por que não dizer, psicodélico. A impressão que tivemos era que não existisse terra firme em qualquer parte. Apenas água em torno de todo corpo celeste. Por algum artifício desconhecido, uma estranha civilização não aquática, morava no ar, em tabuleiros suspensos sobre o nada.

Céu azul, poucas nuvens. Uma estrela tão reluzente quanto nosso sol. Nem ao menos catalogada por nossos astrônomos, tal a sua localização muito além da parte conhecida do Universo. A atmosfera era densa, a ponto de ser percebida, mas não a ponto de causar desconforto. Chorei por não trazer junto a amiga Canon, com a qual poderia registrar visualmente tamanha loucura. Se por alguma razão não conseguíamos tirar fotos no interior da caverna, ou do labirinto, talvez, estando fora de ambos, isso fosse possível.

Abaixo de nós, ocorria um espetáculo à parte. Criaturas aquáticas de porte razoável, semelhantes a golfinhos, nadavam num pequeno cardume com meia dúzia de integrantes. Eram dotados de intenso colorido, distribuídos de maneira irregular e diferentes entre si.

Através da água de extrema transparência, sinais de vida e de uma ecologia complexa foram surgindo aos nossos olhos perplexos. Um notável paraíso biológico, que deixaria qualquer pesquisador marinho apaixonado.

Margie comentou:

— Dá vontade de dar um mergulho!

Ela estava bem na extremidade. Eu gritei, levantando a mão aberta:

— Não se atreva! E se o líquido não for água? E se o sal não for o nosso conhecido cloreto de sódio? Não seja louca!

Ela falou:

— Só disse que tinha vontade. Não disse que ia fazê-lo! Não sem um traje de mergulho!

Wendy, que estava observando as estranhas edificações sobre uma longínqua plataforma suspensa, perguntou:

— Será que eles se parecem com a gente?

Não ousamos responder. Minutos depois olhamos para trás. Não havia qualquer proteção. Simplesmente o horizonte de evento ficava num dos cantos da laje, como uma fenda no próprio céu. Lá dentro, víamos o labirinto, como uma bizarra alucinação a flutuar. Num acordo silencioso, voltamos os três para seu interior.

* * *

O terceiro horizonte de evento nos conduziu ao interior de uma gruta, a princípio bastante semelhante à caverna em Caraíva. Incrustações fluorescentes, de cor lilás, eram a única luminosidade no início da caminhada. Não tínhamos levado lanternas ou qualquer artefato que pudesse nos ajudar nesse sentido, e foi com um pouco de medo que nos embrenhamos pelo caminho desconhecido.

Mas havia uma luz no fim do túnel, literalmente.

Entre estalactites, vimos a paisagem externa. A caverna terminava num lago de águas bem calmas. As manchas púrpuras do céu eram refletidas por sua superfície. Do outro lado, localizamos estranhas formações. Eram pequenas montanhas, piramidais ou não, de cor alaranjada, com desenhos semelhantes a veias, ou seja, ramificações distribuídas por sua superfície, de cor vermelha escura. As estruturas eram levemente translúcidas. Percebemos que possuíam uma luminosidade que vinha de seu interior, e mais interessante ainda: toda sua superfície oscilava. Isso ocorria de forma bastante sutil, mas não invisível. Era como uma pulsação.

Não conseguimos entender se eram criaturas vivas ou algum complexo fenômeno natural. Muito menos se seriam animais ou vegetais.

A princípio não pude avaliar se era um amanhecer ou um anoitecer. Não havia nenhum sol no céu. Havia, contudo, uma imensa lua com seu tênue brilho ocre. Ocupava no céu do remoto e estranho planeta algo três vezes maior em diâmetro que nossa lua terrestre. Era possível ver algumas manchas escuras em seu disco.

Ficamos amedrontados com a visão. Preocupados com o ar que respirávamos. Embora tivéssemos escolhido mundos com características atmosféricas semelhantes à Terra, tanto na composição química quanto nas condições físicas, ficamos perplexos em encontrar cenário tão diverso.

Poderíamos estar enchendo nossos pulmões com microorganismos jamais imaginados. Colhendo doenças jamais vistas. Naquele instante concluí a definitiva loucura e irresponsabilidade minha e das meninas. Deveríamos, no mínimo, ter usado trajes espaciais. Pensando nisso, convidei-as a voltar. Margie usou a seguinte frase:

— Já estamos na chuva. Se era para molhar, já molhamos.

Wendy comentou:

— Isso aqui é uma loucura! Puxa, Victor! Você realmente vacilou dessa vez. Tínhamos que fotografar. Ninguém vai acreditar. É deslumbrante!

Ela se aproximou da saída da caverna. Havia, no chão, uma rocha arredondada, com uma das faces lisas. Pegou novamente seu prendedor de cabelo, e começou a produzir pequenas fendas sobre ela.

A rocha, razoavelmente macia, como uma pedra sabão, acolheu com facilidade suas inscrições:

ESTIVEMOS AQUI EM 1994, WENDY,
MARGIE E VICTOR.

Quando ela terminou, comentei:

— Que mania de pichar!

Ela sorriu e se desculpou:

— Acho que é mania de ficar imortal. Daqui a cinqüenta anos, quando eu já tiver morrido, alguém poderá ler essa inscrição e nos imaginar aqui, como uma lembrança para sempre. Você imortaliza seus momentos fotografando, não? Eu imortalizo os meus deixando marcas indeléveis da minha presença!

Brinquei com ela:

— Então, provavelmente, seu nome deve estar escrito na parede de algum banheiro no *camping* de Ibitipoca.

Ela riu:

— Se ninguém pintou a parede, sim!

Embora não concordasse com Wendy, pois seu ato era um pequeno vandalismo, a inscrição não deixava de ser um testemunho. Sabe-se lá para quem...

A claridade natural foi gradativamente caindo, e concluímos que estava anoitecendo. A iluminação que brotava do interior das estranhas formações se tornou mais evidente, apesar de banhada pela luz da imensa e brilhante lua cor de ferrugem.

Bastões de material claro e brilhante, de formato cilíndrico, com vinte ou mais centímetros de diâmetro, com extremidades pontudas, começaram a se precipitar da água do lago para o ar, ligeiramente inclinados, como se apontassem para a lua. Eram centenas de bastões, por quase toda a extensão do lago, separados por distâncias irregulares.

Após o susto, ficamos observando-os atentamente. Quando alcançaram entre três a quatro metros para fora, cessaram o movimento. A quietude voltou a reinar.

Nos entreolhamos, atônitos, sem coragem para dizer qualquer coisa.

Com a luz do dia a definhar, o ambiente se vestiu de um aspecto lúgubre, arrasadoramente silencioso. Parecia que a qualquer instante, uma criatura saída do Doom ou do Heretics, surgiria de algum lugar para nos devorar.

Para não correr o risco, sugeri:

— Poderemos voltar em outra oportunidade...

As meninas me acompanharam em retirada.

*   *   *

Picture yourself in the boat on the river.
In the Tangerine Trees and Marmalade skies

Lennon / MCartney

Densas gotas de chuva caíam sobre nossos corpos e sobre a estranha superfície abaixo de nós. Um sólido amorfo, ou talvez uma estrutura gelatinosa, maleável e plana, por grande extensão.

A própria chuva formava um visual de pouca transparência, encobrindo de cor cinza claro as distâncias maiores. O céu estava dividido por nuvens e raios de um sol dourado. Semelhante às chuvas de verão terrestres, entre a luz e as gotas de água.

Sons suaves, com harmônicos agradáveis chegavam aos nossos ouvidos, vindos de toda parte, como se a natureza local fosse um grande compositor e uma orquestra de improvisação simultâneos.

Como no labirinto, flutuávamos no espaço. A forma como flutuávamos talvez fosse diferente. Havia uma gravidade a nos puxar em direção à imensidão gelatinosa, de cor azul brilhante. Mas também, em oposição, outra forma, de igual potencial, puxava nossos ombros em direção ao céu, nos sustentando, como pesados pássaros, a flutuar no ar.

Rapidamente, descobrimos uma mobilidade novamente difícil de compreender por nossas leis da Física. Com movimentos semelhantes aos da natação, conseguimos nos deslocar para os lados, para cima e para baixo, de maneira rápida e precisa.

Não pude conter a curiosidade de tocar sobre a fria superfície gelatinosa e perceber sua textura.

Embora aos meus olhos parecesse lisa, deveria possuir alguma porosidade, já que a água da chuva rapidamente era absorvida, como em uma esponja.

Enquanto vencia o próprio medo, fui surpreendido por Wendy, que, a poucos metros, se lançou, como em mergulho, sobre o estranho material.

Seu corpo molhado foi acolhido pela maciez e maleabilidade, provocando grandes desníveis repentinos e ondulatórios sobre a superfície, como num colchão d'água gigantesco.

Enquanto seu corpo oscilava para cima e para baixo, sobre a brilhante gelatina azul, ela soltava gargalhadas de satisfação.

Inofensivo ou não, já estávamos entregues ao novo ambiente. Ao raciocinar pelo ponto de vista de Wendy, o medo deveria ser deixado assim que ultrapassamos o horizonte. Ao vê-la em estado de êxtase, não tive como não ser receptivo à sua alegria. Enquanto eu a contemplava, Margie entrou no cenário, copiando sua experiência.

Depois de quebrada a inércia da superfície, percebi que havia um difícil retorno à serenidade. As ondulações se propagavam até as perdermos de vista, como se qualquer atrito fosse desprezível.

Margie e Wendy testaram exaustivamente as surpreendentes características de maleabilidade do mar gelatinoso, bem como o delicioso dom de poder voar e, mais ainda, o de cair. Admirado, fiquei observando a cena mágica, totalmente impassível, e magnificamente bonita. Mais uma vez lamentei por só poder imortalizá-las em meus olhos e não num filme ou numa fita de vídeo.

A chuva ocasionalmente era substituída pela acolhedora luz do sol desconhecido. Nesses instantes, o material gelatinoso ganhava mais brilho e mais transparência. Era possível, então, perceber figuras de formato esférico, em profundidades que não tínhamos como mensurar, de cor mais clara que o azul dominante. Julguei que fossem criaturas vivas, pois, embora muito lentamente, elas mudavam de lugar.

Tendo percebido ou não, as garotas continuaram brincando, até se apertarem uma à outra, num erotismo admirável de se olhar. Não quis participar sem convite. Apenas como um *voyeur* e admirador, permiti que as coisas ocorressem, tomando o cuidado de ficar atento às misteriosas figuras esféricas a rondar pelas profundezas.

Margie e Wendy se amaram de forma quase teatral. Como se fizessem o mais bonito possível, para que o único espectador humano presente pudesse obserá-las, e aplaudi-las no final.

* * *

As esferas permaneceram passivas durante nossa presença, e nunca cheguei a saber exatamente o que eram.

Quando a chuva definitivamente acabou, nosso limite de visão se estendeu indefinidamente, até os horizontes. A superfície gelatinosa era cercada, ao longe, por grandes montanhas brancas, semelhantes visualmente a montes de neve. Em posse do dom de voar, e impelidos pela oportunidade, resolvemos observá-las de perto, nos lançando num vôo incrível, a poucos metros de altura, em direção a elas.

Foi Margie quem percebeu primeiro, e nos fez um sinal para parar e olhar. Avistamos, então, uma estranha aparição a se deslocar silenciosamente pelo ar, surgindo sobre os montes.

À medida que se aproximava, suas formas ganhavam definição. Novamente era difícil avaliar se era uma criatura viva, ou uma criação, como um objeto de transporte aéreo. Seu aspecto geral bem lembrava um peixe voador, ou um peixe escorpião, com diversas excentricidades, aparentemente asas, lemes ou nadadeiras. Seu tamanho, porém, era bem maior. Deveria possuir mais de trinta metros de comprimento, e talvez o mesmo de envergadura.

A pouca maleabilidade de suas partes acabou sugerindo um artefato artificial, com modo de propulsão desconhecida e invisível a nós, observadores distantes.

Se fosse um artefato artificial, seria certamente guiado por alguma criatura inteligente, de alguma cultura capaz de conceber tal tecnologia. Esse simples pensamento me emocionou. Embora eu já conhecesse um extraterrestre (o senhor Martin), o mesmo era tão humano que pouco impacto nos causou.

Mas num mundo tão diverso quanto aquele, o que esperar?

O objeto voava rapidamente e em linha reta, para a frente, numa rota que prometia grande aproximação. Mudamos nosso trajeto e subimos até uma posição estratégica, onde o aguardamos. Quando se aproximou, ficamos mais confusos ainda. O que quer que fosse, ignorou aparentemente nossa presença, permanecendo no mesmo caminho e na mesma velocidade.

Suas asas ou aletas eram formadas por longos seixos de aparência orgânica, suportando uma membrana quase transparente entre si, como nadadeiras de peixe, contudo, de tamanho desproporcional.

Quando passou por nós, suspeitei de duas coisas. A primeira, que era orgânico. A segunda, que era ao mesmo tempo artificial, talvez uma espécie de prodígio de uma genética avançada. Mais uma vez, não tive como confirmar. Estarrecido com sua estranha beleza, eu o vi se distanciar solene por sua inabalável rota.

Chegando às montanhas, percebemos se tratar de um material mais firme que a gelatina do lago. A cobertura branca, que na distância era facilmente confundida com neve, era um aglomerado de pequenos cristais, uma espécie de areia grossa, branca e brilhante, muito semelhante ao nosso mármore, quando estilhaçado.

Ainda com as roupas úmidas pela chuva, e coladas a nossos corpos, pousamos sobre uma das encostas. De lá, víamos flutuando ainda no céu, estranhamente psicodélico, o horizonte de evento para o labirinto. Até então, não tínhamos nos distanciado tanto de nossa porta para retorno ao lar, e fiquei um pouco preocupado com tamanha ousadia.

Wendy catou um pouco da grossa areia cristalina, com uma das mãos, e colocou no bolso da minha bermuda, dizendo:

— Vamos levar esse testemunho!

Aquele pouquinho de material, ficaria sabendo mais tarde, foi objeto de pesquisa e admiração de cientistas da Marinha. Era mais valioso do que a areia da lua, ou que um punhado equivalente de ouro. Não por sua constituição, pois não passava de cristais de sílica e outro derivado do silício, mas pela sua procedência. Nele também seriam detectados microorganismos com cadeias moleculares formadas por silício, no lugar de carbono, provando antigas expectativas de cientistas espaciais.

Quanto aos infindáveis lagos de gelatina, tenho grande suspeita que também tivessem o silício em sua formação, mas jamais pude comprová-lo.

Hoje tenho certeza de que foram muito fracas novas investidas, sob o ponto de vista científico. Entramos e saímos como meros observadores, e pouco compreendemos sobre o que foi visto. A emoção foi bem maior que a razão.

E nesse sentimento, retornamos ao horizonte de evento.

* * *

Foi então que Margie fez a pergunta fabulosa:

— Quem construiu a caverna?

De mãos dadas, não só simbolicamente, ou fisicamente entre nós, mas com todas as mentes do Universo, o conhecimento nos veio de modo simples e compreensível. Deus. Deus era criador do labirinto, e o fez para seu próprio uso. O criador do labirinto era o criador do Universo em que vivemos e percebemos.

Porém algo estava vago. A resposta que recebemos vinha carregada de tristeza. Uma melancolia que escapou ao nosso entendimento.

Após conhecer mais uma porção maravilhosa de sua obra, e a cada momento idolatrar mais e mais a incompreensível e imensa inteligência que a produziu, sentimos uma tristeza que veio de todo o seu complexo. Uma tristeza tão grande que quase bloqueou nossa razão.

Quando esse peso ficou quase insuportável, abrimos nossos olhos, numa espécie de fuga. E assim nos olhamos mais uma vez. Busquei em Margie e Wendy o conforto para afastar toda aquela imediata sensação de dor, medo e solidão.

Novamente concluí que não estávamos preparados para entender os conhecimentos que nos eram incensuradamente passados. Nossas mentes eram ainda imaturas demais para interpretar coisas tão além da nossa razão. Talvez nos antecipamos demais... Talvez, a clareza de entendimentos desse *know-how* dependessem de alguma educação. Assim como é difícil para uma criança, que ainda não aprendeu as operações básicas (adição, subtração etc), entender um cálculo integral, talvez precisássemos aprender muita coisa antes, para nos colocarmos à altura desses entendimentos. Enfim, concluí que havia um longo caminho pela frente.

Mas Margie era teimosa. Recusava-se a largar mão de tal oportunidade. Tinha ânsia por esse conhecimento. Talvez esse fosse o único perigo real do labirinto.

Ela ousou buscar mais algumas informações. Queria saber onde estava e como era o criador.

XIX

Como soube posteriormente, a caverna esteve fechada durante toda a nossa permanência no interior do labirinto. Ao viajar por ele e pelo Universo, estivemos extremamente distantes, tridimensionalmente falando, da caverna, fechando assim o seu acesso.

Quando voltamos, todo o pelotão da Marinha estava presente, já nos aguardando. Graff, um pouco à frente, pretendia liderar o pequeno tribunal, já com um hostil olhar de reprovação. Enquanto nos aproximamos, creio que ele aguardou por um quarto acompanhante. Ao perceber que seu amigo Arley não veio conosco, ele perguntou, quase em tom de fúria:

— Que diabos vocês acham que estão fazendo? Se pretendiam nos envolver, poderiam no mínimo respeitar nossa presença por aqui e não sair fazendo o que lhes vem à cabeça.

Cheguei bem perto do almirante, me antecipando uns bons passos à frente de Margie e Wendy, e lhe disse:

— Nós somos a chave para abrir a caverna. Gostando ou não, você terá que admitir que temos esse poder, e antes que coisa pior viesse acontecer, queríamos conhecer o outro lado. Mas nossa intenção real foi procurar o senador. E o encontramos. Ele, contudo, não veio conosco. Mas estamos tranqüilos quanto a sua saúde e o seu conforto. Sabemos que encontrou seu destino. É pouco provável que volte.

Fiz uma pausa, enquanto toda a platéia me observava. Depois continuei:

— Sei que vai lhe causar embaraços, mas isso não foi culpa minha. Terá que considerar o senador como mais um desaparecimento.

Olhei em volta. Por instantes, me senti como um réu em meio a uma corte. Eu não quis prosseguir. Apenas falei:

— Temos coisas importantes a lhe dizer. Por isso, gostaria de conversar em particular com você e o tenente França.

Ele concordou.

* * *

Do alto do monte, a paisagem ganhava nova proporção. Sob a imensidão de um céu extremamente azul e a claridade de um sol abrasador, o mar apresentava nuances que começavam por um verde bem claro, nas proximidades da praia, variando até um azul intenso nos lugares de maior profundidade. Dali era possível ver, ao longe, diversas lagoas formadas entre a mata e o oceano, margeadas pela própria areia da praia.

O vento balançava as palmeiras, ainda trazendo o cheiro salgado até mesmo num ponto mais alto como aquele. Atrás de nós se estendia uma área de intensa vegetação, que se não fizesse parte da reserva ecológica do Monte Pascoal, certamente pertenceria a algum fazendeiro que preferia deixá-la ociosa, conservando toda a sua beleza.

Se o criador distribuiu outras obras de arte pelo Universo, creio que teve algum carinho especial quando produziu o litoral baiano. Aí, em contradição, vem algum empresário do setor hoteleiro e cria um parque aquático artificial. E, em seguida, um monte de pessoas atravessa distâncias de até mil quilômetros ou mais para entrar dentro de um clube, que poderia estar do lado da casa delas, e fechar os olhos para toda essa beleza.

E assim caminha a humanidade...

Ali no alto, escutando pouco mais que os sons do vento e vozes muito distantes, nos reunimos para conversar.

Graff e França escutaram pacientemente nossa história, contada por Margie, Wendy e eu. França, que já tinha conhecido a experiência, vez por outra nos interrompia, confirmando ou acrescentando seus sentimentos às nossas impressões.

França também tomou o cuidado de gravar tudo o que foi falado com um pequeno equipamento portátil de áudio, já que tudo deveria ser passado a um relatório, em seguida.

Quando terminamos, Graff comentou:

— Estou particularmente intrigado e interessado em conhecer pessoalmente o labirinto, mas já recebi ordens de que ninguém mais deverá entrar lá. Meus superiores em Brasília já estão cientes do que está acontecendo e já estão formando uma nova equipe, que deverá incluir pessoas mais capacitadas e especializadas para dar continuidade às pesquisas. Eu estava disposto a desobedecê-los por causa do Arley. Agora, realmente, não sei o que dizer.

Ele se virou para Margie e comentou:

— Algumas pessoas do Estado Maior gostariam que você permanecesse no Brasil. Que não partisse este final de semana como previsto. Mandaram-me transmitir isso a você.

Margie respondeu:

— Eu não posso ficar. Tenho uma série de compromissos a partir da semana que vem.

Graff insistiu:

— Sabemos que sua presença, assim como a dos demais, é fundamental para a continuidade das pesquisas. Vou alertá-los de que temos autoridade para retê-los por aqui. Não que eu queira fazer isso. Pelo contrário, já insisti com os meus superiores que ocorreriam muitos boatos indesejáveis se você, Margie, não pudesse participar dos seus shows. Boatos internacionais. Dessa forma, deixo, por hora, a seu critério escolher o que vai fazer.

Margie explicou:

— Logo que a temporada for finalizada, daqui uns quarenta dias, eu estarei de volta. É muito importante para mim e para o grupo. É a primeira vez que um grupo brasileiro ganha tamanha projeção. Fora isso, estarei disposta a ajudar e participar.

Graff prosseguiu:

— Nesse caso, vou lhe sugerir que siga seu caminho antes que alguém mude de idéia e me obrigue a fazer algo que eu não queira.

França observou tudo em um silêncio quase apelativo. Senti que queria me dizer algo e não fez.

Ainda naquela tarde, tomamos um avião de volta a Belo Horizonte.

XX

Noite de sexta, verão e início de carnaval. Local: um bar na Savassi.

Gustavo e eu tomávamos um chope pós-trabalho, em companhia do Mário, que casualmente apareceu no escritório e nos intimou a beber com ele.

Havia muito barulho em volta. Ali, nas imediações, ocorria o ponto de saída de uma tradicional banda carnavalesca. Vimos alguns barbados fantasiados de mulher, mas nenhuma mulher fantasiada de homem. Se analisasse isso friamente, poderíamos até dizer que as mulheres devem estar satisfeitas com seu sexo. Quanto aos homens, boa parte não.

Gustavo não estava muito à vontade, consultando diversas vezes o relógio enquanto bebíamos. Ele chegou a comentar que ainda tinha que passar na casa da noiva, e que viajariam de madrugada para Alcobaça, onde os pais dela tinham uma casa. Lembro me que perguntei:

— Os pais dela também vão?

Gustavo disse:

— Já foram antes. Vamos nos encontrar por lá. O pai dela é um cara muito legal. Quem é realmente pelinha é a irmã dela, a Mara. Mas graças a Deus, ela não vai. E chegando lá, cada um fica na sua. Não vai ser um passeio à altura dos seus, Victor, mas é melhor do que ficar aqui no meio dessa confusão.

Ele se virou para Mário e prosseguiu:

— Têm uns caras por aí que estão achando que todos os dias são férias... Voltou ontem de Porto Seguro e já quer viajar de novo! — E se virou para mim. — Cara, chegou a hora de você trabalhar um pouco. O bicho está pegando...

Virei um longo gole de chope e fingi que não ouvi. Mário falou então:

— Vocês são caras de sorte. Ultimamente, está difícil para eu ir até Contagem. Quanto mais à Bahia.

Gustavo então o questionou:

— É? Mas para comprar outra boate aqui na Savassi, está sobrando, não está?

Eu perguntei:

— Deu certo o negócio?

Mário confirmou:

— Deu. Só que estou gastando uma baba com a reforma. E só fica pronto lá para o final de março.

Ele fez uma pausa e continuou:

— Gustavo, o Victor está sabendo que a Adriana ligou?

Eu mesmo respondi:

— Não. O que foi?

Gustavo respondeu:

— Você é um grande filho da puta, Victor. Foi lá, comeu...

Pensei comigo: realmente, Adriana fala demais.

Mário completou:

— Ela disse que está voltando para Belo Horizonte. Conseguiu transferência, só está treinando uma outra pessoa para ocupar sua função em Brasília. E que está largando o candango.

Em seguida deu uma gargalhada e, com uma das mãos em meu ombro, ele caçoou:

— A coisa está realmente boa para o seu lado, hein! Três. Puxa vida! Ensina para nós...!

* * *

Viramos a noite de sexta no salão de danças de um tradicional clube às margens da Lagoa da Pampulha. Eu, Margie e Wendy. Aquela bailarina fogosa jamais perdia uma oportunidade de extravasar suas energias dançando. O que quer que fosse. Ela dançava. Dançava bem, durante muito tempo, como se a dança lhe fosse natural ou instintiva.

Eu, que particularmente nunca fui muito entusiasmado com tão importante festa brasileira, normalmente dispensando os foliões em troca de algum lugar tranqüilo, guardo com carinho as lembranças dessa noite de suor, tumulto e barulho. Pois era uma das últimas noites em que passamos juntos os três.

As duas se fantasiaram de odaliscas, uma tremenda falta de imaginação. Era dessas fantasias de última hora, alugando o que sobrou em alguma loja especializada. Não posso negar, contudo, que estavam lindas. Eram roupas de seda, bastante transparentes, apelativamente sensuais, apesar de comuns. (Assim como os homens se vestem de mulher nos blocos de rua, as mulheres se despem como odaliscas nos clubes.)

Belo Horizonte, por mais belos horizontes que tenha, nunca teve como ponto forte a festa do carnaval. Foi com surpresa que percebi os conterrâneos se entregando de corpo e alma às músicas baianas, numa grande movimentação coletiva.

Quanto a mim, não tive outra alternativa senão ficar pulando, de forma medíocre, tentando pelo menos manter o ritmo. Aos poucos, fui percebendo que minhas odaliscas estavam entre as odaliscas mais bonitas de todo o salão. Assim, era inevitável que diversos aventureiros tentassem quebrar nosso compenetrado triângulo. Felizmente, ninguém teve sucesso.

Ao romper da madrugada, a banda que animava a festa relembrou velhos sucessos tradicionais de carnaval, e até mesmo um eventual Chico Buarque.

Quando o ambiente começou a mostrar sinais de fim de noite, fomos embora.

* * *

Mais um aeroporto e mais uma despedida. Confins parecia um lugar abandonado, de tão deserto, naquela manhã de domingo. Nossos passos provocavam eco por sua imensidão silenciosa. Fiquei a imaginar quantos anos Belo Horizonte ainda teria que crescer para preenchê-lo.

Chegamos um pouco antes da hora. Devido à viagem de Belo Horizonte até o aeroporto, o bom mineiro sempre gosta de trabalhar por antecipação, e nós não éramos uma exceção à regra.

Após uma longa espera, ocorreu o embarque. Houve uma despedida tensa entre Wendy e Margie. Ambas derramaram lágrimas, como se fosse um adeus de fato.

É interessante quando fazemos uma retrospectiva, e descobrimos que certos impulsos que não compreendemos, a princípio, acabam possuindo um fundo intuitivo, com uma verdade que ainda iremos conhecer. Por tudo que aprendemos no labirinto, deveríamos, nós três, levar mais a sério qualquer conhecimento que nos fosse enviado, assim, gratuitamente. Somos criaturas tão emocionais!... E ficamos, durante toda nossa existência, a nos omitir dessa realidade. Procurando agir sempre com a razão.

E deliberadamente erramos. A lógica é correta quando temos domínio preciso das informações que envolvem uma situação. Quanto mais precisas, maior chance da Lei das Probabilidades trazer resultados corretos. Na maior parte das passagens de nossas vidas, contudo, isso passa longe de ser realidade. Assim, somos mais bem-sucedidos quando temos um poder maior de separar as verdadeiras intuições de todo o lixo criado o tempo todo em nossa mente.

Ignoramos assim, os motivos intuitivos de uma despedida tão emocionada. Aquele momento, na sala vip, foi o último instante em que nossos três corpos se abraçaram na vida.

* * *

Vem, Morena ouvir comigo essa cantiga!
Sair por essa vida, aventureira!
Tanta toada eu trago na viola
P'ra ver você mais feliz!

Zé Renato/Juca
Filho/CláudioNucci

Depois de deixar Margie no aeroporto, passei todo o domingo ao lado de Wendy. Fomos almoçar no Xapurí, um restaurante especializado em pratos da cozinha mineira, também próximo à grande Lagoa da Pampulha. Creio que em razão do feriado prolongado e de grande parte dos belorizontinos estarem em Guarapari ou Cabo Frio, encontramos o restaurante com pouco movimento. O local estava tranqüilo, e não tivemos pressa. Havia um grupo de tocadores, fazendo sua seresta, de mesa em mesa. Até eu, que particularmente não sou muito chegado ao gênero, me diverti com a música. O sanfoneiro era dos bons, isso não pude questionar. Pedi ao grupo que tocasse algo bem romântico, em homenagem à doce e bela mulher que me acompanhava, e eles aproveitaram para fazer uma seqüência suave, em versão personalizada. Primeiro, a *Toada*, do Boca Livre. Depois, algo muito romântico do Sílvio Caldas e, para fechar, um pouco da alegria do Sérgio Reis.

Foi lá que Wendy me convenceu a planejarmos para o dia seguinte uma nova visita a sua família, em Divinópolis.

Eu estava me acostumando cada vez mais à proximidade da minha doce morena e a viver com sua presença. Além de amantes, éramos amigos, companheiros e cúmplices. E ainda, na ausência de Margie, compartilhávamos juntos a sua saudade.

E nesse clima gostoso, passamos não somente o resto do domingo, mas também o restante dos dias de carnaval. Fomos à casa de seus pais, em Divinópolis, e só voltamos na quarta-feira.

* * *

Passaram-se duas semanas, nas quais tive que voltar grande parte da minha atenção à empresa e aos negócios. Eu e Gustavo tivemos até que trabalhar nesses finais de semana, na decisão de fechar dois grandes negócios, que seriam de vital importância para nossas contas bancárias.

Assim, no primeiro final de semana de março de 1994, Wendy foi sozinha, como sempre fazia antes, visitar seus pais em Divinópolis.

* * *

Eram umas quatro horas da tarde de segunda-feira, quando recebi a notícia.
Eu estava de pé, tomando um cafezinho, quando o telefone tocou. Fui até minha mesa de trabalho e atendi, ainda com o copinho descartável em uma das mãos.
Identifiquei-me, e a voz do outro lado falou:
— Você deve se lembrar de mim. Sou a Ângela, prima da Wendy. Os pais dela pediram-me para avisá-lo. Ontem à noite, quando voltava para Belo Horizonte, ela sofreu um acidente na estrada. Ficamos sabendo hoje, na hora almoço. A dona Ana e senhor Flávio estão a caminho de Belo Horizonte e...
Imediatamente, lembrei-me que o carro de Wendy ainda estava com a suspensão duvidosa, devido à queda em um buraco da Copasa, dias antes. Eu a interrompi:
— Onde ela está? Como está?
Percebi que a jovem estava chorando. Por fim, falou num desabafo:
— Ligaram para cá. Não sabemos direito. Mas acho que aconteceu o pior...

* * *

Na portaria do IML, me sentei em um dos bancos e fiquei aguardando agoniado a chegada dos pais de Wendy.
Houve um acidente. Havia um corpo. O recepcionista não estava autorizado a mostrá-lo a mim, pois eu não era nem parente.
Foi meia hora de intensa aflição. Ainda hoje evito passar nas proximidades desse local, para não reavivar essas lembranças mórbidas.

Quando dona Ana e o senhor Flávio chegaram, ainda havia em seus olhos a esperança de tudo não passar de um engano. Sem nada dizer, eu os abracei e me dirigi novamente ao balcão, junto com eles. O pai de Wendy mostrou sua identidade. Ele então nos conduziu a uma outra sala. Lá, um homem com farda da Polícia Estadual nos mostrou uma bolsa e alguns documentos. Eu conhecia aquela bolsa. E conhecia os documentos. Na velha foto da identidade, Wendy ainda usava cabelos curtos e tinha um rostinho de menina.

Eu percebi o pânico se apossar de dona Ana. Tivemos que fazê-la se sentar, pois ameaçou despencar para o chão, devido a uma tontura. Eu me lembro das palavras do militar:

— Me perdoem, sei que é doloroso, mas preciso que alguém reconheça o corpo.

Por mais que o meu coração se recusasse a fazê-lo, pedi ao senhor Flávio que ficasse com dona Ana, e acompanhei o homem até a outra sala.

Era um ambiente frio e silencioso. Havia um homem e uma mulher vestidos de branco, usando luvas. Senti um cheiro forte de remédio logo que entrei. Remédio, éter ou formol. Qualquer coisa parecida. Avistei diversas mesas com pés de aço inoxidável, com rodas. Eram macas de hospital. Estavam alinhadas dos dois lados da grande sala. Sobre cada uma havia um corpo, coberto por um lençol branco.

Fiquei parado na porta, enquanto o militar se aproximou do casal e sussurrou algumas palavras. Eles apontaram então para uma das macas. O militar fez um sinal para que eu me aproximasse. Fomos até a maca. Ele levantou parte do tecido, descobrindo parte do corpo.

Wendy estava com os olhos fechados. Uns poucos arranhões no rosto. E parecia apenas dormir...

O desespero foi tamanho que gritei. Gritei o mais alto que pude, até que debrucei sobre ela, em pranto desvairado. Fiquei tão enlouquecido que o militar e o legista seguraram firmemente meus braços e me afastaram dela. O senhor Flávio apareceu na porta e presenciou silenciosamente o que acontecia. Quando o vi, me calei. Só então os dois homens me soltaram. Ele se aproximou e olhou para a face de Wendy. Tocou-lhe a testa e os cabelos. E disse baixinho, não para nós, não para ela, para Deus talvez:

— Não é justo, seu desgraçado... Por que não levou a mim, no lugar dela?

* * *

Segundo as palavras do PM, uma das testemunhas do acidente deixou um depoimento completo de como tudo aconteceu. Foi na noite anterior, um acidente estúpido, difícil de explicar. Havia um caminhão, um Monza verde, o Civic vermelho de Wendy e o Santana da testemunha. Foi num lugar próximo a fábrica da Brahma. Chovia um pouco. Como o caminhão vinha amarrando por muito tempo a passagem dos três carros, a motorista do Civic deve ter perdido a paciência e começou a ultrapassar, pela contramão. A pista estava livre, e ele mesmo pensou em cortar. Deu graças a Deus por não fazê-lo. Havia um buraco na pista. Quando o Civic estava emparelhado ao caminhão, caiu no buraco. A roda do Civic pulou para fora do eixo, e só não pegou nos carros que vinham atrás por milagre. O Civic rodopiou, arrancando fogo no asfalto. O caminhão jogou para o acostamento, e os demais frearam. O Civic saiu fora da pista e caiu num buraco ao lado, ficando todo arregaçado no meio dos eucaliptos. Todo mundo parou. O motorista do caminhão correu na frente, para socorrer. Estava escuro e ele não conseguia abrir a porta do carro. Perceberam que ela não usava cinto, mas acharam que a moça estivesse viva, apenas desmaiada. Ficaram com medo de tirá-la e piorar sua situação. Como ele tinha um celular, ligou imediatamente para a Polícia Rodoviária.

A polícia chegou primeiro. Depois a ambulância. Wendy quebrou o pescoço. Não chegou viva ao hospital.

* * *

Oh! pedaço de mim
Oh! metade exilada de mim
leva o que há de ti
que a saudade dói latejada
é assim como uma fisgada
num membro que já perdi...

Chico Buarque

Por mais verde que aquela colina pudesse ser, e por mais bonitos que fossem seus jardins, era difícil admirar aquele lugar, e muito menos, ter o prazer de lá permanecer. Ainda pior dentro da sala do velório. Toda a família de Wendy comparecera. Sua mãe chorava o tempo todo, principalmente quando chegava alguém para lhe dar os pêsames. Quanto ao senhor Flávio, nada dizia. Ficava sentado próximo a cabeceira do caixão, em seu pranto silencioso.

Evitei, o máximo que pude, olhar dentro do caixão. Quando finalmente tomei coragem, ela ainda parecia dormir. Havia sempre nos corações daqueles que a amavam a remota esperança de um engano. De que, de repente, ela pudesse acordar, assustar umas pessoas, e pronto. Não entendo muito de morte. Mas ela só parecia dormir. Deitada, com um vestido rendado branco, entre as flores. O pessoal da funerária, como vim a saber, preparou-a, até com maquiagem, para que mantivesse uma imagem o mais fiel possível de como era no seu dia-a-dia.

Pensamentos quase infantis me vieram a mente. Como eu gostaria de, naquele instante, ter o poder de lhe devolver a vida. Concentrar-me e, num passe de mágica, fazê-la abrir os olhos...

Creio que o momento mais doloroso para mim, e para aqueles que a amavam de fato, foi quando o caixão foi colocado na cova. Dois homens, utilizando pás de construção, foram lançando terra sobre ele.

Tudo estava definitivamente acabado.

* * *

Margie só chegou ao Brasil duas semanas depois. Chegou na noite de sexta-feira, mas só consegui vê-la no sábado de manhã.

Passei bem cedo em seu apartamento, e de lá fomos ao cemitério levar flores para colocar sobre o túmulo daquela que nos trouxe tamanha felicidade.

As lágrimas já tinham ido embora. Ficara agora a agonia provocada por sua ausência e o medo de encarar e decidir um futuro para nossas vidas, em que ela estivesse ausente. Eu olhava para Margie com um aperto no coração. Era como se não me conformasse em ter sobrado. Eu nunca imaginava Margie sozinha. Sempre imaginava as duas. Era tanta a integridade de seu amor e de seu carinho, que acreditava que fossem uma única alma com duas pessoas.

Mas só há uma certeza. É impressionante como às vezes não somos capazes de proteger ou cuidar das pessoas a quem amamos. E de como, a despeito de toda a confiança que procuramos depositar em nosso quotidiano, tudo se desfaz numa brincadeira do destino.

Quando Margie se aproximou da lápide, recentemente colocada, e colocou sobre o mármore branco o buquê de rosas, sussurrou algumas palavras, certa de que Wendy pudesse escutar:

— É uma questão de tempo a gente se reencontrar.

Amparei Margie com um abraço e a conduzi para longe dali.

* * *

Margie não quis passar o sábado em minha companhia. Então me pediu um tempo para reorganizar suas coisas. Nesse ponto, divergimos. Enquanto eu, desmoronado, buscava sua companhia a qualquer preço, ela, aparentemente, queria se recompor sozinha. Respeitei seus sentimentos e a deixei, na volta, em seu apartamento.

Eu estava um pouco desnorteado. Wendy já fazia parte da minha vida. Ficávamos juntos tanto tempo, que era difícil administrar esse tempo sem ela. Deixei o carro na garagem do meu prédio, mas não fui para casa. Saí andando sem rumo pelas ruas da Savassi, numa angústia e numa carência incompatíveis com aquele dia de sol.

Andei até me cansar. Estava em frente do Palácio da Liberdade, na praça. Procurei um banco vazio e me sentei. Não sei quanto tempo fiquei ali, observando o movimento. Pessoas andando. Pessoas correndo. Meninos brincando. Bicicletas, patins, triciclos. Enfim, o celular tocou.

— Victor?
— Sim.

— É Adriana. Estou em BH. Queria vê-lo!

Eu não era, até então, uma boa companhia para ninguém. Por outro lado, não podia me recusar a ver Adriana, não depois do que aconteceu em Brasília. Perguntei:

— Onde você está?

Ela respondeu:

— Na casa dos meus pais. O que você acha de vir almoçar conosco hoje?

Não gostei da idéia. Estava pouco sociável naquele dia. Sugeri:

— Que tal a gente se encontrar no Píer, como nos velhos tempos?

Ela confirmou:

— Ok! Uma hora está bom para você?

— Tudo bem. — Disse eu.

* * *

Saboreando frutos do mar da melhor qualidade, a quinhentos quilômetros da praia mais próxima, eu e Adriana ocupamos uma mesa de um tradicional restaurante na parte alta da Afonso Pena. Sua presença emotiva, quase sempre falando um pouco mais que o necessário, contribuiu bastante para afastar um pouco da tristeza que me acompanhava durante aqueles dias.

Ela havia emagrecido um pouco e estava com um impacto visual um pouco melhor que da última vez, em Brasília. Ela me contou que emagrecera por causa do estresse da separação.

— Agora, estou definitivamente de volta a BH. — Disse ela. — Tudo o mais, ficou no passado. Voltei a morar com papai e mamãe e estou me separando oficialmente. Consegui a transferência, e nada podia ser melhor. Tenho que te agradecer.

Eu comentei:

— Me agradecer por quê? Por atrapalhar seu casamento?

Ela respondeu com seriedade:

— Não, isso já estava estragado. Te agradeço por ter me mostrado que ainda podia fazer alguém me querer.

Com um leve sorriso, falei:

— Você sabe que é gostosa e que pode arrasar alguns corações. Não precisava de mim para isso. Não obstante, o amigo aqui estará à disposição cada vez que você precisar provar que é capaz de deixar um cara louco.

Ela também sorriu, dizendo:

— Seu cretino!

Ficamos em silêncio uns instantes, até que ela perguntou:

— Desculpe-me por tocar nesse assunto. Se não quiser falar, não precisa. É sobre Wendy. Como eram as coisas entre vocês?

Eu fui objetivo:

— O que você quer saber?

Ela completou:

— Foi uma aventura? Como foi comigo? Ou foi coisa séria? E a outra garota? A bailarina...

Eu disse:

— Uma pergunta de cada vez, minha amiga. Não sei se gosto da palavra aventura para definir esse tipo acontecimento. Mas, se você quer saber, não foi. Foi muito importante. Nunca vou esquecê-la, tenho certeza. Sinto imensamente a falta dela. Foi muito especial. Foi mágico. Algo que só tendo vivido, para saber.

Ela insistiu:

— E quanto a mim?

— Foram circunstâncias bem diferentes. Mas também teve sua mágica. E quanto a você? Responda-me do fundo do coração: o que você achou?

Ela foi sincera, tenho certeza:

— Acho que você foi meu melhor amigo. O mais oportuno na mais difícil hora. Te adoro!

Ela segurou minha mão sobre a mesa, e após uma pequena pausa, olhando em meus olhos, ela falou:

— Se tudo foi uma aventura, eu entenderei. Pode dizer. Não me deixe alimentar qualquer outra esperança se isso não for o que você quer. Acima de tudo, quero ser sua amiga e quero que você continue sendo meu amigo. E estou disposta, em qualquer circunstância, agora que estamos mais próximos, te ajudar a vencer essa barra que você deve estar passando.

Segurei com firmeza a mão da loirinha falsa de cabelos curtos e pele clara, e lhe sorri novamente:

— Eu também te adoro, gatinha. Mas as coisas não são tão simples. Não quero te usar simplesmente como trampolim para esquecer alguém que se foi...

Ela me interrompeu:

— Não fique constrangido por isso. Eu te usei!

Sorri novamente e, por fim, beijei sua mão. Depois disse:

— Seu peixe está esfriando...

Ela soltou sua mão da minha, e usou-a para afastar o prato. Então me surpreendeu:

— Você está com o celular?

Eu disse que sim, e o coloquei sobre a mesa. Ela prosseguiu:

— Então ligue para a bailarina. Convide-a para irmos essa noite na nova boate do Mário. Ela gosta de dançar, não gosta? Dançar vai fazer bem a vocês.

Não entendendo bem as intenções de Adriana, perguntei-lhe:

— E isso vai te fazer bem?

Ela respondeu:

— Estou procurando companhia para essa noite. Por que não a companhia de dois amigos, você e Mário, e de uma artista famosa? Tenho curiosidade de conhecê-la.

Peguei o aparelho e disquei. Ela sussurrou:

— Diga que sou namorada do Mário, para ela não se constranger...

* * *

Como fosse um par
Que nessa valsa triste
se desenvolvesse ao som dos bandolins
E como não e por que não dizer
que o mundo respirava mais
se ela apertava assim
seu colo e como se não fosse um tempo
em que já fosse impróprio se pensar assim
Ela teimou e enfrentou o mundo se rodopiando
ao som dos bandolins

Oswaldo Montenegro

Eu normalmente tinha que reconhecer as potencialidades do Mário. Onde ele colocava as mãos, havia som de altíssima fidelidade, bem equalizado, alto e retumbante, mas puro e agradável. Fizemos questão de nos anteceder e pegar a casa vazia, para ouvir uns bons rocks gentilmente providenciados por meu amigo entusiasta.

Quando cheguei com Margie, Adriana já estava, e conversava com ele, na cabine do DJ. Um blues instrumental e progressivo do Dream Teather deixava inquestionável a qualidade sonora do ambiente.

A pista de dança era uma das maiores de Belo Horizonte, composta de blocos de piso brancos e pretos, como um grande tabuleiro de xadrez. Aproximei-me e gritei para Mário:

— Cara, você está melhorando de vida!

Embora não fossem íntimos, ele e Margie já se conheciam. Ele próprio apresentou Adriana para Margie. Havia também outro DJ, um contratado do Mário, do qual já não me lembro o nome. Nós o deixamos cuidando do som e fomos nos sentar em uma mesa reservada num dos camarotes do segundo piso.

Adriana procurou deixar bem claro, por meio de pequenas nuances teatrais, que era namorada de Mário. Embora não estivesse muito de acordo com esse procedimento, deixei a coisa rolar sem interferir. Conversamos apenas casualidades. Eventualmente Mário contava alguma velha aventura em que estivemos envolvidos juntos. Acabamos falando sobre viagens e, inevitavelmente, sobre uma caverna mágica perto de Porto Seguro. Isso trouxe à tona as mágoas contra as quais Margie estava lutando em seu íntimo. E acabou soltando um desabafo.

Não me esqueço suas palavras:

— Talvez jamais devesse ter perguntado sobre Deus. Existem certas coisas que bem melhor a ilusão. Talvez também não devesse amar tanto quanto amei Wendy, pois, assim, o sentimento de perda não seria tão grande. Como poderei viver com tanta angústia no coração?

Imediatamente Adriana trouxe novos assuntos que mudaram o rumo da conversa.

Acabou ocorrendo uma grande simpatia entre Adriana e Margie, que criaram diversas conversas paralelas. A casa foi se enchendo e, inevitavelmente, Mário começou a desviar sua atenção, preocupado com pequenos detalhes operacionais do seu negócio.

E de repente uma ocorrência musical, e por que não luminosa, de Thomas Dolby toma conta do ambiente. Margie quis descer para dançar. Apenas eu e Adriana a acompanhamos. A pista era espaçosa, permitindo-nos passos e movimentos mais livres que o habitual. Começamos simplesmente acompanhando o ritmo. Cada vez em que olhava para Margie, sentia, contudo, um pouco da dor que ainda rondava sua mente. Não era preciso ser muito sensitivo para isso.

Ela mais uma vez deixou a dança ser sua expressão mais íntima. E o que era apenas um insosso acompanhamento cresceu para algo mais elaborado. Ela começou a dançar de verdade, muito além do que podíamos acompanhá-la. Seus movimentos se tornaram mais ligeiros e mais agressivos. Aos poucos, eu e Adriana fomos nos afastando, para dar-lhe mais espaço.

Era como se entrasse em transe com a dança. Em outras ocasiões, sempre chamava atenção sua maleabilidade, sua cadência, sua beleza física, sua arte. Tudo fazendo com que parecesse uma deusa. Ou como diria Wendy, um anjo, ao dançar. Mas naquele instante era mais intenso. Assim como foi capaz de expressar sua alegria de viver por meio da dança, naquele instante, ela desabafava toda sua dor, medo e revolta.

E por mais dor que pudesse trazer dentro si, continuava maravilhosa. Brilhante. Sempre a estrela.

As outras pessoas na pista foram aos poucos parando de dançar, a princípio, surpresas e, em seguida, certamente encantadas com Margie.

Ela dançava com o corpo, com a alma, com o sexo. Seus movimentos eram como um culto a algo maior nesse Universo, e não apenas um lamento.

E mais uma vez eu pensei: Margie é mais que uma mulher, é mais que um ser humano. Margie talvez seja uma deusa, uma criatura suprema. Ou uma mensageira de ambas.

Ou então, simplesmente me enfeitiçou.

Ela dançou até se cansar. E isso demorou, pois tinha preparo físico. Quando terminou, recebeu palmas das outras pessoas no salão. Daí a para frente, o clima melhorou. Ao voltar para mesa, ofegante, tomou um copão de coca com gelo e descansou a cabeça em meu ombro.

Quanto a Adriana, continuou sua representação como namorada do Mário, com grande sucesso. Para dizer a verdade, comecei a duvidar que fosse só representação.

Antes que a madrugada avançasse, deixei-os e me retirei com Margie, num clima um pouco mais à vontade do que quando a reencontrei. Ela continuava sofrendo. Mas não estava guardando para si.

Na caminhada entre a casa de dança do Mário e meu apartamento conversamos muito a respeito de Wendy. Ambos sabíamos que nossa amada era uma motorista imprudente, que gostava de altas velocidades e se jogava gratuitamente em situações perigosas. E dirigir na estrada sem cinto, isso era ridículo. Aconteceu mais cedo do que deveria? Para nós que a amávamos, sim.

Seria mais confortador acreditar, como os espíritas, que só seu corpo morreu. Para mim e para Margie, que tivemos uma experiência tão fantástica como a caverna e o labirinto, isso era uma certeza. De qualquer modo, nunca chegamos a saber como se comportaria, ou o que sentiria uma alma sem corpo. Todas as mentes com as quais nos integramos, e das quais colhemos informações durante nossa estada no labirinto, poderiam ser mentes encarnadas, descarnadas, ou as duas coisas. Creio que agora, nunca saberemos.

Margie me explicou que por mais que quisesse ou pudesse acreditar que Wendy estivesse, naquele instante, consciente, em algum lugar, ainda assim, havia a separação. Como se ela tivesse viajado para um lugar, onde jamais pudéssemos reencontrá-la.

Palavras de Margie:

— Quando amamos, qualquer que seja a forma de amar, a proximidade é essencial. Por mais que eu tenha me amarrado no Pequeno Príncipe do Exupery, no início da minha puberdade, essa idéia de ficar olhando uma estrelinha no céu e imaginando que Wendy ou meu pai estarão lá, sorrindo para mim, não acalenta minha dor. Como poderíamos dividir nossos entusiasmos, alegrias, decepções e todas as cumplicidades que fazem alguém se interagir com outra pessoa, estando essa pessoa longe?

* * *

Não premeditamos, nem mesmo conversamos sobre ir para meu apartamento. Aconteceu automaticamente. Margie precisava de companhia. Eu precisava de companhia. Ela chegou a me dizer, que acreditava em nossa vida a três, por mais fora de regra que isso pudesse ser ou parecer aos outros.

Mas quando chegou, não havia mais três. Haveria, daquele instante em diante, apenas eu e ela. E que isso a assustava.

Logo que chegamos, e mal fechei a porta atrás de nós, eu a abracei e a beijei. Queria fazê-la se sentir bem. Queria que se entregasse para mim. Queria me sentir bem. Queríamos preencher o vazio deixado por Wendy, lutando ao mesmo tempo com o sentimento de culpa ou remorso, por fazer isso entre nós sem que ela pudesse compartilhar.

E algumas lágrimas escorreram pelos olhos, quase sempre fechados de Margie. As lágrimas se misturaram aos beijos.

Acariciei com meus lábios seu ombro e nuca, já úmidos e salgados com a dança e a caminhada. Toquei seus seios. Apertei seu corpo contra o meu. Nos deitamos sobre o sofá, quase devorando um ao outro. A carência e a necessidade que tivemos um pelo outro, naquela noite, se comparou à dor de perder Wendy.

Não foi suave, nem tão carinhoso, quanto das outras vezes. Foi poderoso, quente, quase violento. Arrancamos apenas parte das roupas. O suficiente para nos tocarmos. Para sentir o contato apertado de nossos corpos.

Ela sentou e se entregou sobre meu sexo, e movimentou-se sobre ele como numa cavalgada. Ofegante. Envolvendo-se e apertando-se loucamente, aos gemidos.

Foi gratificante. E foi exaustivo. Mas o que queríamos e precisávamos. Só a partir daí, tivemos um fim de noite de sono tranqüilo.

* * *

Vai
Faz de um corpo de mulher
Estrada e Sol
Te faz amante
Faz teu peito errante
acreditar que amanheceu
Vai
Corpo inteiro mergulhar no teu amor
E esse momento vai
ser teu momento
O mundo inteiro vai ser teu

Taiguara

Nos dias que sucederam, Margie acabou ficando a maior parte do seu tempo em meu apartamento. Quando voltava do escritório, eu a encontrava a me esperar, como se fosse uma esposa que aguardasse carinhosamente, todos os dias, a chegada do marido.

Bebemos juntos. Vimos muitos filmes. Fomos ao teatro. Eventualmente, uma música ao vivo. Quase sempre, uma música em casa. Conversamos muito. Trepamos mais ainda.

Com o fim da temporada do seu grupo de trabalho, e a espera por um novo contrato, o compromisso de Margie com seu trabalho se restringiu nesses dias aos treinamentos básicos na parte da manhã.

Ela, que nunca se relacionou bem com a mãe, e também por não ter mais pai, tinha pouco vínculo familiar. Embora conhecesse muita gente e tivesse muitos amigos, estava dedicando a maior parte de seu tempo ao nosso relacionamento. Nossa convivência foi muito saudável. Havia muito carinho entre nós. Era muito fácil viver com ela. Chegamos a falar em casamento. Além de ser um colírio constante aos olhos, Margie sempre me surpreendia com sua calma e sensibilidade. Encontrá-la, todas as noites, nunca era rotina. Era como se houvesse uma magia em torno dela, que transformava os momentos em que ficávamos distantes, numa espera ansiosa, e os momentos em que estávamos juntos, pequenas aventuras salpicadas por doces emoções.

Mas isso só durou pouco mais de três meses. Nove e meia semanas de amor? Não. Doze semanas e meia! Foi uma fase feliz para mim. Acho que para ela foi apenas uma fase de transição.

Há muito que ela já tinha optado em sua vida pela profissão. Esse era seu eterno amor. Casar? Ser apenas a esposa de um cara e ficar sob sua sombra? Essas não eram suas metas. Ela tinha diferentes horizontes.

Embora tivéssemos sido companheiros fiéis de cama nesse período, ela me garantiu que esse procedimento era algo muito frágil. Desabaria a qualquer instante, e era importante que não sofrêssemos com isso. Entre ela e Wendy, por exemplo, havia um duplo consentimento, e talvez por isso durou tanto tempo.

Eu lhe garanti que seria igual entre nós, por mais que o meu íntimo ainda machista relutasse dentro de mim pelo contrário. Tanto, que procurei manter o exemplo, evitando os eventuais assédios de Adriana.

Mas a razão real de nossa separação foi logística. Ela acabou aceitando um contrato com uma companhia européia. Abandonou o Grupo Asas, onde não poderia brilhar tanto. E foi à luta. Esse contrato estaria amparando-a financeiramente, e dele surgiriam muitos subprodutos. Definitivamente, ganharia muito dinheiro, dedicando-se à sua grande e definitiva paixão.

Temos nos encontrado até hoje, nas raras ocasiões em que vou ao exterior, ou quando ela vem ao Brasil. Embora, como ela própria advertiu, não sejamos parceiros fiéis, ainda mantemos um delicioso compromisso um com o outro. O de ficar disponível quando um dos dois puder atravessar o oceano para se verem. Não sabemos quanto tempo vai durar, mas como diria o poeta, "que seja infinito enquanto dure".

XXI

What shall we use to fill the empty space?

Roger Waters

A água do mar oscilava calmamente, formando pequenas ondulações na superfície daquela área rasa e transparente. Havia uma espécie de parapeito, sobre uma plataforma de concreto. Deve ter sido utilizado para atracar pequenos barcos numa época remota. Atualmente, era utilizado como uma espécie de mirante para se admirar as distantes ilhas que quase fechavam a baía de Angra dos Reis.

Logo atrás, estava a Escola Naval. Fiquei bastante tempo ali, sozinho, admirando o mar. Era um dia cinzento, nublado. E o mar também estava cinzento, em reflexo ao céu, com uma névoa suave e branca cobrindo os limites do horizonte.

Algumas vezes um vento frio e salgado tocava meu rosto.

Um elegante homem, magro e alto, de roupa branca, veio em minha direção, caminhando sobre a estrutura de concreto. Sobre a cabeça, o quepe da marinha.

O tenente França se aproximou e ficou do meu lado. Após um longo silêncio, ele comentou:

— Novamente queria lhe dizer que lamentamos muito o que aconteceu.

Como eu nada disse, e apenas continuei olhando para a frente, ele falou:

— Não existem filmagens, nem fotos, nada que comprove realmente a existência do labirinto. O que os instrumentos ópticos registraram foi diferente do que vimos. Por mais que pesquisemos sobre o material fotografado ou filmado, não chegaremos a uma explicação.

Ele puxou um cigarro e me ofereceu. Nunca tinha percebido que fumava. Eu recusei apenas com um sinal, e ele continuou a falar.

— Com a ausência de Wendy, não vislumbro qualquer chance de reabrirmos a caverna. Na verdade, meus superiores mandaram arquivar o processo e cessar até mesmo as pesquisas em cima do pouco material coletado, como as pedras retiradas do interior. Eles pensam que foi tudo uma espécie de sonho e que devemos esquecer. Eles pedem que você faça o mesmo.

Fez nova pausa. Eu finalmente o olhei nos olhos. Ele evitou o olhar, baixando a cabeça, até que eu me virasse novamente para o mar. Só então prosseguiu:

— Acho que cruzamos a fina linha que separa a realidade do absurdo. Não vai ser fácil de esquecer o que aconteceu comigo dentro daquele lugar magnífico. Mas, às vezes, penso como se fosse um mero observador, que tudo não passou de um filme de ficção científica. E de repente, tudo ficou distante, novamente impossível. Diga-me: o que pretende fazer?

Eu respondi:

— Não sei, realmente não sei. Tudo o que aconteceu foi como um turbilhão pelo qual fui envolvido, e no desfecho, acho que não tive grande poder de decisão. As coisas foram acontecendo por si mesmas.

França sugeriu:

— Eu sinceramente estaria disposto a ir fundo nesse assunto, ao contrário dos meus superiores. Só que não vejo como. Estive até pensando em sair da Marinha. Viver só com a lojinha de souvenires que tenho aqui em Angra e me dedicar a uma pesquisa mais profunda. Acho que tudo isso é maior e mais importante que nossas vidas e...

Eu o interrompi:

— Não. Mais importante que nossas vidas não é. Isso te garanto. Tanto, que sem a vida de Wendy, nada disso existe.

Ele ficou meio constrangido e se desculpou:

— Não foi bem isso o que eu quis dizer. Me perdoe. O que digo é que, depois do que vimos, não podemos simplesmente fingir que nada aconteceu, como meus superiores querem que eu faça.

Eu disse:

— Talvez eles tenham razão. Talvez não tenha chegado a hora nem para nós, nem para a humanidade. E de qualquer maneira, a caverna está fechada. Você não poderá fazer grandes coisas.

Ele insistiu:

— Pense bem, cara... Assim como houve uma Sarah... Assim como houve uma Wendy, junto com você e com Margie... Podem existir outras pessoas.

Eu dei uma gargalhada e perguntei:

— E daí? Como você pretende fazer para encontrar alguém? Talvez o que aconteceu seja uma rara exceção. Arille Martin procurou durante vinte anos por isso. E tinha equipamentos para ajudá-lo. Nós não temos nada.

França continuou:

— E se formos aos jornais, à televisão, à mídia em geral? Se escrevermos um livro?

Balancei a cabeça em desdém. Completei:

— E quem você acha que vai acreditar numa história absurda como essa?
Ele insistiu:
— Poderia ser um livro de ficção. Um descritivo dos fatos, mas com personagens fictícios. Apenas uma obra de ficção, e que qualquer semelhança com personagens reais fosse mero acaso. Isso acabaria chegando, se essa, ou essas pessoas existirem, a novas chaves.
Eu o escutei e respondi:
— Você é mais louco do que eu pensava, tenente. Isso vai ser pesado demais para a cabeça das pessoas. E pior. Além de ridicularizado, você correria o risco de ir para a cadeia pelo fato da Marinha estar envolvida. Esqueça, cara. Se você me fez vir até aqui em Angra só para me dizer isso, estou indo embora agora.
França não se deu por vencido:
— Se for apenas ficção, sem qualquer depoimento sustentável, creio que não haverá problema.
Ele percebeu minha repentina irritação e disse, rapidamente:
— Tudo bem, tudo bem! Espere um pouco. Só me responda então uma coisa. A última pergunta que Margie fez, que o levou a perder a consciência. Vocês chegaram a ter alguma resposta?
Eu falei:
— Conforme você colocou no relatório, nós perdemos os sentidos após buscar uma resposta. Talvez tenha sido uma impertinência muito grande da nossa parte usar o labirinto para entender algo que está muito além da nossa razão.
Ele insistiu:
— Não me enrole, cara. O que me disser aqui ficará entre nós. Nunca mais lhe incomodarei.
Eu o olhei novamente nos olhos. Dessa vez, ele não desviou. Perguntei:
— Tem certeza que você quer saber?

França disse:
— Claro!
Eu continuei:
— Pois bem. Você próprio deve ter percebido que as informações que recebemos pareciam ser resultado de um processo telepático. Esse processo deveria acontecer por estarmos num estado de consciência e de percepção acima do normal. Concorda?
— Sim, continue. — Respondeu França.
Prossegui:
— Essa percepção e consciência nos levou a uma integração com um número incontável de mentes dentro do Universo. Mesmo que de forma inconsciente, essas mentes nos passaram informações. As informações em geral eram frias, desprovidas de sentimento. Na verdade, creio que o sentimento até existia, mais vinha mascarado pelo fato da informação ter mais de uma origem, e em cada origem ela possuir um sentimento diferente. As diversas impressões acabariam se sobrepondo, como um ruído, sem sentido. Daí não percebermos um sentimento. Mas se todas essas mentes compartilhassem um único sentimento, aí, seria diferente. Quando a grande massa de inteligência vivente no Universo foi questionada a respeito de Deus, o Criador, aquelas que tinham o conhecimento, também possuíam grande tristeza. Essa tristeza chegou até nós. Como já te falei, nossas mentes ainda estão muito pouco desenvolvidas para entender completamente as respostas. Mas eu lhe afirmo com certeza que não foram as imagens confusas que nos fizeram perder os sentidos. Foi algo bem pior. Apenas melancolia. Uma tristeza tão imensa que não tivemos como suportar. Toda a dor de suas almas foi compartilhada por nossa frágil estrutura. E ela não suportou. Algo como um vazio imenso. Algo semelhante ao que sinto quando me lembro de Wendy. A tristeza de acreditar que o Criador

já não existe mais. A tristeza de acreditar que o Criador está morto.

França me olhou perplexo. Então disse:

— Aqueles que responderam, poderiam estar enganados...

Eu insisti:

— Não sei. Mas partindo do princípio que somos capazes de matar ou afastar o Criador diversas vezes durante nossas vidas, e com tudo o que tem sido feito aqui na Terra para isso, não fica difícil de se acreditar nessa revelação.

França ainda tentou:

— Ok! Mas se pararmos aqui, nunca teremos certeza de nada. Estou desconhecendo o cara que me procurou, que queria a qualquer preço desvendar um mistério. Depois que fomos tão longe, não acha covardia da sua parte largar tudo de lado?

Eu estava o tempo inteiro brincando com uma pedrinha, passando-a de mão em mão, sem perceber. Ao me dar conta, levantei um dos braços e lancei-a na água.

Sem saber o que dizer, virei as costas para França, e caminhei em silêncio para longe do mar.

XXII

Bruxelas, 25 de julho de 1996

Victor

A saudade é tão grande que tenho que te escrever. Não sei quando poderei voltar ao Brasil. Bateu uma nostalgia! Um aperto tão grande no coração!
Já é a terceira vez que Wendy visita meus sonhos. Dessa vez estava mais serena do que nunca. Me pediu para te mandar um beijo e me aconselhou a viver a vida e aprender o máximo que puder, para o momento em que nos encontrarmos, não sabemos quando.
Minha vida aqui é bem diferente. Sou uma estrela, respeitada e bem paga. Tem sido gratificante. Também tenho feito amigos. Mas fica sempre aquele vazio, que aparece quando estou sozinha, como agora, em meu apartamento. Queria tanto que você estivesse aqui!
Quanto àquela idéia sua e do França de escreverem um livro sobre o que nos aconteceu, parece ótima. Se quiser, pode anexar esta carta. Mas por favor, troque os nomes, como o França sugeriu. A propósito, mande-lhe um abraço. E trate com carinho a memória da Wendy!
Tenho viajado bastante e conhecido lugares maravilhosos. Ao ver tanta coisa bonita, não posso deixar de

me lembrar do Criador. E pensar que estivemos tão perto... Será que algum dia teremos outra oportunidade?

Às vezes me lembro de tudo como se fosse um filme, não uma realidade. E tudo continua um segredo, que só posso compartilhar com você. Tudo vai ficando mais distante, mais fragmentado. Creio que utilizamos mal nossa oportunidade, e parece que não há nada mais a fazer. O livro? É, talvez. Quando estiver pronto, mande-me uma cópia.

Vou terminando por aqui. Nossa! Ficou um testamento!

Te amo muito!

Margie.

FIM

No texto do livro são mencionados marcas de diversos produtos para auxiliar ao leitor visualizar melhor a cena descrita. Também são mencionados lugares, pontos turísticos e até alguns estabelecimentos comerciais. Não houve contudo, intenção do autor em utilizar esses nomes no intuito de fazer marketing subjetivo, promover ou criticar produtos. Alguns já estão até extintos ou descontinuados. Nenhuma das marcas contribui direta ou indiretamente na produção dessa publicação. Não houve patrocínio nem mesmo parcial de qualquer dessas empresas. Também são mencionadas obras ou trechos de alguns artistas do mundo da música e literatura, aos quais tenho um carinho especial, em sua infindável contribuição de perfumar o mundo. São eles:

1 — Oswaldo Montenegro (*Bandolins*)

2 — Vinícius de Morais (*São demais os perigos dessa vida*)

3 — Rita Lee / Cazuza (*Perto do fogo*)

4 — Tunai / Milton Nascimento (*Certas canções*)

5 — Taiguara (*Maria do futuro, Viagem*)

6 — Zé Ramalho (*Canção agalopada*)

7 — Jimmy Page / Robert Plant (*Stairway to heaven*)

8 — Lennon / MCartney (*Lucy in the sky with diamonds*)

9 — Zé Renato / Cláudio Nucci / Juca Filho (*Toada*)

10 — Chico Buarque de Holanda (*Pedaço de mim*)

11 — Roger Waters (*Empty spaces*)

12 — Desmond Morris (Livro O *macaco nu*, Editora Record)